在晋南的旷野上

李骏虎 著

陕西新华出版
陕西人民教育出版社
·西安·

图书在版编目(CIP)数据

在晋南的旷野上 / 李骏虎著 . -- 西安 : 陕西人民教育出版社, 2025. 7. -- (大作家的小作文 / 王久辛主编). -- ISBN 978-7-5757-0776-3

Ⅰ. I267

中国国家版本馆 CIP 数据核字第 2025282Y1E 号

大作家的小作文

在晋南的旷野上

ZAI JINNAN DE KUANGYE SHANG

李骏虎 著

总 策 划	周维军
出 品 人	李晓明 叶 峰
策 划	叶 峰
项目协调	张志方
项目统筹	郑丹阳 田子晖
责任编辑	刘政源
封面设计	王左左
出版发行	陕西人民教育出版社
地 址	西安市丈八五路58号
经 销	各地新华书店
印 刷	西安五星印刷有限公司

开 本	787毫米 × 1092毫米 1/16
印 张	17.25
字 数	230千
版 次	2025年7月第1版
印 次	2025年7月第1次印刷
书 号	ISBN 978-7-5757-0776-3
定 价	49.00元

大作家的小作文

莫言题

前言

王久辛

固然，古今中外的大文豪、大作家之所以能够流芳百世，是因为他们都有鸿篇巨制的经典，不然就不可能赢得世人的赞同与首肯。大文豪、大作家都有大作品，这毫无疑问。然而，大作家的大作品是怎么来的呢？没有一位大作家不是日复一日、年复一年持之以恒地写出卷帙浩繁的扛鼎之作；也没有一位大作家不是一个字一个字地垒起伟岸高峰的。换句话说，他们也是人，是常人、凡人，只不过是靠了自己的一颗耐烦、耐久、坚韧不拔的心，字无巨细，一视同仁，以不间断的思考和不间断的写作，成就了超凡创造。这样说来，所有超拔的大作家，都有一个踏踏实实、一步一个脚印、积少成多的写作历程与创作品格。

不过，我这里马上要说到的“大作家的小作文”，指的当然不是大作家的大作品，而是大作家写的小品文、小散文、小杂文、小随笔、小特写、小体会一类的“小作文”。说到“小”，我就会想到“大”，我觉得“大”就是“小”，“小”有时候又是“大”。一位作家作品的质地如何，其实很多时候并不需要从头看到尾，读上几章就足够了。为什么？因为那几章文字的成色、叙述的含量、结构的布设，就暴露了一位作家的全部。就像拿着放大镜看小腻虫，须尾全活着的，当然是好文字；若是一塌糊涂，没有动静，不见条纹，那还有什么读头呢？大作家是不一样的，他们遇到报刊的约稿，沉心一思，计上心来，信笔涂写，千八百字、两三千字，完全是信手拈来。谁敢说这样写出来的文字，不是大作家日有所想、夜有所梦的精神闪耀呢？表面上看去，好像与其写的大部头没有关系，然而那情思的寄寓与思想的寄托，谁敢肯定不是其大作品中人物之一斑呢？“小”不“小”，那要看寄寓寄托的是什么。大作家的小作文，没准儿里面有大思想、大情怀、大志向、大魂灵呢？

大作家在写大部头的间隙，在应付、应酬日常生活与俗事、俗物、俗人之际，难免会有一些杂思杂感，难免会信手写些七零八碎的小文字，随手记一点儿小杂感、小念头，铢积寸累，堆土成山，少的攒上十几万字，多的积上几十万、上百万字，也是大有可能的吧？少年时代，我读钱松嵒（1899—1985）先生的《砚边点滴》，就觉得非常简约精妙，字少意多，没有废话，全是干货。他谈国画创作，没有要作文章的架势，都是切身体会，信笔记之。为便于阅读，他分成条块，归类排列，心上点滴，录以自娱，取名《砚边点滴》，我猜也是无以名状的结果，然这“无以名状”的文字，后来竟成了画家们的经典。

作家都是有心人，我私下忖度：百分之七八十的作家、诗人、艺术家，都有可能记下一些这样的“小作文”。大先生孙犁有过一册《尺泽集》，里面全是几百字的小文章。散文家秦牧出过一本《艺海拾贝》，也都是千八百字的小文章。街头巷尾的闲杂事儿、日常生活的针头线脑儿，全让他用一颗艺心串了起来，像在海边捡拾贝壳那样，盛到了他的著述中。孙犁、秦牧都是散文大家，他们不嫌小、不怕短的用心之处，给我留下了难忘的印象。

后来孙犁先生出了文集，我立刻买来研读，发现有三分之一以上都是小文章，长的也不过几千字，然篇篇见精神，都是至情至性至真的好文章。孙先生独孤求短，字字珠玑，一生言之有物，不说废话，他的那些小短文汇成的文集，在我看来，每一本都不比他的长篇小说弱，一如他的短篇小说集《白洋淀纪事》，内里最短的小说仅三五百字，但其美学价值，堪比先生的长篇小说《风云初记》。可以说，在孙犁先生的文学观里，从来就没有长长短短的分别。我的好友伍立杨曾写文章说，他“决计一生要住在一流的文字里”，那是一个多么高洁雅致的理想啊！令我心向往之。

于读者和作者来说，短文章的好处太明显了。短，读得快，作家们写得也快，一句话——节省时间，节约精力。但我还有一个想法，恐怕不说，还真不一定人人都明白。作为读者，如果你喜欢阅读文学作品，而你又没有大块时间，怎么办呢？我的经验就是去读作家的“小作文”。因为是“小作文”，作家的思想境界、情感疏密、语言韵致，写出来的多半是精华；况且篇幅小，可以回过头来反复看看，琢磨琢磨，理解起来就容易多了。无论是大中小学生，还是乡镇企业的工作人员，乃至国家机关国企单位的公职人员，有时间嘛，就买上几本这样的小作文，坐下来多看几篇；没时间呢，十来分钟的零碎空闲，也能偷空儿看上一两篇。咱先别说要立志终身学习，能把散失在犄角旮旯儿的这些五彩贝壳捡起来，不也一样是珍惜了光阴，爱惜了生命？而且还长了见识，健康了精神，这不又是一个美哉？

正是基于如上的认识，2024年12月的一次聚会，在好友张志方的引介下，我与陕西新华出版传媒集团总编辑周维军先生、陕西人民教育出版社总编辑叶峰先生一拍即合，策划了《大作家的小作文》丛书。所请作家，或是世界文学奖，如“国际安徒生奖”，或是中国文学奖，如“茅盾文学奖”“鲁迅文学奖”的获奖者。现在，丛书的第一辑，由“诺贝尔文学奖”获得者莫言先生题写了丛书书名，收入了曹文轩《另一种造屋》、陈彦《我的西安》、周大新《曹操的头颅》、徐则臣《风吹一生》、徐刚《当时人物在》、阿成《海岛上的夜雨》、何向阳《读行记》、李骏虎《在晋南的旷野上》、谢有顺《想象力比我们想象的更重要》、吴克敬《像孩子一样努力》、王久辛《从小看大》共11部作品。这11部著名作家的“小作文”，经过陕西人民教育出版社编辑们紧锣密鼓、高度认真的编校，即将出版面世啦。作为这套丛书的主编，我的内心充满了蓬勃的期待！我期待着这套丛书能尽快来到读者的眼前，来到读者的心里，让读者检验一下这11位作家的“小作文”，是不是11个文学世界、11片文学海洋，是不是可以构成我们这个时代的另一片星辰大海？

最后，请允许我代表著名作家曹文轩、陈彦、周大新、徐则臣、徐刚、阿成、何向阳、李骏虎、谢有顺、吴克敬等，向陕西人民教育出版社，向参与《大作家的小作文》的全体编校人员，致以崇高的敬意与深深的感谢，你们辛苦啦！谢谢！谢谢！！

2025年3月22日于北京

李骏虎

在晋南的旷野上

扫码获取专属数字人

目录

我与文学

写给孩子

01 山川风物与足迹

02 记忆中的故人与故乡

03 致我们永恒的文学之心

04 老爸的咒语

我与文学

为什么人写作，从事文学创作的终极目的是什么，
这是作家应该思考的永恒课题。跳出圈子，为人民写作，
这是我在大概十五年前形成的文学观念。
我后来的文学道路，就是在这个观念的指导下往前走的。

我为什么要从事文学创作

我生长在那个全民“文学热”的时代。二十世纪八十年代，改革开放、“思想大解放”带来全国性的写作阅读高潮，从城市到广大的农村、矿山，有点文化的人们都拿起笔来写小说、散文、诗歌、报告文学、文艺评论，抒发情怀，记录时代。那个时候，在晋南的一个小村庄，也有两个做着狂热的文学梦的年轻农民，其中一个就是我的父亲。这使我在刚刚能够开始阅读的时候，随手就能够拿到《人民文学》《小说月报》《作品》《青春》《汾水》[1]这样的主流文学杂志，对于一个偏远乡村里的孩子来说，的确是得天独厚的精神资源。就是在父亲的熏陶和指导下，我开始写作和投稿，小学还没毕业，就已开始发表作品。

有人说，那个时候的全民“文学热”是不正

① 即后来的《山西文学》杂志。

常的，也有人因此而慨叹后来的文学被边缘化。我也曾这样想，但我现在不这样认为了。我现在知道，全民都成为作家的确是不切实际的，但人人都应该养成写作和阅读的习惯，尤其在我们满足了物质生存方面的需求，开始追求生命质量的时代；我同时认识到，文学成为社会主流，的确是一种特殊的时代现象，但文学应该对社会发展和时代进步产生深远影响却是不容置疑的。时下文学越来越圈子化，越来越丧失对社会大众的影响力，越来越跟时代发展没有关系，这才是不正常的。这仅仅是文学圈里的繁荣，是虚假的繁荣。这也是当下文学为大众所敬而远之的原因。狄更斯、托尔斯泰、雨果，都曾为人类社会的进步做出历史性的贡献。我们看到，真正的文学大师是为人类而写作的，他们从不曾把文学学术化、圈子化。为什么人写作，从事文学创作的终极目的是什么，这是作家应该思考的永恒课题。跳出圈子，为人民写作，这是我在大概十五年前形成的文学观念。我后来的文学道路，就是在这个观念的指导下往前走的。

每一个作家在自己的文学生涯中，都有自己阶段性、标志性的作品和文学事件，我也是如此。我真正意义上的小说写作，开始于中专时代的第一部短篇小说《清早的阳光》的写作。那个时候，我没有读过几本文学名著，也几乎没有任何的文学观念，就是靠着农村生活的积累和一点天分创作的。我对自己想象力的确信，也来自这篇纯粹的作品。每一个作家都有自己的软肋，我也有，我在文学素养上的欠缺就是没有接受过必要的写作训练，当时也没有完成与经典的对话，我就是个“野狐禅”①。这部短篇完成之后，我回到故乡小城谋生，很多年不能超越自己，后来因为一个机会又回到了太原，有三年时间模仿

① 佛教禅宗典故，指未经正途修习，却自认为开悟的修行方式。此处为作者自谦。

王小波的风格写小说，数量不下三十万字，其中有一部中篇、三部短篇被文学杂志《大家》于2000年在同一期上刊发，还配发了整页的作者艺术照。这是我文学生涯中的第一部作品小辑，从此我开始浮出水面，成为我这一代作家里较早的出道者，这要感谢《大家》主编李巍老师的错爱，他还曾想把我打造成男版的J.K.罗琳，可惜我才力不逮。

在我读过小仲马的《茶花女》和陀思妥耶夫斯基的《被侮辱与损害的》[①]后，在卢梭的《忏悔录》里找到了思想指导（我其实并没有读完这本书，但哲学家强大的思想力量通过开头的几页内容就主导了我的思考），开始写作第一部长篇小说《奋斗期的爱情》。那是二十世纪末的事情，当时我在山西日报社工作，每天晚饭后打上一盆热水放到办公桌下泡脚，铺开稿纸写两三千字，保持了一个良好的写作进度。我在《山西日报》子报工作的弟弟陪着我，他也写点东西。那个时候生活条件异常艰苦，我们兄弟俩租住在一个倒闭的工厂的小楼单间里，房子里没有厕所也没有水管，需要用矿泉水瓶子从报社灌水带回去用。晚上十点多，完成当天的写作进度，我俩骑着从街上花四十块钱买来的旧自行车赶夜路回住处。如果在夏天，经常一个霹雳就大雨倾盆，根本来不及躲避就被浇成了落汤鸡；如果在冬天，融化的雪水在马路上冻成纵横的冰棱，自行车的车轮轧上去，一不留神就会连人带车摔倒，一摔就是数米远。但我们心里都有一团火，就是永不熄灭的文学火焰，能够在令人窒息的大雨中和把人摔懵的马路上哈哈大笑。《奋斗期的爱情》被文学杂志《黄河》以头条的位置发表后，很快被收入长江文艺出版社的“九头鸟长篇小说文库”，这在当时是个特例，因为文

① 陀思妥耶夫斯基的代表作，文中名称为其较早版本的译名，今多译作《被侮辱与被损害的》《被侮辱与被损害的人》。

库里的作者除了我，都是很有名的前辈作家。要感谢《黄河》主编张发老师和长江文艺出版社的李新华老师，正是《奋斗期的爱情》使我开始有了“粉丝”，其中包括不少跟我年龄相仿的现在很知名的青年作家，当时他们刚开始尝试写作。

我开始不满足于圈子的认可，而从大众的欢迎中得到自信，源自我的第一部畅销作品《婚姻之痒》。2002年到2005年，我经历了自己第一个完整的创作阶段，创作了一系列以心理描写见长的都市情感和婚姻家庭题材小说，并整理成长篇小说，在各大门户网站的读书频道贴出来。磨铁文化创始人、诗人沈浩波的弟弟沈笑，当时在新浪网读书频道做版主，他把《婚姻之痒》加精、置顶，后来得到了四千多万的点击量，数千读者跟读并积极提供思路、参与创作，在读者意识到我有把女主角庄丽写死的“企图”时，很多人对我发出了“威胁”。那年的情人节，读者们把《婚姻之痒》打印出来，用精美的礼品包装纸包装好，作为情人节礼物互赠。有人留言说看了这部作品后与爱人达成了谅解，有人说决定奉行独身主义，这使我对文学的社会功能产生了自觉的思考，也开始与逐渐向学术化和圈子化坍缩的文学背向而行。现任人民文学出版社社长臧永清，其时担任春风文艺出版社的副总编辑，他策划的“布老虎”丛书风靡一时。他跟我签下了《婚姻之痒》首印四万册的出版合同，可惜的是，他被中信出版社挖去做了副社长，专程打来电话表达了对没能出版我这部小说的遗憾。然而很快，创业阶段的沈浩波就闻讯来到太原，通过朋友联系到我，在电话里诚恳地与我做了半个小时的洽谈。沈浩波的策划眼光和营销能力是非常超前和强大的，在他的策划下，我一下子“火”了起来，不断接受全国各城市晚报和都市报的采访，《婚姻之痒》也进入新华书店系统公布的

2005年文学类畅销书前五名，接着又被拍成了电视连续剧，由著名影星潘虹和李修贤主演。

作家都有代表作，有被自己认可的，有被读者认可的，还有被圈子认可的，我截至目前被这三个领域基本认同的代表作，是长篇小说《母系氏家》，这也是我第二个完整的创作阶段的主要作品。这部小说也是对“山药蛋派”老一辈作家谆谆教导的“生活是创作的唯一源泉”的致敬和实践。她的创作，完全是非功利性的、自发的、水到渠成的。2005年元月，我被选派到故乡洪洞挂职锻炼，报到后，县政府让我先回太原，等待通知再正式上班。这一等就是两个多月，于是，从毕业后就为了生存和理想打拼的上班生活突然停止了，生活节奏出现了巨大的断档和真空。文学创作是“闲人”的职业，人心里越安静思想越活跃，忘记了是什么触发了灵感和回忆，我开始写作我生长的那个小村庄的女人们的个性和人生故事，写到六七万字的时候，县政府通知我报到上班，我给她起了个题目《炊烟散了》，作为一个大中篇发给约稿的杂志。这就是《母系氏家》的最初蓝本，她并不是按照时间轴写的，而是把两代女人的人生历程交相辉映着写。两年半后，我在鲁迅文学院（鲁院）第七届中青年作家高研班学习，从繁忙的行政工作中脱身出来，文学的机能得以复活。一个晚上，我想到《炊烟散了》里面有一个人物可以再写一个中篇，就围绕这个叫秀娟的美丽、善良的老姑娘写了一个晋南农村麦收之前的故事，起名为《前面就是麦季》。跟以现实生活为背景的小说不同，《前面就是麦季》是以《炊烟散了》为背景的，这种以另一部小说的世界为背景的小说写作，弥补了我的作品虚构程度低的弱点。稿子完成后，恰逢《芳草》杂志主编、著名作家刘醒龙老师来鲁院物色刊物“年度精锐”的专栏作家，我有幸蒙他青眼相加，《前面就是麦季》就成为《芳草》杂志开年的头题作品，后来获得了第五届鲁迅文学奖（即“鲁奖”）的优秀中篇小说奖。

每个作家都有自己的特质：有些作家艺术感强，善于写中短篇；有些作家命运感、历史感强，擅长写长篇。我是以长篇为主要创作形式的作家，中篇产量最少，却阴差阳错获得了中篇小说的最高荣誉，这正是命运的耐人寻味之处啊。也还是在鲁院时，《十月》杂志主编王占君老师来约稿，嘱我写个长篇给他，我以《炊烟散了》和《前面就是麦季》为基础，按着时间顺序把故事展开讲述了一遍，完成了长篇小说《母系氏家》的第一稿，作为头题发在《十月》长篇小说部分。在陕西人民出版社出版单行本之前，我又用两个月的时间改了第二稿，增加了几万字，后来获得了首届陕西图书奖，同时获奖的长篇小说有贾平凹的《秦腔》，陈忠实老师是文艺奖评委会的组长，他用口音浓重的陕西话跟我开玩笑说，写得比老贾好！

《母系氏家》也获得了赵树理文学奖，几年后我又写了她的姊妹篇《众生之路》。著名评论家胡平老师认为，《众生之路》的“呈现”比《母系氏家》的“表现”，在艺术上更高一个层次。能超越自己，我觉得比超越别人更值得高兴。

人的心理倾向是受生理影响的，换句话说，我们的身体变化某种程度上决定着精神走向。四十岁左右的时候，我开始喜欢读历史了，历史事件的神秘感和对历史人物探究的欲望，使我的写作转向第三个完整的阶段：抗战史的研究和书写。无论写历史还是写现实，作家都是以发生在自己脚下的这块土地上的故事为富矿的。我先写了一篇晋绥军旅长保卫乡梓的抗战题材中篇小说，这个试笔作品在《当代》杂志发表后，得到了社会和文学圈的双重认可，也使我找到了“去小说化”的历史小说创作路子。后来，我发现红军东征山西有着改变中国革命进程、促成抗日民族统一战线形成的伟大意义，于是，经过两三年的打通史料和实地考察准备，完成了全面展现这一历史阶段的国际国内政治形势和战争过程的长篇小说《中国战场之共赴国难》。这是我目前为止体量最大的一部作品，有四十万字，也是第一部完全以长篇的艺术结构从零创作的作品，她并未得到文学评论界多少的关注，却产生了很大的社会影响，成为当年《中国新闻出版报》公布的年度文学类优秀畅销书前十名之一。跟我的第一本畅销书《婚姻之痒》主要以读者个体为购买对象不同，《中国战场之共赴国难》不是一本一本地卖的，她被省内外很多机关单位、企业、学校多则几百本，少则几十本地团购，作为读书活动的主题书。《文艺报》以整版的篇幅发表了我的创作谈《今天怎样写救亡史》。《中国战场之共赴国难》使我彻底地背向文坛、面向大众，赵树理曾经说过，他的文学创作理念是“老百姓看得懂，政治上起作用”，山西作家中的前辈张平、柯云路是这个理念的杰出实践者，我是他们的追随者。

我并不是文学性、艺术性的反对者，我热爱并且不断探究着小说的艺术性，但我反对文学学术化、圈子化，我不愿意搞“纯文学”创作，我希望我的作品像狄更斯的文章一样受到普通人的欢迎。我也醉心于福克纳[①]、博尔赫斯[②]、卡夫卡的作品，但我向往着托尔斯泰、雨果那样超越作家的思想情怀，我逐渐开始了自己的第四个完整创作阶段，我希望自己能够像巴尔扎克那样把同时代的人们变为我笔下的艺术形象，展开一幅包罗万象的时代画卷。

① 福克纳（1897—1962），美国文学家，代表作有长篇小说《我弥留之际》《喧哗与骚动》等。
② 博尔赫斯（1899—1986），阿根廷文学家，著有《小径分岔的花园》《沙之书》等。

写给孩子

一个人能够时时感到心里踏实，那所有的快乐和幸福才会是真实的。

爸爸不要求你的人生有多么精彩，**但是希望你能踏踏实实享受它，**

爸爸祝福你有一个能够通过自己的努力把握的人生，

时时安心，不慌不忙。

养成一个让自己心安的好习惯

——和女儿谈心

（2018年9月30日，女儿12岁，小学六年级上半学期）

宝贝，你知道为什么你有时候在去学校之前会感到肚子疼吗？那是你精神紧张导致的，你紧张是因为你害怕，你害怕什么呢？——该预习的语文课文你没有预习，该记住的数学公式你没有记住，老师要求在家背诵的英语课文你没有背诵，所以你担心老师批评，紧张害怕到肚子疼，你心里不安。

爸爸妈妈引以为豪的是你有一个喜欢读书的好习惯，我们没有像很多父母那样给你报很多培训班，奥数啊这个那个的，只给你报了一个英语班，希望你将来能够熟练掌握这门基本的国际交流语言。每次你去英语班都一再要求我们提前一到两个小时把你送到，爸爸跟不止一个好朋友自豪地谈起你有多么喜欢学习英语，但是后来发现，你并不是热爱英语，你急着提前到，是因为老师要求平时背诵的课文你没有背诵，你要在上课前临时抱佛脚背一背。你知道爸爸得知这个情况后，心里有多么失落？

宝贝，爸爸从你开始上幼儿园的时候，就一直劝你妈妈，不要给你太大的学习压力，希望你能尽情地玩，享受快乐的童年。但是，相对的自由才是真正的自由。你贪玩，这没什么，小孩都贪玩，爸爸小时候更贪玩，可是学习对一个人的成长和将来的人生是必要的，就像我们需要阳光和空气一样，不能因为贪玩而荒废了学习，更不能养成手忙脚乱、临时抱佛脚的坏习惯。它破坏的是你的心态，甚至会影响到你的身体。爸爸跟你说过多次，要养成一个良好的学习习惯，要学会做好学习和休闲的计划安排，比如说，老师要求你们在暑假里关注国内外新闻事件，每天记录一则新闻并写下自己的感想，你就要每天拿出五到十分钟的时间来做这件事，这样既成为习惯，也不会感到疲累，而不是疯玩了一个暑假，快开学的时候才抱着手机一天一天地搜索假期时的新闻事件，那就违背了老师希望你们关心世界、关心社会的初衷，成了一种负担，把眼睛也用坏了。

你喜欢在爷爷奶奶家住，是因为他们宠爱你，什么事都顺着你，但爷爷奶奶年轻的时候对爸爸和你小爸[①]还有姑姑的要求是很严格的。他们怕你累，怕你受委屈，你更要学会约束自己，如果你被老师留校补考，他们不是更加地担心和不安吗？每次爸爸妈妈批评你，爷爷奶奶不是比你更像犯了错误的孩子吗？他们什么事都替你考虑，你为什么不考虑他们的感受呢？把自己该做的事情做好，让老师和爸爸妈妈表扬，爷爷奶奶不是更高兴、更爱你了吗？为什么要让他们跟着你心

① 晋南方言，指叔叔。

里不安呢？宝贝，让自己心安，也让爱自己的人心安，你才会玩得更高兴，变得更快乐，充满自信。不信可以试试看。

爸爸曾要求你每天读一段古今中外的文学名家写景状物的文章，一方面是为了让你领略人心对自然变化的感知感悟，另一方面则是希望你养成一个好的阅读习惯，可是你没有主动坚持下来，让你读，你才读，不提醒你，你就在涂鸦。老师要求背诵的英语课文，你也忘到了脑后，事到临头又紧张、害怕、不安。宝贝，一个人心里不安的危害是很大的，会神情紧张、眼神慌乱、心惊肉跳，还会试图说谎，变得手足无措，更可怕的是可能会变成一个表里不一、疑神疑鬼的人，爸爸不希望你变成这样的人。其实，每天拿出一个小时来做这些事情，做完了高高兴兴地去玩，不是很轻松吗？到了学校也可以坦然地面对老师，脸上是发自内心的快乐阳光和微笑，这样对心态和身体都是很有益处的，而且可以形成良性循环，对学习的兴趣越来越浓厚，从中得到快乐。

宝贝，从小养成会做学习计划的好习惯，合理地安排好学习和休闲的时间，对于你将来参加工作、走向社会、创造自己的人生是非常有益处的。一个人能够时时感到心里踏实，那所有的快乐和幸福才会是真实的。爸爸不要求你的人生有多么精彩，但是希望你能踏踏实实享受它，爸爸祝福你有一个能够通过自己的努力把握的人生，时时安心，不慌不忙。

01 山川风物与足迹

离开兰州之前，
我们在黄河风情线大景区瞻仰黄河母亲雕塑，
赤红色的花岗岩雕成仰卧的年轻母亲，
脸上的表情和与她的身躯一体的波浪同样温柔，
怀抱象征着中华儿女的婴孩，
平静地望着远方。

在甘南[1]，思晋南

人一生要来一次甘南。

我们来了，来自山西。

来甘南要到拉卜楞寺，我们瞻仰了。来甘南要到桑科草原，我们领略了。

拉卜楞寺初建于1709年，先建起大经堂闻思学院，后建成寺庙，一切皆以智慧为本源。此时正值暑期，游人络绎，七彩众生，南腔北调，欢快的孩子，曼妙的女郎，还有如我们一样带着考察文旅融合课题的团队。年轻的僧人为俗人们提供着导引，用最质朴简约的语言讲解大德。如是我闻，若有所思。

桑科草原和拉卜楞寺都在甘南州的夏河县，我们在立秋的前一天来到这里。桑科草原是一片理想的草原，四周远山苍翠环绕，草场开阔丰茂，中间是一条河流，山如屏障遮挡了恶劣的天

① 甘南，即甘肃省甘南藏族自治州，位于甘肃省西南部。

气，河流滋润着花草和牛羊，蜜蜂在采蜜，牛羊在产奶，空气中流淌着蜂蜜和牛奶混合的香甜味道。尽管观景台上游人如织，时尚的度假帐篷鳞次栉比，但最后都融入了风景之中，成为点缀。大概是由于明暗错落的山影，或者油画般充满神性的云彩，当阳光透过云隙时，光束垂照着远方的山顶或近处草坡上的牛羊，喧闹的人们与他们的诸般心绪都为大寂静所吸纳。

那一刻，桑科草原占据了我的心灵，我想起了我的故乡晋南。我们无法选择出生地，但我们可以热爱故乡，我们可以在更远的地方更加地热爱她、思恋她。

与甘南不同，晋南没有草原，是农耕腹地，有着无垠的麦田。孔子定《尚书》自尧始，我就出生在尧都平阳，那里是“康庄大道”的源头，“日出而作，日入而息。凿井而饮，耕田而食”。相传帝尧茅茨土阶，在这里教民稼穑，这里是当时华夏部落联盟的中心，被称为“国中之国”——最早的中国。帝尧竖起听取民间诉求的“诽谤木”，正是华表的前身，仿佛民主的路标，指引着中华文明的走向。尧将二女娥皇、女英下嫁虞舜，开启华夏民族婚姻习俗之源，唐尧故园甘亭镇的威风锣鼓，据传是帝尧亲自所创的曲牌，那样的话，足足有四千七百多年的历史了。信史再往前的神话时期，黄帝战蚩尤，有人认为，争夺的就是晋南古河东的盐池，后来炎黄二帝大战，两个部族融合为一体，后人由此被称为炎黄子孙。山西，就是一座中华文明博物馆。

人一生要来一次甘南，她会让你知道该往哪里去；人一生要来一次晋南，她会让你知道我们从哪里来。

山西要打造国际知名旅游目的地，我们为此来甘南调研。在大西北的第一场秋风中，我们离开甘南州，前往临夏州和政县星语云端景区考察。在松涛柏海中的山巅，有两间白色帐篷顶的特色餐厅，三百六十度的玻璃幕墙可以尽览远山、河流、林海、草坡、村落和盘山路。然而我们低估了游客量，盘山路上都是私家车、摩托车，向山上望都是车和人，向山下望也都是车和人。路上车行缓慢，时不时就堵住了，本地的人们干脆把车扔在路边的简易停车场，摆出露营的桌椅来享受时光。巧，还是不巧？我们赶上了和政县承办的西部赛马大会，来自甘肃和周边内蒙古、陕西、四川、宁夏等地的数千骑手赶来参会，吸引了日客流量两万人次的观众，双向两车道的盘山公路不堪重负，偏偏和政县最大的一块跑马草场就在这山上，又偏偏这里的群众本身就有“浪山”的休闲习惯，于是我们就遭遇了这盛况。在黄河流经的地方，我们山西偏关县老牛湾是黄河与长城交会“二龙戏珠”的地方，黄河、长城、太行三条一号旅游公路的“零公里”标志处，成功举办过全国性的越野拉力赛和越野徒步赛，冬天的时候还在万家寨水库形成的天然冰场，举办了两届“全国大众速度滑冰马拉松赛”。不一样的是，山西的老百姓没有这里的人们这样的休闲生活的心态，本地人游本地尚未蔚然成风。直到赛马会结束我们才得以通行，人们从各条山路上汇流到盘山公路，那么悠闲，有人是去看赛马，也有人借着看赛马来“浪山”。整座山头都被车辆和游人覆盖，看着杂乱，实际上却也井然有序。

赛马会结束，和政县的县委书记和县长赶来向我们介绍情况。大概是受赛事的感染，座谈会欢快而热烈，我们调研组的民歌歌唱家和和政县的县长搞了个小型赛歌会，你一首“山丹丹”，他一首“绿韭菜”，学院派和民间风相得益彰。我不知道是县长会唱“花儿”才把文旅活动搞得这么好，还是为了把“花儿临夏，在河之洲”文旅品牌搞好，县长才学唱的民歌，无论怎样，这位用心用情地唱“花儿”的县长是个新时代的好干部。“花儿临夏，在河之洲”主要的活动地点是太子山旅游大通道的松鸣岩，在黄河边一处崖壁上修有庙观的山上，修建有栈道，很像我们山西的北岳恒山的悬空寺，但山势和庙宇规模都要小很多，隔河远望像是微缩景观。然而，就在这里，每年的农历四月二十六到二十八，有十万游人纷至沓来，观赏来自甘肃、宁夏、陕西的“花儿”爱好者赛歌的“花儿大会”。我们山西有与陕北民歌一脉相承的河曲民歌，有立于千仞之上的悬空寺，但我们还缺乏这样的品牌活动聚集起人气。

此行考察两个省区，我们坐动车从兰州直接到宁夏的中卫市。晋南人自驾游喜欢途经延安到中卫市的沙坡头，我不少朋友都来过，说实话我还是第一次来，在我的想象中，沙坡头大概就是以西部风情和滑沙游乐为主题，来调研过才知道传统的观念限制了我们的想象力——沙坡头已经在打造沙漠星空的品牌了，这里建起了星星酒店，让人们能够在远离城市的大漠上仰望星空，他们已经着手开发“元宇宙”主题旅游活动了。说实在话，沙坡头的黄河弯道并不十分惊艳，“天下黄河九十九道弯”，入晋第一湾就是前面说过的偏关县老牛湾，我们晋南的永和乾坤湾就有七道弯，哪一道弯都比沙坡头的壮美，但游客量却与山河之大美不符。当我们登上能够把游人托举到六十米的高空俯瞰大漠的观光梯，远眺数千头骆驼组成的驼队载着游人体验大漠，驼铃声声，人们忘情地在沙海冲浪，在黄河上空“飞黄腾达”，在浪花里“皮筏漂流”，我又想到了我们晋南的壶口瀑布。除了景观，我们还能为新时代小康社会里需要休闲娱乐的人们打造些什么好玩的项目呢？沙坡头已然是国际知名旅游目的地，我们不远千里来考察学习，显然是选对了地方。

离开兰州之前，我们在黄河风情线大景区瞻仰黄河母亲雕塑，赤红色的花岗岩雕成仰卧的年轻母亲，脸上的表情和与她的身躯一体的波浪同样温柔，怀抱象征着中华儿女的婴孩，平静地望着远方。陪同调研的甘肃省政协的同志问，你拍照了吗？我说，拍了，用眼睛拍到了心里。

桃花潭边看傩戏

离开桃花潭时，天刚拂晓。西天的月尚高，日未升出东山，已然照得那浮着一饼月的云彩如同匹练。山色渐淡，树影从浓墨中显现，那几匹白练飘在山的高处，一轮清白的圆月如水波中的龙珠，在江中隐约起伏穿行。薄雾笼着江面，水鸟鸣声欢快悠远，这潭水便像极了汪伦送给李白的那一潭。我正发怀古之思，不经意转头，见不远处有人伫立水边面向残荷垂钓。并没有最相宜的诗句可以传神此刻晨曦里的桃花潭，除非将她泼墨于宣纸。宣纸产于宣城，难免使人觉得正是天地的造化之功，就为宣城的这桃花潭、敬亭山，不然那繁复绝妙的工艺怎么是人力可为的呢？

我似有所悟，山水之美似乎专要在孤独无人时方能真正体会，然而人怎好如此自私，只愿“相看两不厌，只有敬亭山”，不喜闻“岸上踏歌声”？山水自有灵气，而若无人寄情，终算不得名山。想想汪伦当年以“万家酒店，十里桃花”将李太白“忽悠”来，却原来只是姓万的人开的一家酒肆、十里铺上几株桃花。而当李白醉卧舟中将去之时，汪县令[1]又率乡民于桃花潭边踏地作歌，惹得诗仙泪目而以诗相赠。这段佳话引得千百年来无数文人墨客、烟火男女来听歌声看桃花，汪县令堪称中国历史上第一位懂得用名人的流量推动当地文旅融合发展的好干部啊！

这世上要我们这些搞文学的人何用？无非是发现天地之大美、表达人间之真情罢了。洞幽烛微、寄怀山水，发千古之叹、怀古之思。

这一次我到安徽，除了来宣城，也心心念念要到安庆的。安庆桐城的文脉之盛鲜有其他地方可以比肩，毕竟“桐城派”可不仅仅是名头响亮。我想到安庆，是为着一个不愿意言说的缘故，也为着听一听原汁原味的黄梅戏。我第一次看黄梅戏，差不多是四十年前了，村里谁家办喜事，请了公社的放映队来播了一场《女驸马》，于是就把听惯了“眉户”剧的乡亲们惊艳了。三十多年光阴过去，此时得见黄梅戏表演艺术家韩再芬老师，不免有亦真亦幻的穿越感。韩老师很高兴我对黄梅戏的说法——我对她说：“早年间在我们晋南，人们把看蒲剧当作吃面条，把看黄梅戏看作吃水果糖。”天天要吃面，偶尔才吃块糖，然而却会甜到记忆里去。

而我没有想到的是，此次安徽之行，最触动灵魂而带来强烈的审美感受的，不是甜美的黄梅戏，也不是闻名遐迩的桐城派，而是在池州偶遇的一个古老的小剧种：傩戏。大概是我第一次观赏到傩戏的缘故吧，此前我只以为她就是一种戴着吓人的面具娱神驱鬼的舞蹈，及至在剧场里看到傩戏《孟姜女招亲》，我被惊艳了——原来傩戏竟然这样美！这出小戏讲的是，古时万喜良[2]逃避劳役，藏在一棵大树上躲避

① 也有观点认为此时汪伦已经辞官。本文此处采用了汪伦尚未辞官的说法。
② 在其他戏剧及民间传说中，该人物名字亦作范喜良。

追兵，恰巧看到围墙里的花园中孟姜女在池中沐浴，二人一番斗嘴后定下终身。两位年轻的演员戴着傩戏面具表演，孟姜女的面具柔美，万喜良的面具敦厚。面具自然没有表情变化，肢体的表达也不丰富，没有上下翻飞的水袖，更没有眼波流转间的顾盼生情，甚至无论男女角色都只有一个走路兼作揖的姿势，仿佛发条玩具。但这个古雅的动作不断地重复，反而形成了极具仪式感的显著艺术特色，尤其年轻的女演员在固定的台步间腰肢款摆，用微动作来弥补大动作和表情变化的缺乏，庄重中蕴含着活泼，使得那没有表情的面具渐渐透露出一种神性的魅力。唱词通常也要重复三遍，这种不断强调的艺术之美，非常深入人心并且调动情感、触及灵魂。我不知不觉地沉醉了，深深地体会到傩戏夺魂摄魄的艺术魅力。傩戏被誉为“中国古代戏剧的活化石”，在新时代被艺术家们赋予了新的活力，使她从向上苍和神灵祈求风调雨顺、五谷丰登的娱神戏，演化为可以承载民间故事的活泼艺术形式。另一出《钟馗与小鬼》的动作戏，没有什么台词，更像是哑剧，但把小鬼对象征着权威的钟馗的佩剑的觊觎、骗到佩剑后的小人得志，以及钟馗被美酒引诱后失去佩剑与小鬼角色互换、为小鬼脱靴的窘迫，演绎得淋漓尽致，讽刺、戏谑，醒世而暖心，艺术特点依然是动作的不断重复，那可怖可笑的面具逐渐变得可叹可感。这一文一武的前后两出小戏，尽显傩戏这一中华优秀传统艺术形式的独特魅力。

倘使不是我来到宣城与安庆亲身体会，大概就要错过桃花潭的千古佳话、桐城派的不朽文章、黄梅戏的莺莺燕燕、傩戏的古雅庄重了。这里把天地之间、古往今来的文章人情都收拢于一处，让你目眩神迷、心驰神往。古时汪县令用好了李白这个大IP，让桃花潭自此载入史册。世间大概还有很多藏于深闺的“桃花潭”“傩戏”，等待着更多的“汪县令”，把这些美好的人文风景展现在世人面前。

2013年摄于黄河壶口

寻梦西峡

“南阳诸葛庐，西蜀子云亭。”我自蜀中来到南阳，依赖于现代交通工具的快捷，八个小时里完成了一千公里的行程，思想却穿越三千年历史，想象着这个叫作西峡的位于豫陕鄂交界之地的县份，曾经属于逼迫巴国开始百年迁国之旅的楚国——千里迢迢，我来这里寻找什么呢？

西峡归属南阳，南阳关是深刻在我的生命记忆里的一个景象。少时放牛，我迷恋于读《说唐全传》，把其中有名有姓的隋唐十三条好汉天天挂在嘴上，力气最大的李元霸，冲动玩命的裴元庆，不可一世的宇文成都，冷面寒枪俏罗成，有统帅之才的秦叔宝……他们都曾激荡着一个牧牛少年的英雄梦想，然而随着年龄渐长，那些曾经浓墨重彩的面孔，在时光中渐渐褪去光彩，只有一个人的形象越来越清晰，已经无法从记忆的世界里抹去，他就是第五条好汉伍云召。云召官拜南阳侯，在隋唐好汉里不是官最大的，也不是武艺最好的，我之不能忘怀，不是因为他身上集合了其他好汉的勇猛、罗成的俊美和秦琼的帅才，又情深义重，几乎是一个无可挑剔的完美人物；我之难以释怀的，是南阳关城破，云召怀抱幼子泣别自绝的娇妻，纵马提枪杀出城门的那一个瞬间。头上黄色战云密布，面前隋军围困万千重，他身负全家三百多口血海深仇，此时却走投无路，双眼望天天不应，只见血雨腥风——或许真正的英雄不是因为勇猛，而是因为悲情。伍云召这个画面永远地定格在了我的脑海里，之后很多年，我还会不时把他跟反出昭关的伍子胥分不开，他们有着相近的家世背景和在灭族之祸中死里逃生的悲惨命运，而云召比子胥更加悲情，伍子胥大仇得报鞭尸楚平王，云召却遭小人暗算殒命，“出师未捷身先死，长使英雄泪满襟”。我因云召而对南阳三十余年念念不忘，出了南阳高铁站，不由得仰头去望灰白的天空，体会着脚下曾为云召所经的南阳大地。

由南阳去往西峡，还有两个小时左右的高速车程。西峡地处八百里伏牛山腹地，全境近五分之四为森林所覆盖，可以想象在人类尚未出现的侏罗纪，这里就是恐龙的理想乐园，已经探明的数万枚恐龙蛋化石可以佐证；山中自古多仙草灵药，我可能这一生都不能忘记一眼看到那株焰火般灿烂的山茱萸树王时为大美摄去魂魄之感了。医圣张仲景走出西峡故里，到长沙做太守，就在大堂上为民诊病，留下“坐堂行医”的美誉，至今药店多称为“堂”。而我远来西峡，不是为读史，却是为寻梦。

记忆是一张时光之筛，过往的事物因为遗忘而更加清晰。我出生在晋南一户耕读家庭，父亲最初是一位农民，但他酷爱读书和写作。在先后担任村委主任和村党支部书记期间，为了带领村民致富奔小康，他尝试过多种庭院经济，养鸡、熬糖胶、养蘑菇、种树，每次都发动全家人跟上他“老少齐上阵”，然而结局总是失败，像极了《百年孤独》里醉心于各种科学实验和炼金术的何塞·阿尔卡蒂奥·布恩迪亚，只落得母亲偶尔的埋怨和村里人经年的嘲笑。所谓“少年不识愁滋味”，孩童时代的我并不能体会父亲的梦想和惆怅，我更醉心于体验家里每次因为父亲的尝试所带来的巨大改变：有一年家里的火炕上摆满了铺着鸡蛋的笸箩（在西峡的恐龙博物馆看到那些布满巢穴的巨蛋，总能使我想起当年这个情形），笸箩上都罩着厚厚的棉被，它们占据里炕上最温暖的中心位置，我们兄妹三个和祖母被挤到角落里去睡。半夜被尿憋醒时，我总能看到父母小心翼翼地把每个蛋都翻转一遍——父亲把灯泡安在一个小纸箱里，在箱壁上掏出一个小洞，透过小洞里射出的光线，透视鸡蛋里胚胎的发育情况。二十多天后，数百只小鸡都纷纷出壳，我们的生活从早到晚都有啾啾的鸟鸣相伴，一日三餐就在泡了水的小米跟鸡屎混合在一起的特殊味道里下咽了。有一年，家中宽达三间的堂屋里被隔出了一个火车车厢般的小屋子，里面用青砖盘了一个巨大的炉灶，上面放着一口村里用来杀猪的大铁锅，父亲把原料和水配好，用一根锹把费劲地搅动着锅里颜色可疑的糖稀——大概是技术的问题，他熬出的糖胶卖不出去，就鼓励家里人用茶缸喝完它。我喝了两次就再也不沾边了——剩下的大半锅糖稀跟铁锅凝在一起，怎么也撬不下来，只好叫来几个人抬出去，被一个捡破烂的人不情不愿地拉走了。

父亲在十里八乡都享有以德服人的美誉，他从不拿公家一针一线，是典型的好干部，然而在改革开放初期，在带领村民发家致富上，他却是个悲情英雄。在屡次尝试失败之后，他耗尽了热情和信心，辞去村党支部书记职务，捡拾起文学梦想，去市里的报社做了实习编辑，后来经招考到了镇政府，成了一名默默无闻的乡镇干部。岁月尘封了父亲带领乡亲们发家致富奔小康的梦想，三十多年后，他已经是一位须发斑白、年近七旬的老人，满足于儿孙满堂、岁月静好了。当我在历史车轮进入新时代、国家脱贫攻坚取得胜利之际的2020年来到西峡县双龙镇的百菌园，进入占地近两万平方米的标准化智能温控种植大棚，看到一眼望不尽的一排排木架上数以百万计的菌棒，和菌棒上生长的童话世界里的精灵般大大小小的蘑菇的时候，时空在那一瞬间飞旋倒转，我伸出颤抖的手去触摸那些调皮的香菇和花菇，不禁心热眼潮——这不就是父亲当年的梦想吗！

我清楚地记得那个北方初冬寒冷的凌晨，夜的帷幕还没有缝隙，我听见父母在堂屋里低声对话。母亲说，天还黑着，你走路操心点，要不过会儿再出门？父亲说，不行，到车站好几里路，得赶上去太原最早的这趟客车，到太原就天黑了，明天买上菌种还要赶天黑前回来哩。家门咣当响动，父亲在母亲的叮咛声中出门去了。第二天傍晚掌灯时分，母亲和祖母正在炉灶间忙活，父亲风尘仆仆地进了家门，他笑眯眯地掀开棉门帘进了屋，大声宣布道："很顺当，菌种买到了！"顺手扔给我一本从太原买到的《山西民间文学》，那是父亲买给我的第一本书。我如获至宝，埋头在油墨的香气里读起那些故事，耳边听见父亲对母亲说，要是咱能种成平菇，销路也有，就从村里选几户培训，慢慢地扩大规模。他的语调那样有底气，仿佛已经是个蘑菇种植的技术员，并且之前的养鸡和熬糖浆并没有失败过。

翌日我放学回家来，院子里已经摆满了用椽子和木棒捆扎的架子，都是三四层的样子，母亲正忙着帮父亲把泡好的几大盆棉花籽皮和蘑菇菌种搅和在一起，父亲捧着一本蘑菇种植技术书，研究着配置着比例。跟我在西峡看到的菌棒不同，三十多年前的菌胚要借助民间扣土坯的工具，压制成一块块如今常见的120平方厘米的地板砖大小、厚达十几厘米的大方砖。我帮着父母把木架子都抬到收拾得空空荡荡的堂屋，靠墙放置，大概出于保温的目的，父亲已经把家里所有的窗户都用塑料薄膜密封上了。他把每一层木架都用塑料薄膜铺好，指挥我和母亲把那些大方砖小心翼翼地抬回来，放置到架子上。父亲背着塑料的农药喷雾器，把菌砖都喷湿后，盖上塑料薄膜。继卧室被作为养鸡场之后，堂屋又从糖胶作坊变成了种植大棚。为了保持湿度，父母每天都要轮流背着喷雾器喷洒一遍水。若干天后，菌砖开始高低不平了，塑料薄膜被顶出了大大小小的凸起。

有一天趁着堂屋里没人，我小心地抠破了一块鼓起的塑料薄膜，于是一个捡了好些年野蘑菇的放牛娃，第一次目睹了平菇圆润俏丽中带着点仙气的姿容——欸？这不是《白蛇传》里白娘子为救许仙采的灵芝吗？我伸长着细脖子盯着看了许久，不知道这神话中的仙草怎么就到了我的家里。它是什么味道？吃了会不会长生不老？我使劲地嗅着它的香味，浑然忘却了神话和现实的区别。很快，除了一两块发霉变质外，多数菌砖都长出了厚实光滑的平菇。母亲忙了起来，摘上一大筐，用自行车驮到集市上去卖，父亲也开始跃跃欲试地准备试种香菇了。然而，除了县城和镇上的工厂里有些干部还吃吃蘑菇外，在乡间，庄稼人都不大喜欢蘑菇汤的怪味道，即使在我们这个酷爱吃菌类的家庭中，也有人不买账，我弟弟就从来不吃蘑菇。父亲的平菇种植成功了，却没有如今的电商直播平台能把他的蘑菇销到大城市的饭店里去。好在我们家是吃不厌蘑菇的，于是早晚熬蘑菇汤，中午各种炒蘑菇，倒也弥补了我们冬天吃不到这美味的遗憾，一家人吃得都胖了不少。然而那个冬天也出了一些怪事，全家老少“吭吭咔咔”此起彼伏地咳嗽到开春，吃什么药都不见效，直到蘑菇耗尽了菌砖的营养，春风从揭开塑料薄膜的窗户里吹拂进来，一家人才停止了竞赛般的咳嗽。父亲一下子明白过来，蘑菇是通过菌丝繁殖的，无数菌丝在密封的屋子里飞舞，我们的呼吸道成了它们的温床。我帮着父亲把那些已经干燥酥松的菌砖用小平车倒进了沟里。来年冬天，父亲没有再去太原购买菌种，他辞去了村党支部书记一职，去地区（市）里办的报社实习了。

在西峡县双龙镇百菌园的智能大棚里，我仿佛陷入了父亲的梦境，不由得伸手从架子上拿下菌棒，采下成熟的花菇放进采摘工的小推车里。那个花甲年纪的阿姨对我笑笑，用当地话轻声问：“你怎么会干这个？”我也笑笑说：“小时候家里也种过蘑菇。”她口音浓重，但我还是在短暂的攀谈中得知，她家里好几个人都在这里当种植工，仅这个基地就有4座大棚，是西峡最大的脱贫攻坚产业园，带动了452户1343人脱贫致富。往事尚如昨，仿佛越千年，父亲当年搞家庭种植的时候，怎么会知道三十多年后的蘑菇种植基地的标准化规模：不但有生产车间、养菌基地、种植基地、保鲜库、加工车间、电商孵化基地，还有菌菇文化博物馆、食用菌培训中心、生物研发中心。如今的种植大棚，配备水帘、风机、喷淋等智能化设施，夏季温度控制在适宜的28℃，冬季在0℃以上，蘑菇们一年四季都在生长，每年加工销售有机鲜菇5000吨，干菇1000吨，年产值1.3亿元。西峡成功开通香菇铁海快线（中欧）专列，成为全国最大的香菇生产加工出口基地，农产品出口保持全国县级第一，仅食用菌出口额就达13.4亿美元。

西峡总人口47万，有近20万人从事食用菌产业，这些美丽美味的“灵芝草”使得小康生活从神话变为现实。多年前，我曾写过一篇叫《圆梦》的小文章，记述我替爱好文学的父亲圆了作家梦的事，而今，我又见证了父亲另一个梦想的实现，这个梦是一个平凡的农村干部的梦，也是中华民族的中国梦，是每一个中国人的家国梦。

“靠山吃山”，这是数千年中国农耕文化的特征之一，其中有着道法自然的智慧，但作为一门生存哲学，却不仅仅表示字面的意思，她深层的意蕴是人与自然的和谐共生关系，是人与自身所处环境的优势资源的互惠关系。我真正理解这句话，一是近年在省外挂职和全国各地采风时，随处看到在广大农村从脱贫攻坚到乡村振兴有效衔接过程中，绿水青山的美丽生态和特色产业的富裕乡村像传说中的世外桃源一样成为普遍形态；二是实现全面小康后，我有幸作为驻县帮扶大队长投入乡村振兴事业中，正像我们洪洞那句老话所说“到什么山上唱什么歌”，所到之处，我处处留心人家的特色产业是怎么发展的，脱贫人口的增收和就业问题是怎么解决的。慢慢地，我感到“靠山吃山”是我们这个新时代的乡村振兴过程中的一个重要特征，她的核心思想就是“绿水青山就是金山银山”，而我真正看到一个近乎完美的实践地，是在秦岭深处的陕西省柞水县下梁镇的老庵寺村。

今年[1]夏天，我们中国作家“国之大者　生态秦岭”采风团来到秦岭南麓的这个小山村。几天来，我们都在创纪录的高温天气里汗流浃背，乍一来到这个海拔1200米的满目苍翠的地方，顿觉清凉无比，有几位作家居然把好些天都没用过的薄外套穿上了。“柞水木耳”已经是名满天下的生态产业品牌了，像老庵寺村这样青山环绕的海拔高、湿度大的优良生态环境，当然是菌类种植的天堂，然而纵使有心理准备，我的身体和心灵还是被目光所及的地栽木耳的产业规模震慑住了。密集而整齐的菌棒都套着塑料薄膜，像无数巨大的蚕蛹一直绵延到远处的青山脚下，而最令我觉得美好的是，在这一片白色的海洋之上的身着各种颜色的服装、一边谈笑一边采摘木耳的村民。这不正是小康社会的田园之乐图景吗？当然，我离得远，看不太清楚，他们也有可能是专程前来体验采摘乐趣的游客，毕竟作为陕西省的美丽宜居示范村，这里的乡村旅游是和主导产业互为依托的。我不由得蹲下身来，细细欣赏那些似曾相识的菌棒。记忆是一张时光之筛，留下的过往事物因为遗忘的筛选而更加清晰。我清楚地记得三十多年前那个北方初冬寒冷的凌晨，夜的帷幕还没有缝隙，担任村党支部书记的父亲为了带领村民致富奔小康，踩着星光出了门。他步行好几里路到车站，坐上最早的绿皮火车，晃荡到太原，这时天就黑了，第二天买上菌种，还要赶在天黑前回来。蘑菇是种植成功了，靠着母亲挎着篮子去集市上卖，却卖不了几个钱。岁月尘封了父亲带领乡亲们奔小康的梦想，三十多年后，他已经是一位须发斑白、年近七旬的老人。当历史车轮进入新

① 本文写于2022年。

时代，父亲在《新闻联播》里惊讶地看到，这个跟他当年那个小村庄差不多，都是千把口人的老庵寺村，2017年还是个偏远的深度贫困村，村民靠着种植小小的木耳仅仅两三年时间就脱贫摘帽，过上了小康生活。更令父亲艳羡不已的是如今的电商销售模式，柞水木耳曾经在一次著名的直播带货中创下惊人纪录，这是他当年做梦都不敢想的好事情啊！

而今，我置身于这苍莽的青山环抱的小山村，亲眼见证“小木耳大产业”的盛况，依然不敢相信自己的眼睛，这黑缎子般铺展在路边网床上晾晒的黑木耳父亲当然见过，熬冰糖雪梨的银耳他也见过，但他一定没有见过金灿灿的金耳和晶莹剔透的玉耳，我也是来到柞水县后才知道世上真有如此山珍！这是秦岭的恩惠了，柞水特有的柞木古来就是生长木耳最理想的温床，所以柞水木耳是天赐的珍宝。新时代以来，人们不再砍伐柞木截成树桩来养殖木耳，而是仿照柞木桩特有的样子制作菌棒来替代，托福秦岭南麓特有的气候、湿度、温度、菌群，柞水木耳成为世界驰名的珍馐，老庵寺村的人们也过上了幸福的小康生活，这就是新时代特有的“靠山吃山”吧。

今天老庵寺村的人们“靠”的是青山，“吃”的是绿水，才有“小木耳大产业”的金山银山。过去，人们头脑中并没有这样的理念，认为“靠山吃山”是理所当然，在生存的压力下全然不顾及秦岭的生态。二十世纪八九十年代，老庵寺村的人们为了生活上山开荒种地，不断引发自然灾害。为了挣两个钱，人们砍倒山上的树木，背到山外去卖木材，“背树”成为挣命的苦行当。那个时候，就算是米粮川的农民，想要挣点现金给孩子上学，或者给家里添置点必需品，也只能咬咬牙砍两棵树。我在长篇小说《众生之路》里专门描写过父亲不得已砍倒院子里两棵老榆树去卖的故事：

后半夜，学书睡得正香，被爸爸悄悄地喊醒了，跟在屁股后面迷迷瞪瞪到了院子里，看到叔叔也来了，三个人大气不出，学书把着车辕，爸爸和叔叔拿两根撬棍让木料的一头翘起来，学书把平车尾翼插到木料底下，他们就把撬棍往后移半米让木料往车厢里挪，直到把剩下的那株榆树的木料装到小平车上，趁着星光，像推着一门大炮一样出了院门。太阳冒红的时候，他们已经到了县城的木材市场，那根五六米长的巨木卖了二百四十块钱。

那两棵老榆树曾经伴随我走过整个童年，香甜的榆钱用面粉调好蒸熟，是难得的“改善版伙食”，爸爸不得已砍掉它们卖了木料，可能是给妈妈买了一台缝纫机，也可能就是给孩子们交了学费，毕竟那个时候农民手里想有两个现钱是件很伤筋动骨的事情，人们挂在嘴边的一句话就是“一分钱难死英雄好汉”。但比起当时老庵寺村的人们来，我们在交通上还是轻松很多，柏油的国道就在村子边上，还可以用小平车推到县里去，而深山里的木料是要靠血肉的肩背来一步一步背下山去的。就是因为背树太苦了，老庵寺村的人们开始伐木烧炭，一百斤木炭能卖十多块钱。就像白居易的《卖炭翁》里所写：“卖炭翁，伐薪烧炭南山中。满面尘灰烟火色，两鬓苍苍十指黑。”上年纪的老人们回忆说：“远看青山冒青烟，近看小鬼在烧炭。”一棵又一棵的树木被砍倒，化为青烟，人们在日渐恶劣的环境中慢慢烧掉了青山，也忍受着日月的煎熬。如今，经过二十多年的封山禁伐、退耕还林的治理，这里青山绿水绕古村，一位当年烧过木炭的老人家，借乡村旅游的东风，也开起了农家乐，每年轻轻松松有一二十万元的收入。

新时代的乡村到底应该建设成什么样子？这是我担任驻县帮扶大队长以来几乎每天都在思考的问题，老庵寺村因地制宜、利用历史资源建设山水乡村的做法很值得借鉴。村名老庵寺，源于志书记载。这里在唐贞元年间是秦岭南麓的一大名寺，香火最旺的时期有上百间殿宇，僧众繁多，远到长安、蓝田、金州[1]的香客都翻山越岭来拜山。如今晨钟暮鼓的古寺虽然已经无处寻觅，老庵寺村街巷的围墙上却绘制着唐代壁画游乐图，唐灯、唐诗让游人如同置身于当年的大唐盛世，这是对历史文化资源的活化利用。“农业学大寨”时期，老庵寺村修建有一座水库，在秦岭山水乡村建设中进行了清淤，就地取材用淤泥在水库中央修起了一座小岛，淤泥丰富的营养使得岛上很快草木葱茏，成为年轻人谈情说爱的幽静所在，美其名曰“情侣岛”，在短视频风行的今天，成为火爆的网红打卡地。加之湖边环绕的长廊亭台，当远山日暮时分，湖光山色落霞孤鹜，很是动人情怀，不禁吟哦起李白的《菩萨蛮》：“何处是归程，长亭更短亭。”

自然、人文、产业在这里得到完美的融合，这样的“靠山吃山”才是新时代乡村建设的题中之义吧。采风结束后，我写了一首七律发在微信群里送给同行的诸位师友：

烟岚云岫莽秦岭，
岭下悠然田园景。
和合南北中华脊，

①金州，指唐代金州，即今陕西省安康市。

祖脉福泽难形容。

国之大者在振兴，

深扎民间多采风。

山乡巨变创业史，

诸君学作新柳青。

从『沙窝里』到黄崖洞

我们这一代人，被称为“70后”，生长于和平年代，自小却深受革命英雄主义熏陶，得以塑造出积极向上的人格，也影响了我们一生的兴趣和志向。改革开放初期，乡村人最大的精神盛宴就是看露天电影，谁家有个喜事，儿婚女嫁或者孩子考上大学，大多都会被乡亲们撺掇着请来县上的放映队放一场电影，多数是抗战片——《地道战》《地雷战》《三进山城》《英雄儿女》，热闹、酣畅。那更是全村男娃娃们的节日了，我们趴在树上，骑在墙上，甚至上到房上，瞪起眼睛望着银幕，一眨不眨——其实早就看过不知道多少遍了！我们小村得天独厚，村子紧邻着军马所，村西有座大营房，驻扎着一个炮兵连，村口隔着条国道是个团部，盖在盐碱地上，老百姓称作“沙窝里”。团部礼堂隔三岔五放映战争片，多是县上的放映队没有的大片，比如《瓦尔特保卫萨拉热窝》。军民鱼水一家亲，团部的电影院是对周边村子的老乡开放的，我们村更是近水楼台先得月。我常常刚放学回到家就会被提前从田里回来做饭的母亲催促吃饭，于是便福至心灵地知道团部今晚放电影。暮色渐合，通往沙窝里的乡间小道上，人潮络绎不绝，男女老少急匆匆地走着，去奔赴艺术生活和英雄故事的盛会。

平日里，我们这些男娃娃的游戏也就成了打仗：打鬼子、抓特务，一帮人演八路军，一帮人演鬼子。演八路军的意气风发，演鬼子的愤愤不平，战壕里对垒，都把土疙瘩当手榴弹扔得满天飞。电影和游戏并不能满足我们的精神需求，被称为“小人书”“娃娃本”的连环画才是最让人眼红的“财富”，但只有家长挣工资的人家才买得起。那哥们儿把自己的百十本连环画装在一个废弃的弹药箱里，外面加一把锁，关系好的才能借出来看，还要还一本才能借下一本，《铁道游击队》《敌后武工队》我都是这样艰难地讨要来看了全套的。因此我们就盼着每年的“六一”儿童节，村边部队的解放军叔叔们就会把图书馆的连环画整箱整箱地搬到学校来，校长和老师们也会“开恩”，允许我们占用上课时间看连环画，那种如饥似渴的饕餮之感，我至今都记忆犹新。我爸虽然是村党支部书记，但照样买不起连环画，我只好带着弟弟跑到营房旁的垃圾堆上捡拾废铁和玻璃瓶子，走五六里路抬到镇上的废品收购站去卖，满满一蛇皮袋可以换得一两毛钱，然后在镇街的地摊上借阅连环画，两分钱看一本，兄弟俩脑袋凑在一起可以看七八本，非常过瘾。

革命英雄主义在“沙窝里”这块盐碱地上、在我们这代人的心里扎了根。我在参加工作后知道抗战时八路军总部曾驻扎在我们县的马牧村，还专门去朱德总司令的旧居瞻仰留影。后来随着革命形势的变化，八路军总部迁至太行山区的武乡县，震惊中外的百团大战就是在这时由彭德怀副总司令指挥的。百团大战取得胜利的一个重要因素，是八路军建设了年产武器弹药可以装备16个团的黄崖洞兵工厂。这个被朱德总司令称为八路军的“掌上明珠”的兵工厂，建在风景秀丽的太行山大峡谷深处的黄崖洞里，位置相当隐蔽，易守难攻。1941年11月，日军调集第三十六师团及独立混成第四旅团五千多兵力，重兵进攻太行山大峡谷，要摧毁黄崖洞兵工厂。因敌我兵力悬殊，彭总一面命令八路军特务团构筑工事、铺设地雷阻击日军，一面安排从速撤离兵工厂的技术人员和机器设备。日军首轮进攻失败后，抓了很多老百姓赶着羊群在前面排雷。为免伤及老百姓，特务团主动缩小防守阵地，在黄崖洞下面的峡谷南口布防，狭窄曲折的峡谷峭壁上有一块凸出的岩石，上面原本是一个观察哨，加固后构筑成了仅够一个人容身的单兵掩体，这里与谷底的垂直距离有几十米，手榴弹扔不上来，敌人也无法发起集体冲锋，居高临下，是真正一夫当关万夫莫开的天险。就在这个小小的掩体内，特务团七连17岁的司号员崔振芳孤身坚守七天七夜，甩下一百多枚兵工厂自制的马尾弹，打退日军数十次进攻，歼敌数十人，成功掩护了兵工厂和后勤部队的撤离，最后被日军迫击炮弹炸起的石块刺破喉咙，壮烈牺牲。当气急败坏的日军终于攻上黄崖洞时，他们震惊地发现眼前只有这一位“小八路”的遗体。

黄崖洞保卫战歼敌八百余人，创造了敌我伤亡比例六比一的辉煌战例，孤胆小英雄崔振芳的英雄事迹也在抗战史上留下光辉的一笔。六十多年后的2002年秋天，我作为青年作家参加山西省作协组织的采风活动，来到黄崖洞，倾听了这个令人振奋的抗战故事，并惊讶地得知崔振芳是我的洪洞老乡，更加感到与有荣焉，在他牺牲的地方久久驻足，并在以后漫长的岁月里常常想起这位故乡的英雄来。秋天时，太行大峡谷黄叶红枫五彩斑斓，是风景最美的季节，而太行山最震撼人心的，是在这里战斗的战士浩然的英雄气概。崔振芳本来是被安排跟随军工技术人员提前撤退的，但他坚决要求参加战斗，并连续写了五封请战书，首长拗不过他，才答应了下来。谁也想不到，崔振芳在黄崖洞保卫战中起到了决定性的作用。他最先在掩体内看到日军发射毒气弹，及时吹响军号发出防毒信号，提醒战友们拿出浸湿的毛巾捂住口鼻防毒，保证了部队的战斗力；在配合他投弹的战友牺牲后，他独自坚守掩体七天七夜，为兵工厂和后勤部队的撤离争取了时间；在最后的关头，当日军试图阻击八路军的援兵时，他毅然吹响冲锋号吸引了敌人的火力，在猛烈的迫击炮火中被横飞的石块击中牺牲。崔振芳13岁在家乡洪洞加入八路军，随总部转战太行山腹地，16岁入党，17岁牺牲，他短暂的一生，展现出了一位民族英雄的壮烈。

少时革命英雄主义电影、连环画的潜移默化影响，在中年之后开始显现，自2010年起，我开始研究抗战历史，创作了长篇小说《中国战场之共赴国难》和中篇小说《弃城》《人民就是活菩萨》等抗战题材的作品，其间又多次到太行山腹地采风。今年夏天再来黄崖洞的时候，这里已经成为集生态旅游和红色文化宣传于一体的风景区，宽厚美观的黄色木栈道一直铺到黄崖洞下面。飞瀑流泉、高峡深潭相映中，是崔振芳烈士英勇歼敌的那个承载着历史烽烟的小小掩体，旁边的石壁上简短地镌刻着他的事迹，朴素而流芳百世。

太行英灵古今同。

2023年10月29日于太原

古韵新景汾水长

一、棹歌素波，人文璀璨

历史是一条长河，上溯2133年，是汉武帝元鼎四年[①]。这年秋收之后，汉天子刘彻的船队由黄河进入汾河，来到河东汾阴（今山西省万荣县）祭祀后土。答谢完大地之母后，武帝乘楼船泛舟汾水，饮宴中流，忽得南征将士捷报，正与群臣欢饮的武帝于甲板上起身，仰望长空雁阵南飞、白云碧空，远眺汾河两岸草木葳蕤、菊蕊流金，置身烟波浩渺、白浪滔滔的汾水之上，感慨系之，把酒而歌，作《秋风辞》：

……

泛楼船兮济汾河，横中流兮扬素波。

箫鼓鸣兮发棹歌，欢乐极兮哀情多。

少壮几时兮奈老何！

① 本文写于2020年。汉武帝元鼎四年为公元前113年。

越是面对浩大的流水，越是容易使人联想到光阴易逝、一去不返，孔夫子曾叹曰："逝者如斯夫，不舍昼夜。"那么，是什么让建立了千秋功业、与始皇帝并称"秦皇汉武"的一代雄主汉武帝悲欣交集、感慨万千？正是与中华文明的历史长河浑然一体、滚滚向前的浩荡汾水。汾者，大也，然而汾河不仅仅水量丰沛、风光旖旎，"一条大河波浪宽，风吹稻花香两岸"，她对华北大地和生息于其上的各族人民有上善之德，见证着自上古以来中华历朝历代的功过得失，在航运、水利、农业、生态诸方面都有着举足轻重的深远作用和无可替代的历史地位。

汾河，古称汾水，是黄河的第二大支流。《山海经》载，管涔之山，"汾水出焉"。汾河宽容博大、兼收并蓄，干流自源头到入黄口，沿途接纳百余条大小支流，曲折奋进千里途中，又有七处大泉作为主要补给源。一方水土养一方人，古老的母亲河的地理和人文特征，塑造了山西人憨厚、诚信、内敛、宽容、开放、奋进、创新的文化品格。

汾水自远古洪荒时期就在黄土高原上奔流，滋润了华北大地，养育了三晋文明和生灵，作为中国古代文明的发祥地之一，汾河的每一朵浪花都是一个美丽的传说，承载着中华文化古老而优良的传统，百条支流就有百条传说，每一眼泉水都有动人的故事。因带领百姓开渠引水灌田而被当地人民于兰村泉下游修祠纪念的窦大夫；晋祠难老泉马鞭抽水的传说、傅山题写的"难老"匾额；汾酒水源郭庄泉与"借问酒家何处有，牧童遥指杏花村"的诗句；广胜寺霍泉"分水亭"体现的1300年农业灌溉史和洪洞人性格；龙子祠泉与姑射山麓流传的西晋时金龙转世龙子传说；等等：如同天上银河里的群星，共同构成汾河光芒璀璨的文化图像。

汾水一路南流，过霍山而出，冲积出广袤的平原，使晋南的两块盆地与陕西关中连成孕育了中华农业文明的巨大产粮区，黄河“一衣带水”滋润着晋陕东西两岸。有足够的遗址可以证明，尧、舜、禹的部落都是以这片河谷盆地为国中之国，一直在这片丰饶的平原上日出而作，日落而息。尧都平阳所在的临汾市，体现华夏文明原初时代“尧天舜日”公天下的尧庙，是中华文明在人类文明史上先蹈地位的闪光印证。

二、河清海晏，永续发展

汾河流域自古生态环境甚佳，山清水秀、植被丰茂，两岸奇花异草、佳木奇材漫山遍野，但也因珍奇而招祸。汾河流域生态的破坏自唐中叶始，因为山西与京都一河之隔，渭水、黄河、汾水漕运便利，吕梁山便成为过度采伐的重灾区。大量木材从支流漂入汾河，再结成排筏顺汾河而下，入黄河。万筏下河汾的情景，历经唐宋元数代，致使绿水青山变成了荒山秃岭，水量大减。到了明代，汾河上只能“秋夏置船，冬春以土桥为渡”。有清一代，垦荒种田的现象有增无减，水土流失日益严重，曾经帆樯林立、棹歌素波的汾河已无航运功能了。前些年，受单纯追求经济效益的粗放式发展影响，汾河几乎成了排污渠。这种状况，直到党的十八大提出“大力推进生态文明建设”“努力建设美丽中国，实现中华民族永续发展”后，才逐步得到改观。

周成王桐叶封弟叔虞于唐，后叔虞子改国号为晋。晋国版图如一片桐叶，汾河是其主叶脉，叶脉水丰而叶绿，叶脉水枯而叶黄，汾河流域生态综合治理至关重要。山西构建了一个由省、市、县、乡、村主要领导担任的五级河长体系，共同守护、修复母亲河的自然生态，呵护她重新焕发生机。各地在3个月内建成了71个水质自动监测站，分布于7个流域，投入使用后为全流域治理安上了“清洁眼”和“晴雨表”。经过从源头治理、全流域治理，百条支流和供水泉源都重新焕发了活力，汾河重现水草丰美、水质清冽的美景，成为华北的“水塔”，逐渐恢复黄河第二大支流的功能，把清粼粼的汾水注入黄河，让黄河的泥沙减少，清波荡漾，呈现出河清海晏的盛世美景。

三、绿水青山，锦绣太原

“清粼粼的水来，蓝格莹莹的天，小芹我洗衣裳，来到河边……”著名歌唱家郭兰英在歌剧《小二黑结婚》里唱出了小芹内心的喜悦，也唱出了山西的美好风光。电影《我们村里的年轻人》的插曲“你看那汾河的水呀，哗啦啦啦流过我的小村旁……”更是把山西的母亲河美景唱遍祖国的大江南北。那么在新的时代，这块被汾河滋养着的土地上，人居环境怎么样呢？

这么说吧，如今在山西太原买房，有一个地带人们不必对方位的选择过多纠结，还会产生辩证的哲学思考，那就是住在滨河东路还是滨河西路：住滨河东路，可以眺望河西汾河碧波之外苍茫青翠的远山；住滨河西路，可以领略玉带般的河水环绕、各种花树掩映中的城市景观。而无论住在东路还是西路，在白天，如果天气晴朗，人们看到的都是浩浩汤汤、潮平岸阔的汾河水。晴时“上下天光，一碧万顷”，河上星罗棋布的绿洲上，百鸟翔集，锦鲤跳跃，“岸芷汀兰，郁郁青青”；若是阴雨天，则又有另一番烟雨锁河、水鸟低掠、白浪滚滚的诗意。夜晚，华灯初上，汾河上的十多座具有现代设计感的大桥或人行天桥灯光效果打开，则虹桥卧波、七彩流光，晚饭后出来休闲的人们身心自在地评点领略着，流连忘返；假若是个晴朗的农历十五前后的晚上，更是“皓月千里，浮光跃金”，有着不同爱好的人们聚集在各个广场上唱歌跳舞，丝竹谈笑，此乐何极！

外面来的人们会问：这样如同古代文豪的诗篇与画圣泼墨的山水般的人居环境，房价一定是太原最高的了吧？回答是未必，因为太原汾河景区的这条绿色生态景观长廊有60公里长，是全国最长的城市公园，人们安居的可选择性很大，没必要在哪一块儿扎堆；况且，汾河在太原境内有九条支流，其中如对角线般贯穿市区的几条沙河，两岸都建设成了景观快速路，无论住在太原的哪个角落，都能够在十分钟左右驱车到达汾河景区公园，可以带孩子到沙滩碧水领略“天涯海角”的风情，也可以去跑步和垂钓，跟住在汾河两岸没太大差别。倒是外来游玩的人们可以乘坐画舫和观光游船泛舟河上，观赏两岸的龙城新景，也可以到风光旖旎的水库景区游乐场尽情地欢乐。不过太原汾河长廊最吸引人的去处，还不是上述的自然景观和休闲娱乐的地方，而是掩映在绿荫和碧水之中的山西省图书馆、博物馆、体育中心、科技馆、大剧院。这里是人们感悟山西悠久的历史文明和传统文化、进行艺术陶冶和为现代赛事激情呐喊的地方，公园里最美的景观是每天清晨图书馆前安静地排着长队的男女老少，还有科技馆前在父母或者老师陪伴下有序地进出的孩子们。晋阳古韵，汾河新景，太原人在新时代幸福地生活在自然、人文、城市和谐的人居环境之中，一派锦绣太原城的盛世景象。

不，不仅仅是太原，汾河全长近千公里，流经山西6个地市和29个县区，流域面积达4万平方公里，不仅汾河流经的城市两岸都跟太原汾河景区有着同样的生态环境，全流域近百条支流也都经过了山水林田湖草一体化保护和修复，成为水草丰茂、天蓝水碧、鸟语花香、风光旖旎的绿水青山。

逆光里的白洋淀

白洋淀，在秋日的长空下，有些肃穆，有些神秘，有些苍凉。天是浅蓝的，云像棉絮一样白白地铺开在蓝色的背景里，仿佛凝滞不动，让人感觉是在油画里；又仿佛闲庭信步，让人的心也悠然飘荡起来。水是墨绿墨绿的，在逆光里，是无边大的一块绿玉，木船朽黑的船帮无声地划开它，让人的心感到疼。那些苇草，密密地、挤挤地站着，看着；芦苇丛中欲言又止的港汊，想告诉你一些历史，或者一段神话，来不及，它自己却神秘地消失了，让人看也看不透，想也想不通。蔓延的绿苇不绝于目，昔日的歌声与枪声依稀入耳。白洋淀，神秘的历史，诗意的开始。

水浅一些的地方，开始有了荷叶。仲秋后，不是看荷花的季节，连莲蓬都被摘走了，残败的荷叶和水草一起开始腐烂，成为有营养的物质，给另一些水里的生物提供生机。芦苇已经渐成衰草，但依然站立，互相借力，手挽着手，秋日的长空云卷云舒，仿佛风烟，成为背景。在五月里，它们的头顶曾经生长出三五片阔阔的芦叶，被摘去包了粽子。能用来包粽子的芦叶，其实不过三五厘米宽，所以需要细细地缠，比阔大的竹叶包的粽子更耐人寻味。

我们的船，共有七艘，木船，有桨和篙。这些船是渔民用来谋生计的，平时打鱼，旅游旺季就载客观光。渔民们没有准备导游词，也不会讲白洋淀的革命历史，他们会的是划船和检查水下网子里的鱼，让你来看。船老大，我们姑且这么称呼他吧，想出的第一个主意是摘荷叶，让你顶在头上遮太阳。荷花密布的水域，水浅得很，埋伏着密密麻麻的网子。船老大在船头的水里插上竹篙，伏下身去拉起一个网筒来，有青蛙，有螃蟹，有拇指大的鱼和透明的虾，偶尔会有一条抓也抓不牢的泥鳅。泥鳅像软泥一样滑。许多带壳的水生甲虫，扁扁地爬在那里，鱼目混珠。

船老大良莠不分，将这些爬爬沙沙、蹦蹦跳跳的生物悉数扔进船舱，让你看，让你玩。这样的情景，二十几年前我在村西的小河里司空见惯，而今，小鱼小虾和扁扁的水虫在我们那里消失多久，我已经不能记起，白洋淀的水，依然是它们的王国，它们的乐园。光阴的那一头我是主角，现在我则成了看客，发出陌生的赞叹。这里没有冰冷的寒水，我恍惚间产生了要钻进水底的欲望。我们把所有的鱼虾都放生了，船老大也不生气，或许它们太零碎，他看不到眼里；或许今天他不是渔民，有载客的收入，不必再去计较收获与否。那些网子，都是他自己的，鱼虾是他网里的鱼虾。

白洋淀，不见孙犁先生笔下月光里编席的妇女，也不见她们身下雪片般翻飞的苇片，也许，不是季节，也许，这一切要逆着时光去水底寻找。然而，船头划开水面，竟然没有声息，没有风，没有雨，听不到风尘的呼吸；没有诗意，只有静寂，还有淡淡的水草的气息。

竹篙漫溯，桨声欸乃，光影在碧玉中跃动，白洋淀，在逆光里延伸至无限。所有的欢声喧哗，沉入水底，任你凝神，也无处寻迹。

乘槎河谷杜鹃黄

长白山北坡的引人入胜之处，是从这里可以遥望天河飞瀑。都知道看长白山的天池要靠缘分，有缘一见倾心，无缘云山雾罩，而我们此次只有“半缘”——天池犹抱琵琶半遮面。好在多年前我就来过，而且那次一览无余地看了个够。当可以看清天池时，她是远古火山口上的一泓碧水，静得真像是跌落凡尘的一面仙镜。而正像世人常说的那样，“静水流深”，天池非但有出水口，还形成了天河飞瀑，是松花江的正源。天池之北的豁口被称为“阀门”，天池水从龙门峰与天豁峰之间这个巨大的缺口溢出来，形成一条千余米的河谷，这条河高悬于海拔两千多米的山巅之上，自古被视为“天河”。无论有多少科学结论，人们还是愿意相信天池的水源自东海，西晋张华《博物志》载：“天河与海通。”

这段短短的天河，有个令人浮想联翩的名

字——乘槎河。“槎”便是“浮槎”，相传是可以往来于海上和天河之间的木筏，当然，这个“天河”就是古人眼里的浩瀚银河，而长白山上的这一段天河，据说就是乘槎的码头所在。河上横亘着一块形似卧牛的巨石，人称牛郎渡，当年牛郎就是牵着牛从这里乘槎去往银河会织女的吧。这块巨石如今被看作坚贞不渝的爱情见证，很多年轻的情侣长途跋涉，攀登到这里来打卡留影。天河之槎，曾被当地猎户目睹，直到有清一代仍有“官方”记载，说的是光绪三十四年（1908），安图知县刘建封逆二道白河而上寻找松花江正源，看到乘槎河上漂浮着一条木筏。众所周知，由于地理环境的原因，长白山海拔两千米之上已是苔原带，不要说巨木，低矮的灌木也不生长，最高的植物不过是贴着火山岩与碎石灰烬生长的牛皮杜鹃和福禄草，这木筏从何而来？

东晋王嘉所著《拾遗记》记载：“尧登位三十年，有巨查（槎）浮于西海。查上有光，夜明昼灭……查常浮绕四海，十二年一周天，周而复始。名曰贯月查，亦谓挂星查。”刘知县所见之槎是否即此巡游四海之“挂星查”？陶寺遗址古观象台的发现，证明帝尧之时的华夏先民已经在观测斗转星移的自然规律，并且制定出了较为成熟的历法，这段看似记录“外星飞船”的神奇笔记也说明了古人开放的宇宙观念。浮槎到底是不是外星飞船？一千多年前的《洞天集》有一段更加奇特的记载：“严遵仙槎，唐置之于麟德殿，长五十余尺。声如铜铁，坚而不蠹。李德裕截细枝尺余，刻为道像，往往飞去复来。”严遵，就是严君平，西汉时的隐士，著名道家人物；李德裕是晚唐的名相。这两位的跨时代交集可谓神奇，前者被视为仙人和可以乘槎往来天河的海客——李商隐《海客》云“海客乘槎上紫氛”，李白也有名句“海客谈瀛洲”——他乘坐的浮槎被唐武宗得到，陈列在一处宫殿里，长度将近二十米，很明显还是合金的，这种材料跟现代的飞行器材质何其相似！更神奇的是，李相想办法从仙槎上截下一段不重要的细枝来，刻成了道像，经常会飞走又自己回来——这不就是高端科技的“记忆金属”吗？无论如何，这条高悬于天际的乘槎河，因典籍的记述平添了更加神秘的魅力，也更加激发了我们对中华远古文明无尽的想象。

谁知道呢，沧海桑田千古变幻，听闻“自古太行天下脊”，仿佛太行山自太古之时就巍巍屹立于华北，而我记得清清楚楚，每次陪同国内知名作家上太行之巅采风，那些见多识广的名师大家们都会对脚下已经成为山峰一角的鱼类和藻类化石诧异不已，谁又能说长白山上这条世界上最短的内陆河曾几何时不是乘槎去往璀璨银河的水路？

与前次到长白山时松叶如金的中秋时节不同，这回我们赶上了长白山的“春天”。山下的盛夏时节，正是长白山巅山花烂漫的春季，牛皮杜鹃和福禄草覆盖了火星般的火山岩和碎石灰烬，漫山遍野摇曳着她们娇嫩的黄色小花，如同星星从银河落下。长白山留给牛皮杜鹃的“春天”只有短短的两个月，知道了这一点，不禁让人更加心疼她们的美丽——我看见人们都在蹲下身子，认真地用手机拍摄着那些娇弱的小花，她们如此娇弱，却勇敢地生长在这样严酷的火山地质环境里，尽情地挥洒只有两个月的好时光，这是多么励志的生存态度！上次来过长白山天池后，我写了一篇文章《秋染长白山》，写到海拔一千米之上那些探爪游龙般的银色岳桦，她们因为高山上的强风而贴地生长、蜿蜒匍匐，仿佛在不停扭动着鳞片闪闪的躯体。这次来再看，多数岳桦都挺直了腰杆，很有些玉树临风的英姿，又是另一种美感。当地朋友讲，这是因为长白山生态越来越好了，森林的高密度使得风速变缓，原先不堪强风肆虐的岳桦居然能够挺直身子生长了。而岳桦不能作为建筑材料，是因为它的木质密度太大，近乎金属了，其中的原因跟牛皮杜鹃一样，每年只有两个月的生长期，剩下的岁月都在深眠，胳膊粗细的岳桦就已经有百年树龄，这样的密度就算做成筏子也会沉到水底，所以它肯定不是做浮槎的材料吧。

上回来看长白山天池，爬的是南坡，这次我们选择了北坡。南坡视野开阔，站在天池边上可将长白山的肌理一览无余，自下而上随着海拔的增高，阔叶林带、针叶林带、岳桦灌木林带、苔原带，层次分明清清楚楚；北坡却是个巨大的“U”形山谷，在谷底背向天河飞瀑向山外眺望，仿佛置身于星际大片的场景中，相对的大山如同一道星际大门，门外彤云变幻星汉隐现。转过身来遥望天际，却见乘槎河从两千多米的高山上倾泻而下，青峰白瀑如同仙境。人们纷纷沿着谷底的二道白河逆流而上，去到瀑布底下的深潭寻找飞流直下的诗意。真是造化钟神秀，天际第一流！

河谷中巨大的乱石间遍布瀑布冲刷下来的火山碎石，河畔粉色的小山菊和远古的蕨类植物生机盎然，但这里真正的明星却不是她们，而是几乎没有土质的碎石间隐藏的多肉植物。观音莲座般的长白山多肉，总能让寻找她们的人们发出惊喜的赞叹，这种通常在干旱炎热的地方生长的灵性植物，奇迹般地出现在这高寒地区昙花一现的夏季，像一道闪电般忽明忽灭，让人陷入对瞬间及永恒的辩证思索。长白山多肉形状完美，有的如绿玉一般重重复瓣的莲座，也有镶着红棕色叶边的宝塔形状，她们在河谷陡坡上的火山碎石间星罗棋布，然而放眼望去却一个都看不见，需要你弯下腰来细细寻觅，她们才会现身，让你看见、让你心生欢喜。对于想把她们带回去的人们，当地的朋友总会规劝：“别带了，白费劲，据说移植的从来没有成活过，不要说坐飞机带回去，就是带到山下的县城里都没有养活的。”然后大家就会讨论起其中的原因来，无非气候、土壤不适应。当地朋友补充说，主要是因为多肉的水分来自瀑布的水雾，这种自然条件是无法复制的。但我实在是喜欢得很，还是轻轻地用手指挖了一个“莲座”和一个“宝塔”，小心地放进装过这里的温泉水煮鸡蛋的小塑料袋里。上飞机的时候，我又把她们装进牙具筒里保护起来，回到家第一时间就拿出来看，居然完好无损，于是忐忑地把她们种进装着碎石子的花盆里，心里想着朋友说过的移植后从来不成活的话，看着她们长途跋涉后略显憔悴的样子，很是担心。第二天一早，我又跑去看，惊喜地发现她们已经恢复了精神，显示出蓬勃的生命力。当下就用手机拍了各个角度的照片，准备发给朋友们，请他们也看看这个奇迹，又担心过两天死了也未可知，于是作罢。如今半月过去，绿玉的“莲座”已经大了好几圈，“宝塔”也高出几层，顶上还长出了长长的“璎珞”，蔚为壮观。于是我又拿手机拍摄，拍好了却没有发给任何人——这是有着数千种动植物的长白山生态宝库给我的恩惠，我只有呵护的责任，没有炫耀的权利。

常见的杜鹃花多是鲜艳的红色，而长白山的牛皮杜鹃开的都是黄色花朵，在冰消雪融后的短暂春天里，她们在乘槎河畔烂漫地开放，仿佛是为了纪念那些在白山黑水间抗击外侮、浴血牺牲的无数英灵。长白山是中华民族多元一体的融合地，也是不屈不挠的民族精神的伟大象征。

2024年7月25日于太原

梅溪上的『西客』

闽越多溪。

不是人们常说的山间小溪流，是大溪，可承载水运，甚至建设大型水电站。大溪有多大呢？以交溪为例，她是福建省第三大河流，第一是闽江，第二是九龙江。她没有江河之名，也绝不屈尊做江河的支流，而是由福建东部直接独流入海，是闽东最大的河流。

梅溪，发源于武夷山东部的梅岭，也因此而得名。梅溪比不上交溪的壮阔，声名却有过之，她不只是一条河流，她倒映着有宋一代诗词和理学最璀璨的星斗，柳永、陆游、杨万里、朱熹，他们饮梅溪水酿的酒，走过梅溪水上的石桥，泛舟梅溪上吟哦，在梅溪畔设坛讲学。诗章著述的华彩，人文际遇的轶事，都让梅溪成为中华传统文化的重要地标之一。

梅溪两岸村落都以梅为名，上游有上梅村，

下游有下梅村。北宋词人柳永生于上梅村，及长，出乡关到汴京应试，因所作多为歌姬吟唱，毁誉参半，仕途坎坷，落了个“奉旨填词柳三变”的名号，虽有井水处皆歌柳词，但也难免内心凄凉，思念梅岭梅溪：“一望乡关烟水隔，转觉归心生羽翼……”

我辗转半日，迢迢数千里来访梅溪，放眼两岸，虽不复柳七哥少年时的烟村古柳夫子第，依然孔桥卧波，树影横斜。来时路上，我就在想象陆放翁诗中“箫鼓追随春社近，衣冠简朴古风存”的情景。诗作虽不是指梅溪，但眼前村落山环水绕，分明就是“山重水复疑无路，柳暗花明又一村”，此景此诗，对应得很。陆游曾两次任武夷山冲佑观提举，览武夷山风光，于梅溪畔徘徊，多少抚慰了他怀才不遇的隐衷。仕途的多舛并没有影响到诗人的爱国情怀，他醉心于大好河山，赞美百姓安居乐业的桃源美景，并且邀请好友杨万里来偕游梅溪两岸。两位当世最负盛名的诗人缘溪而下，经过下梅村，见田舍俨然，鸡犬相闻，鸭儿泭于粼粼水波，鸦雀归巢至森森古树，杨万里睹景生情，口占一绝《过下梅》：

不特山盘水亦回，溪山信美暇徘徊。
行人自趁斜阳急，关得归鸦更苦催。

与杨万里的客旅之叹不同，一代理学宗师朱熹在梅溪之畔的五夫镇生活了半个世纪之久，其洋洋大观的两千万言著述都是在梅岭下的朱子巷完成的，圣人过化，儒风传世。朱熹常往来于上、下梅讲学，流连于梅岭野村的梅影暗香之间，留下“晓磴初移屐，寒云欲满襟”的佳句。朱子尝于前往武夷宫讲学途中，过下梅村之遥山，登顶歇脚之时，遥指梅溪环绕之地对弟子言：“吾看此处景致绝佳，颇具文昌意象。”

梅溪之人文佳话，大略如上。这是我此行之动因，却不是我这篇文章要写的主题。

我来访梅溪，原本是想写一篇以武夷山茶文化为背景，借朱子行迹探讨一下理学之于国人心性的文章，改变初衷是在参观下梅村芦下巷后。我讶异地发现，清代武夷山最重要的茶叶集散地芦下巷的景隆号茶庄，就是武夷岩茶远销当年中俄边境恰克图的万里茶路的起点，而创造这一历史辉煌、使得武夷岩茶举世闻名的，竟是我们山西晋中榆次的晋商常氏！今天的梅溪两岸，已不闻柳三变、陆放翁、杨万里的佳篇遗墨，也寻不见朱子授课的学宫，处处映入眼帘的是人们津津乐道的“晋商”二字：“晋商万里茶路起点”“晋商贩茶第一站”“晋商与景隆号茶砖印模”“晋商进行武夷岩茶贸易的‘集春号’茶行”……不一而足。这里简直就是当地人开设的晋商万里茶路博物馆，就连唐代的山西人薛仁贵父子也在这里享受着香火，被当作神祇来敬仰。

晋商中，无论是贩茶的榆次常家还是开票号的祁县乔家，多有因对朝廷有捐献而获赠武功将军或朝议大夫者。正是晋商与朝廷关系密切、对政治地位热衷，使得他们有机会得到与国家政策密切相关的商机，也使得他们有眼光和胸怀去做跨国贸易。榆次常家不远万里来福建贩茶到俄罗斯，就跟清廷对俄外贸政策有着直接关联。自十七世纪中叶以来，欧洲开始“尚茶”，尤其俄罗斯人，对中国茶叶的喜爱到了“宁可三日无食，不可一日无茶”的地步。明代时，俄宫廷就遣使来中国请求互市，未获准。到了清顺治至康熙年间，俄国干脆直接派遣商人来当大使，以便借机进行少量茶叶贸易，但这点进货量对于其国内巨大的需求量来说，不过杯水车薪。中国茶在俄利润巨大，晋商常万达看到了此种商机，用异于常人的眼光和魄力审时度势，决然从晋中迁居到位于当时中俄边境的恰克图。乾隆二十年（1755），清廷不准俄商赴京，指定中俄贸易统归恰克图一处，常万达占尽先机，得天时占地利。他深知俄国人对茶品的挑剔，为在商业竞争中取得最大优势，常万达毅然决定不远万里到福建武夷山购买岩茶。武夷岩茶的品质有多高？清代袁枚曾感叹："故武夷享天下盛名，真乃不忝！"

晋商常万达父子牵着十余峰骆驼风尘仆仆来到闽北大山中的下梅，他们看到的情景正如当时大学士、军机大臣王杰诗中所写："鸡鸣十里街，日出千鼎烟。"这是个拥有千户人家的大村镇了。当时的武夷岩茶，主要是乌龙茶和红茶，已经由水路远销广东和东南亚，颇负盛名。此时的梅溪，早已不仅是一条人文的河流，俨然成为繁忙的水运河道，建有四处河埠码头，装卸吞吐着下梅茶市的货物。富甲天下的山西客商的到来，如飞鸽入林惊起鸦雀一大群，下梅的茶商都蠢蠢欲动——谁能够与"西客"联手，谁就将成为下梅首富。而常万达并不急于收茶，他耐心地观察，物色着生意伙伴，看到当地四大茶商中，来自江西的邹氏更讲诚信，于是决定与邹氏的"景隆号"茶庄合作。自此，从景隆码头装货的竹筏由芦下巷河埠下水，进入梅溪水路，成一时之盛况。据《崇安县志》记载："每日行筏三百艘，转运不绝。"

常家父子在下梅设庄后，创立了收购、加工、贩运一条龙模式，雇用当地工匠上千人，将散茶加工成更加便于长途运输的红茶和砖茶。每当茶期，车马浩荡运输至河口，再雇用船帮，走水路经信江、鄱阳湖、长江至汉口，沿汉水运至襄樊，转唐河，北上到达河南社旗——社旗有十家专为山西茶商兼做保镖的客店，称十家店——而后转由马帮驮运到洛阳，过黄河，越太行，经长治、晋城，出祁县子洪口后，换上畜力大车继续北上，经太原、大同至张家口或归化，再换骆驼穿越茫茫大漠，最终到达库伦、恰克图，全程七千余里。常家的骆驼队兴盛时达到上万峰，商路也延伸到莫斯科。因为晋商贩茶，合作伙伴邹氏成为下梅首富闽商巨贾，下梅也成为武夷山最热闹的茶叶集散地。横贯下梅的当溪两岸店铺鳞次栉比，兴建起高门大户七十余座，带动了从下梅到恰克图沿线七千余里的茶叶生产、水陆运输、保镖客店的兴盛，拉动了大半个中国的经济走向繁荣。

常家在恰克图设庄主营武夷茶，俄商买茶后再向西横跨西伯利亚，直至遥远的莫斯科、圣彼得堡，以及西欧和中亚国家。从武夷山下梅到欧洲，这条纵贯中国南北，穿越大漠草原，横跨亚欧大陆，全长一万余公里的国际商贸通道，被誉为“晋商万里茶道”，前后延续两个世纪之久。晋商不畏艰险、筚路蓝缕的开创精神，为东西方经济和文化交流史谱写了壮美篇章。晋商到武夷山贩茶，历经二百余年，常家收购了多座荒废的茶山，用晋商锲而不舍、精益求精的精神，把武夷茶的种植规模和品质都推向了巅峰。“先有复盛公，后有包头城”，说的是晋商乔家对西北发展的影响，而常家更是开辟了绵延两个世纪的中欧万里茶路，创造了辉煌的历史，树立了晋商的历史丰碑。

梅溪悠悠，茶香氤氲，晋韵流长。

十年头尾两次来到绍兴，都是借鲁迅先生的名义。十年前[1]是来领取第五届鲁迅文学奖，这次是在先生诞辰140周年之际，来参加“鲁奖作家鲁迅故乡行”采风活动。要“认识”一个地方，跟了解一个人一样，初次谋面是不会有多么深入的思考的，何况人年轻的时候最容易得意忘形，只顾着享受那份快乐，身外之物自然是入眼不入心的。十年后再来时，我已然是个经历过诸多人事的中年人，白云苍狗，触景生情，心中的思想难免与额头的皱纹一样深刻了。

来绍兴是要去兰亭的。我在十年前也去了，不过那时只顾着玩，与“同科”的获奖者们身着汉服附庸风雅，体验曲水流觞的雅集与盛会。而今再来，已然“无我”，眼中所见，心里所想，都是对此地的过去与未来的遐思。兰亭之外，绍

① 本文作于2021年。

兴还有沈园；王羲之、陆游之外，绍兴还有谢灵运、贺知章，更有王阳明。如今上虞白马湖畔，留有夏丏尊先生任教春晖中学时的旧居平屋、丰子恺之小杨柳屋，朱自清亦曾客居任教于此。1928年，几人同经亨颐、刘质平等醵资在“春社”西侧的半山坡为弘一法师建禅居晚晴山房，法师数次光降白马湖小住，其风雅若此。绍兴之所谓“文物之邦，鱼米之乡”，与“地上文物看山西”的“文物”不同，不指器物，而应指人物，盖名士之乡，风流无际。绍兴的历史人文也好，旧事物也罢，越剧，社戏，越王台，乌篷船，一起构成传统江南水乡文化，几成标本，又源远流长。

而绍兴又有鲁迅。余生也晚，读先生三十余年，只以为他是新文化运动的旗手，其使命就是革故鼎新，作品以当时之绍兴为旧中国的缩影，不断地竖起标靶而举枪射倒。不是吗？阿Q，祥林嫂，孔乙己，闰土……对造成其不幸的根源——吃人社会和礼教文化，先生是深恨着的，同时“哀其不幸，怒其不争”，所以要呐喊。而鲁迅自己的人生遭际，自少年到青年、中年，国与家都横遭变故，对其精神的冲击和思想的形成是双重而彻底的：鸦片战争、甲午战争相继，辛丑巨额赔款和清廷腐败直将中华拖入有史以来最黑暗的时代，人民衣不蔽体、食不果腹而精神麻木、人格奴化；偏鲁迅为官的祖父因科场舞弊而犯案，家道中落，一如风雨飘摇的晚清。于是乎，自父亲一病不起，少年的鲁迅“几乎是每天，出入于质铺和药店”，“药店的柜台正和我一样高，质铺的是比我高一倍，我从一倍高的柜台外送上衣服或首饰去，在侮蔑里接了钱，再到一样高的柜台上给我久病的父亲去买药”。对世态炎凉的早尝和对国家命运的感同身受，造就了鲁迅的奋争人格和终生奋斗的方向，他要将旧的一切埋葬在“坟”里，“烧尽一切”而孕育出“新的生命”。我以为只是这样。

这第二次来到绍兴，我终于有时间去探访百草园和三味书屋，一边瞻仰拍照，一边温习先生的作品，寻找他笔下描述过的物事。“光滑的石井栏”还在，“碧绿的菜畦”里爬满了南瓜的枝蔓，“短短的泥墙根”被茂密的各种野草覆盖着——这个墙根对于一个顽童来说，的确有着“无限趣味”，我感同身受，专门拍了一张照片。三味书屋大概就是课文里描述的那个样子，这家“全城中称为最严厉的书塾”，在清末的绍兴城内颇负盛名，匾额和抱对都是清朝大书法家梁同书所题，雍容灵动而有风骨。“三味”的含义为“读经味如稻粱，读史味如肴馔，读诸子百家味如醯醢（醋、肉酱）”——精神食粮的意思吧。陈列的物品中，除了鲁迅在课桌上刻的那个“早”字的拓片，松鹿图前的八仙桌上摆着当年私塾先生的相框，先生须发花白，面容清癯而高古，令人肃然起敬，看上去确如鲁迅所描述的：“他是本城中极方正，质朴，博学的人。”这个先生是鲁迅散文里藤野先生之外塑造的又一个知识分子形象，用的是小说手法，极为生动：“读到这里，他总是微笑起来，而且将头仰起，摇着，向后拗过去，拗过去。”这是对旧文人漫画式的批判吗？我从前以为是。我不由得又想起《故乡》里那幅图画：“深蓝的天空中挂着一轮金黄的圆月，下面是海边的沙地，都种着一望无际的碧绿的西瓜……”这美好的画面是鲁迅的少年朋友、佃农闰土的儿时乐园，恰如鲁迅儿时的百草园——“但那时却是我的乐园”。我突然醒悟到自己的浅薄了，鲁迅之所以为鲁迅，是因为无论他的“哀”与“怒”，都隐藏着可以称为“爱”的浓厚情感，他求新，而绝非完全地否定传统，他是兼容而博大的，并且不会因为曾经的束缚、屈辱、压抑、愤恨而变得刻薄和片面，于人于物莫不如此，所以他又是丰富而有趣的。

记起那年在浙江大学培训，曾研究过马一浮先生所作浙大校歌《大不自多》，有一句是“靡革匪因，靡故匪新”，意思是任何事物都需要不断革新，但革新也需要继承传统，因为旧事物往往蕴含着新意。习近平总书记在谈到对传统文化的继承和发扬时指出：“不能采取全盘接受或者全盘抛弃的绝对主义态度。”鲁迅先生无疑是革命的，但他绝不是简单粗暴地割裂传统，他推陈出新，新在精神，所以在诞生百余年之后，先生仍为新时代最年轻的人们所推崇。新时代如何弘扬传统文化和鲁迅精神？绍兴的鲁迅故里步行街将绍兴古城的文化传统与鲁迅文化和谐相融，文化底蕴与创新精神相辅相成，成为文旅融合发展的成功范例。温故绍兴，不难发现这座拥有2500年历史的古城已经被鲁迅文化所重塑，在这里你可以找到《孔乙己》里的咸亨酒店（十年前第五届鲁奖获奖者就下榻这里，很有象征意义），可以找到阿Q们戴的黑色毡帽，更可以看到《故乡》里的社戏和乌篷船，鲁迅公园和鲁迅故里更是游人的打卡地。但她同时也是国务院批复确定的中国最具有江南水乡特色的文化和生态旅游城市，是书法之乡、名士之乡、鱼米之乡，与鲁迅故乡共同构成绍兴的文化格局和精神气象。

绍兴是一座“小城”。绍兴有五百多万常住人口，比很多省会城市规模还大，但穿行在绍兴的大街小巷，还是会感觉她是一座小城，她天然地保留了小桥流水人家的江南小城韵味，看到桥下的流水，耳边就会无端地响起古琴的韵律。虽然高楼大厦林立，绍兴在现代化的高空之下、街角的小公园里、林荫中的粉墙根、店招的字里行间都留存了浓郁的历史文化，让人感到无论阳光斑驳的晴天还是细雨淅沥的雨天，这都是一座有文化的城。绍兴当然是有文化的，在知识分子稀少、人民普遍不识字的古代，“绍兴师爷”一直是输出人才的金字招牌，现在看来，那就是一种以智力资源为基础的文化产业。而这项传统的“脑力”优势，在今天文旅融合的新发展格局中，同样得到了水到渠成的发扬。在别的历史文化资源丰富的省市还在探索如何把文化和旅游进行融合的时候，绍兴早已将其付诸实践，取得了成就，并且可以用“水乳交融”来赞美其完美性。鲁迅先生当然是绍兴最大的文化品牌和资源，前面说过，在半个多世纪的岁月里，鲁迅和他的作品几乎重塑了一个新的绍兴，难能可贵的是，绍兴的传统文化和鲁迅文化得到了完美结合，这因于鲁迅先生的文学作品本身对绍兴风土人情的诸多描述，更有文旅部门的准确理解和恰当的规划建设。在绍兴，你可以看到以鲁迅故居和三味书屋为基点保护性开发建设的鲁迅文化一条街，也能看到以孔乙己站着喝酒的咸亨酒店为招牌的五星级文化酒店，还能看到因孔乙己在咸亨酒店以茴香豆下酒而得名的绍兴咸亨食品有限公司——绍兴对文化IP的开发和衍生真可谓达到了“教科书”级。在文旅融合发展中，绍兴能够将文化资源、旅游观光、文化产业三者完美结合，以越窑青瓷为例，上虞区建设了一座瓷源小镇，将古越窑遗址建设为文化公园，将历代青瓷珍品陈列于越窑青瓷博物馆，与旅行社合作——旅行社每天把满载游客的观光大巴开来，人们在遗址和博物馆领略这项中华传统工艺的魅力，那翠玉般温润的色泽，古朴而精巧的器型赏心悦目，游客沉浸在青瓷文化的迷人氛围里，不去旁边的青瓷超市里带走一套传统工艺和现代设计结合的青瓷茶具，是不忍离开的——至少，要带一个翠绿的茶杯回去，倒水喝的时候顺便欣赏一番，也是一种享受，或者就放到博古架上，也是很提升文化品位的。

我不由得想到我们山西的陶瓷文化也是历史悠久、资源丰富的，孔子定《尚书》自尧始，帝尧的都城就在山西临汾市，古称平阳，而尧就是陶唐氏。山西省临汾市襄汾县陶寺遗址出土的上古陶器包含各种生活和祭祀用品。山西省临汾市乡宁县蕴藏有丰富的紫砂矿，素有“南宜兴，北乡宁”的美誉，烧制紫陶的历史可以追溯到汉代，兴于北宋，盛于明清，其矿料尤以烧制茶具为最佳。我在想，在宜兴紫砂原矿实行保护性禁采时，乡宁县的紫砂陶特色文化小镇可否与宜兴联手合作，共同继承传统并研发新的紫砂制作工艺和古风新意兼美的产品？乡宁的紫砂陶文化小镇更可借鉴绍兴瓷源小镇把传统工艺与旅游观光融合的办法，擦亮“南宜兴，北乡宁”的名牌IP，将文化产业做大做强。细细想一下，绍兴在浙江的格局中并不是经济强市，相较于山西的文物资源之丰富、晋南的农耕文明之悠久，绍兴的可开发资源几无可比性，然而绍兴却将文化资源保护、开发到最大化，并且使之得到合理和谐的继承与发扬，成为以文化为积淀的产业，真正体现了贯彻新发展理念的成果。

当我作为一个来自五千年农耕文明腹地的人，来到绍兴诸暨市的米果果小镇，看到其以农业观光体验而成为国家AAAA级旅游景区，并将传统农业种植收获实操作为全省中小学生研学项目基地，因而获得“教育部实践基地品质提升计划示范单位”称号，还成为“美国青少年夏令营基地”，同时获评“全国休闲农业与乡村旅游五星级企业”“农业部首批农村三产融合试点企业”“全国百强优秀农民田间学校”的时候，心里的感受是钦敬而复杂的。坐在绕行小镇一周的观光小火车上，看着人山人海的游客出入于乡村记忆馆、农业嘉年华、新鲜橘子岛、火龙果观光工厂，我心里的艳羡无以复加。我默默地用手机拍下来，发到了微信朋友圈，马上就有位山西的朋友留言指出其中一处是全国“90后”“00后”争相打卡的网红粉黛乱子草。身临其境地看，那就是一片面积不大的人工栽植的粉色草滩，而其承载的浪漫爱情主题却与年轻人的爱美之心和美好梦想相契合。文旅融合，其中也融入了人的情感，这是创意，更是对传统文化最美好、最贴切的理解。

温故而知新，绍兴的文化传统和创新精神与鲁迅先生一脉相承，更与新时代合韵合拍。

与绍兴乌篷船合影

中浦院秋读漫步

“吴中盛文史”。浦东新区虽然只有三十多年的历史，但上海这块地方春秋时可是属于吴越的。

秋日的中国浦东干部学院（中浦院），更像是一座拥有完整自然生态系统的森林，玉带般的白莲泾像一条护城河一样环绕着她，森林的中心还有一个北斗七星形状的小湖，得名“七星海”。“海水”是从白莲泾引流进来的，形成了一个动静相宜的理想水系，有黑天鹅、白鹅、野鸭、鸳鸯等多种水鸟在湖中栖居，靠着吃水里的鱼虾和昆虫生活，并且因为生态系统好，水鸟已经能够自然繁衍。湖水中也有人工饲养的锦鲤，并不惧怕被鹅和其他水鸟吃掉，因为它们个头太大，水鸟吞不下去。湖心有一座五分之四面环水的小岛，从地图上看像一只蝾螈把头伸进七星海里饮水，竹林深处的国际交流中心是岛上唯一的建筑，我们全国民主党派中青年骨干培训班被安排在这里上课。我每天两次走过湖上芦苇掩映的木桥去这里听课，教室窗户开着的话，还可以听到湖面上或者林子里鸟儿们的鸣叫声。野鸭枯燥干涩地“嘎嘎嘎”着，好像两根木棍相击发出的声音，又像一个人在开心地傻笑，跟我一样，它们也是刚从北方飞来的吧。相比之下，那些藏在密林树冠中的鸟雀鸣声啾啾、互相唱和，就婉转动听多了，不过秋天的吴地依然枝叶茂密，看不到它们的样子，更叫不出名字来。

点缀在园林中的环绕着七星海的八座学员公寓楼，俯瞰下去，就是八本展开的书，告诉你置身于这样草木葱茏的幽静所在，是为了读书和思考的。十月的中旬，当我从深秋的太原来到暑气未消的上海的第二天，秋风也跟着过了江面，浦东有了明显的秋意。穿过细雨中的林子，从桥上经过，去往岛上听课，霏霏雨丝使湖面仿佛挤满了鱼儿张开的小嘴，雨声越远越响亮，在最远处的林子里造成一种静谧的轰响，让人很自然地想起东林书院那副千古名联——“风声雨声读书声声声入耳；家事国事天下事事事关心”。现实中，规模宏大的浦东新区图书馆就跟中浦院隔街相望，课余时间学员们常三三两两结伴过街去借书，学院的一卡通每次可以在图书馆借到两本书，方便得很。我从那里借了一本印度裔英国作家奈保尔的《抵达之谜》，这是一个移民作家的心灵自传，散发着阳光下的热带香蕉林般迷人的气息。

绕着学院走一圈大约两公里多一点，而园林里阡陌纵横、曲径通幽。白天，大家都喜欢走林下小径去往餐厅或者会议中心，在阳光斑驳的林中漫步闲谈，是一种陶冶情操、愉悦身心的美好体验。有时候，匆匆赶往教室的身影闯进油画般的幽深秋林，那脚步踩着光影，仿佛是钢琴曲《秋日的私语》中的画面。森林随着地势的高低起伏，形成不同树种的植物群落，中浦院的校徽就是一棵红色雪松的剪影，松林自然是标志性景观，雪松在这里被视为“人才树”，而红色的校徽更像一个隶书的“毛”字，让人不由想起伟大的毛泽东思想。而香樟、臭椿、意杨、水杉、喜树、栾树、银杏、枫香、广玉兰、无患子等高大的乔木各自蔚然成林，一望森然，林下的各种灌木和花草也各有自己的领域。第一天的午饭后，我从餐厅回所住的八号学员公寓，步入一片喜树林，小径边一大片墨绿的“荷叶”当中开着金黄的菊花，仔细看去，这里没有水塘，才知道这并不是荷叶。凑近观察那些花朵，见花萼也略比菊花稀疏些，花瓣修长，倒有些像迎春花。我在北方没有见过这种荷花和菊花结合的花草，低头找到科目标签，念出那四个字的一瞬间，整个人仿佛旋转着进入了时空隧道，在时光倒流中置身于历史风烟之中——这植物的名字叫：大吴风草！我失神地伫立在那里，一遍遍默念、咀嚼着这几个字，眼前这阔叶小花的平凡花草幻化出吴带当风的盛唐风貌。此时再看她，那荷叶的风姿、菊花的气质，实在是与吴道子笔下满壁风动、天衣飞扬的盛唐人物风度别无二致，当得起“大吴风草”这个美名。我查证一番后才知道，所谓“大吴风草”，其实就是中草药“活血莲”，主治血症和妇科疾病，因为属菊科，性凉，也能治咳嗽，而当被赋予吴地的文化和历史后，她就化平凡为奇崛了。当然，中医中药本身也是中华传统文化的重要一脉。我懂得“吴中盛文史”的意蕴了，纵使草木之类，赋予她们以中华文化承载，也就有了精神气质了，所以文化才是一个民族的灵魂吧。正如习近平总书记在十九大报告中所说：没有高度的文化自信，没有文化的繁荣兴盛，就没有中华民族伟大复兴。这算是我在中浦院的第一节自修课。

我开始留心各种花木了。湖畔的木芙蓉、美人蕉，跟大吴风草一样长在林下的酢浆草、扶芳藤。传说，美人蕉是佛祖脚趾流出的鲜血幻化的，因而鲜艳如滴，又得名“昙华”；而木芙蓉象征着高洁之士和美人品质，深得后蜀妃子花蕊夫人钟爱，遍种蜀都，百里锦绣，是今日成都的市花。我想起来，中浦院的西侧正是锦绣路。酢浆草有着棉线一般纤长的茎，叶子和花朵也很柔弱，有毒而不宜牛羊多食，古人常用她来磨拭铜镜和其他铜器，可使器具光可鉴人；扶芳藤有着和酢浆草相似的纤纤身形和黄色小花，又与大吴风草同为药草，可治气血不足，让黄暗者恢复健康美艳，所以谓之“扶芳藤”。森林中的花草名目繁多，不能一一列举，仔细研究的话，就可以发现，它们都是被赋予了文化生命的。单就森林的布局来看，也是自然与文化的巧妙融合，在这样的秋天里，笔直高耸的水杉林仿佛竖排的诗行，远观疏枝如烟如雾，置身其中恍若在光影错落的梦里，而脚下就是不忍踩踏的酢浆草，使人想起欧阳修的诗句：“红树青山日欲斜，长郊草色绿无涯。”走出高坡上的水杉林，跨过一条小径就是樱花林，这个时节已经不是她的花季，但有鲁迅先生“像绯红的轻云”的描述，不难想象春天里林中梦幻般的樱花海。移步换景，是参差错落的桂花树、红叶李、杜英、碧桃、白玉兰、罗汉松，这时都还不到红叶时节，你尽可以想象，一场薄霜过后，五彩斑斓的秋林美景多么让人心旷神怡，让人赞叹之余不由得思考人生之大美。日暮时分的森林最为壮美，她在金色霞光中的黑色剪影夺人心魄，所以里尔克[1]说：“你们行走似许多闪光的鹿，而我是黑暗，而我是森林。”

① 即赖内·马利亚·里尔克(1875—1926)，奥地利诗人，代表作有《祈祷书》《马尔特手记》等。后文所引内容出自其作品《时间之书》。

课余，在中浦院漫步，置身草木葱茏的幽径，或者驻足湖畔观水，领悟夫子“逝者如斯夫，不舍昼夜”的思考，文化的浸润和学习的氛围都使人能够冷静下来开始思考。改革开放四十多年来，中国的发展成就举世瞩目，我们已经从站起来、富起来步入新时代的强起来，文化的繁荣应该成为我们迈向伟大复兴的时代表征，要向世界展示中华文化，让世界领略我读到“大吴风草”这个名字时一样的震动。

我们住在园林深处的八号学员公寓，去往上课的会议中心和餐厅的路途最远，要经过一条长长的竹林甬道，千万竿青翠修长的毛竹营造出超凡脱俗的清雅境界。我是最爱竹的，纵然午休时间短暂宝贵，也常常在竹林里忘情驻足，久久徘徊，听耳畔风入竹林，望头顶竹叶簇簇。王摩诘有感而吟：“独坐幽篁里，弹琴复长啸。深林人不知，明月来相照。”尽管我们无法像古人一样把携琴入竹林当成一种生活常态，却跟他们一样爱竹，正是因为受古人咏竹、绘竹的诗词书画的经典作品熏陶。在中浦院，竹林是主要的景观，白莲泾边，七星海畔，教学楼外，处处可见青青翠竹的高洁身姿，清心悦目，陶冶情操，别成一种精神风景。

竹，不过是草木之一种，而其为人所敬，成为君子高洁情操的象征，“可使食无肉，不可居无竹”，盖因其“有节”而“虚心”，被赋予高洁的精神。就在我来中浦院学习的前一天，我们民盟卓越的领导人、原全国人大常委会副委员长、民盟中央委员会主席丁石孙病逝，丁石孙主席的一生，历经磨砺而始终坚持理想信念，追求真理而不断奋勇前进，他的一生是为我国多党合作事业和科教事业不懈奋斗的一生，他松竹一般崇高的道德境界和人格风范，是民主党派人士缅怀和学习的楷模。在校期间的十月十九日是鲁迅先生逝世83周年纪念日，学院把现场教学安排在上海多伦路文化名人街，瞻仰过鲁迅故居后，我们聆听了鲁迅先生与中共早期领导人瞿秋白先生的友谊故事，景仰而感慨，鲁迅先生始终与革命者风雨同舟、肝胆相照。中国作协副主席阎晶明先生有一本研究鲁迅的专著《须仰视才见》，而我近几个月来重读鲁迅先生作品和研究鲁迅先生的各种专著，对他的造诣和精神更加崇敬，就如这指向天际的青竹，“须仰视才见”，甚至仰视亦不能见。

巴山大峡谷之梦

人是回来了，魂丢在了那里。

从巴山大峡谷回来一个多月了，我总是会在恍惚间觉得自己还置身于那个梦幻般的环境里，披满树衣的树木，雾气迷蒙的山涧，绿色的急流中银色的鱼儿，裹着厚厚一层苔藓的黑色石头，巴人寨栅般的栈道……编织成我走也走不出的迷梦。

我有时也会怀疑：我是否真的去过这样一个地方？说去过，为什么我不能记起这个峡谷里任何一个景点的名称？没去过的话，那凤尾般的铁脚蕨，石缝里生长出的赤车，还有在冷冽的急流中刀刃般闪光的阳鱼，分明就还在眼前——那在崖壁间、栈道旁无处不在的铁脚蕨和赤车，以最普通的野草的姿态占领了峡谷里所有的地面，自上古时代或者更为久远的洪荒时期，就成为这里一切存在物的底色；而深涧之中的阳鱼，与波光浑然一体，需要全神贯注地去看，才能把它们分辨出来。它们真的存在吗？还是时光的虚构？所有的树都挂满了流苏般鹅黄色的树衣，阳光照上去，就恍惚是一个梦境了；水汽氤氲，使得山石都在滴水，草木挂满了露珠，于是苔藓在树皮和石头上充满生机地涂抹着，成为这幅自然之手绘就的梦幻油画的背景。

通常在这样幽深的峡谷中，我很少一个人走路，恐怕会一不小心穿越到别的时空中去，但那时也许是因为贪恋拍摄树皮上斑驳的苔藓、树挂上绿玉般的露珠、石缝里火苗般的红叶，也许是真的误入了时空乱流，我渐渐掉队了，于是干脆就像一个梦游的人一样自由地跟随并不很清楚的意识走走停停，也让思绪信马由缰起来了。我下到涧底去拍水流中那些石头，因为湍急，水声很大，却并不喧嚣，反而成为一种大寂静，石头多的地方，卷起雪白的浪花，而当水面宽阔时，又浑厚凝滞成巨大的琉璃体，仿佛一大块浅绿的玉，有着平滑潮润的手感，让人心生爱怜又不忍触摸。那些水流冲击不到的大石头，年深日久，表面覆盖着一层又一层的苔藓，枯荣更迭中已经化作营养丰富的土壤，成为野草的温床；更多的时时被流水淘洗的石头，则成为圆滑的黑玉，在水流中像是表盘上的刻度，坚忍而神秘。我更加恍惚了，因为猛醒这里实在不是什么景区，她是神秘的巴国人曾经生活的家园，那些巨大的石头上厚厚的苔藓上，或许踩上过他们渔猎时的脚印，而那些坚守了千万年历史的石头刻度，记载的是一个顽强的部族的春秋大梦，我不过是偶然地闯入了他们的梦幻王国。

巴国在历史上的某一个黎明神秘消失了，那个时间段被称为“先秦”，她没有像亚特兰蒂斯文明一样消失在水下，也没有像庞贝古城一样被掩埋在火山灰里，她在华夏文明中隐去了，带着曾经的荣耀和无尽的沧桑自我隐藏了，留下无数的未解之谜和这条让我目眩神迷的大峡谷。《山海经》载：“西南有巴国。”文明初肇时，巴国称“巴方”，是诸夏之一，商朝时又称“巴甸”，而巴国得以建立，缘于战功——纣王无道、生灵涂炭，巴人加入了华夏文明第一次重要的革命行动：武王伐纣。“武王伐纣，前歌后舞”，记载的就是作为前锋的“巴师勇锐，歌舞以凌殷人”。西周代商后，分封了一位姬姓子爵到巴国为君，建立了巴子国，简称巴国，自这个时候起，巴国正式成为西周七十一个诸侯国之一。巴人自远古时起就在今湖北、陕西、四川一带繁衍生息，历经巴方、巴甸，并最终建立国家，创造了灿烂的历史。

没有不灭的火焰，也没有不停息的风，巴国的噩梦开始于楚国的崛起。巴楚之战自春秋延续到战国，巴人多败，不得已开启了悲壮而神秘的百年迁国之旅，举国离开都城巫山，继续向西南寻找安身立命之地，先后在清江、川峡之间重新立国，国都历经江州、垫江、平都，后成为四川阆中。自伏羲后人顾相在巴地建立方国，至终归于秦，如彗星之于浩宇，虽短暂却光华灿烂。孔颖达在为《左传》作注疏时指出：“文十六年以后，巴遂不见，盖楚灭之。”看上去是归于秦的一统，实际上巴国是被楚国蚕食的，尤其楚国夺取其经济命脉“盐泉”之后，巴国的悲剧命运就被注定了。据说，秦灭巴之后，巴人一支向鄂东而去，从此不见。巫山神女，缥缈如梦。就这样，被视为“神兵”的巴人，数千年里顽强地征战于夏、商、周、楚、秦等强大的势力之间，虽然大多数历史阶段都处境极为艰难，但他们天性坚忍而乐观，纵使不得已穿行于茫茫的秦岭、大巴山中，依然射虎豹、斩蛇蟒，渔猎耕种，为大巴山留下了独特的巴文化。汉初，“退若激，进若飞”的巴渝舞进入宫廷，成为刘邦接待各国使节的“国舞”，三国两晋时代更是美其名曰“昭武舞”“宣武舞”。直到唐末，随着盛世的落幕，巴渝舞也在历史的风烟中飘散了。

他们是踩着大峡谷里这些黑色的石头离开家园的吗？这些溪流中的石头，它们的拦阻，让流水更急，发出激越的声音；这些溪流中随处可见的石头，披满了苔藓，它们的黑色使水流更显清澈；它们的存在一点也不突兀，反而显得合理，就像伟大的雨果在他伟大的小说中，突然论述起宗教和滑铁卢战役。在《悲惨世界》第一部里，他是历史学家，到了第二部，他又成为神学家，而《巴黎圣母院》中，他是位建筑学家。他习惯停下故事，用数万字来讨论这些使他的小说更加伟大的石头，从而使历史的溪流显得更加合理和清晰。而我，也是一个注定走不出巴山大峡谷之梦的作家。巴国的消失，是梦幻的入口，史书无法解梦，只有这些遍布峡谷溪流的黑色石头，使巴国的历史显得更加合理和清晰。

2020年摄于四川折多

我猜想这条鹅卵石遍布的路，会消失在河水里。踩着它慢慢往前走，左边是黄河，浩大而安静的水流，在脚下东去；右边是密密的蒲棒地，在似有似无的微雨中一直铺展到远处的树林。在北方彤云密布的雨天黄昏，那同样浩大无声的天底下，我踩着鹅卵石，尽量让鞋底避开那些小小的水洼和缝隙里钻出的野草。路比想象的要长，我渴望着能有一个伴侣走在身畔，低声地、无心地边走边谈，可是连黄河都无语，谁又能知道你是个多情的人？我拄着伞，想象着她走在我的身边，用怎样的眼神、怎样的语调，和我共享这万古奔流的江河在苍穹下沉静安闲的时光。——可我，也不知谁是那个有情的人。哈代[1]说过，“所以呼唤人的和被呼唤的，很少能互相应答”。

① 哈代（1840—1928），英国小说家、诗人，代表作有《德伯家的苔丝》《列王》等。后文所引内容即选自《德伯家的苔丝》。

颓圮的旧木船，沉陷在河边的沙石里，雨雪和烟尘使它腐朽成黑色，而身侧的草丛竟然是那样逼眼的绿。我离开人群时，篝火已然烧得很旺，在这样微寒的天气，我贪恋那跳动的温暖，但我还是从玉米地头那几株老柳树边下了缓坡，一个人踏上了陌生而熟悉的有点泥泞的河边土路。我爱着那群人，和他们在一起享受着快乐，我们相处自然，因为我们同属一个族群。三十五岁后，我的叛逆自行消散了，清高也被美酒淹死多年，我永远地告别了那个为赋新词强说愁的少年。我的出走，是感受到了两个人的召唤：一个少年，在二十年前的田间路上望着我，他羞涩的笑容让我伤感，他的目光牵引着我的脚步；还有一个有着星星般光芒的眼睛的人儿，她说想一起去走走，我陪着她慢慢走向河边。而此时，抬眼望，少年已经化作了烟霭，笼罩着山顶古老的烽火台；驻足倾听，身侧也没有另一个人的脚步声，河水的浅吟低唱，是我低回的心弦。

黄河之水天上来，奔向何处去？上穷碧落下黄泉，两处茫茫皆不见，你尽可以面对着她，发万古之忧思，转过身，你又敢对谁诉说相思之忧愁？谁又能不顾羁绊站在你身侧和你一起看这河水？我们已经忘记，终究尘要归尘，土要归土，世道并不艰难，却是人间自由艰难。忘情已经被古人永远带去，现在，谁不是以为自己会永远不死？欲望巨大到奢望永生，我可怜的人儿啊。我拖着伞走，身畔的黄河笼罩着烟霭，那浩大的逝水看上一眼就足以洗心。几天来的狂乱和忘形，那些不可告人的小心思，被河水带去了天边，还有什么值得计较的呢？这无尽的江河，浇不灭多少胸中块垒？“青山遮不住，毕竟东流去。”这万古的洪流，它入了我的眼，入了我的心，我得到了我真正需要得到的，隐秘而浩大。

人心难猜，天地造化却总能如人所愿。这条也许是河坝的石头铺就的路，在我的脚边消失在了滔滔河水之下。我站在水边，缓缓的潮水涌动着洗刷着我的鞋底，那个少年再次显现，他正弯腰在浅水里摸鱼，身后洪波涌动，星汉隐现。他无暇顾及不远处那个对他怅望的人。二十年的光阴就像眼前的流水一样逝去如斯，不舍昼夜。我认得出他，他认不出我；他就是我，而我已经不是他了。我踩着几块大石头，跳上水中的石堆，四顾之下，一片茫然。铅云低垂，暮色欲合，我该回到人群当中去了。循着来路往回走，岸上的野草和水中的水草一样丰茂，虫声已经很高亢，喧闹而寂静。虫声和水声密密地冲击着耳膜，如鼓如雷，我却听到了后面巨大的寂静，如同二十年前那个在田地里怀着无望的心绪劳作的少年，他似乎没有未来，但他拥有天地。

放河灯的人排着队迤逦走向河边，我们这些客人，因为人数众多，竟然也沉淀着庄严和肃穆，好像点亮后随水漂去的河灯，不是游玩的项目，却是祭奠那些顺流而下一去不返的走西口的灵魂。黄河的水喝不饱肚子，却带走了那么多走口外的汉子。民歌的成分里，有河水，有泪水，也有血水，我只记住了一句："难活不过人想人。"当年唱着这歌走西口的人，他死了，我们知道他真正地活过；而我，我活着吗？

人多处最多的是笑声，这方圆不过三百亩的河心沙洲，承载着超重的快乐。我走进沙洲中小庙的大殿，只有一位僧人敲着木鱼，和着一个小录音机里荡气回肠的唱经声，那歌声，让你多情，让你清心寡欲，让你心生欢喜，又让你悲欣交集。我想起了李叔同那首《送别》："长亭外，古道边，芳草碧连天。晚风拂柳笛声残，夕阳山外山。天之涯，地之角，知交半零落。一壶浊酒尽余欢，今宵别梦寒。"弘一大师就是用佛经诵唱出了万古愁绪，告诉俗世中的人他体会到的悲欣交集。

天黑涨水，渡船上载的人太多了，扳船的老人已经八十多岁，万古年轻的河水让他力竭，渡船离开了航道，顺流而下，几欲在几处沙洲搁浅。船上的人悄然无声，默默地等着，这苍老的水手勉强把船拢到了岸边。这里不是码头，是湿漉漉的庄稼地，大家无声地跳下船，陆续穿过玉米地，在泥泞的路上走成企鹅一样的队伍，没人说话，听见先头船上的人在岸上声音此高彼低地打手机询问谁在那条船上——各人自有牵挂的人，说不清楚为什么总是在危急时刻会觉得里面有他。对岸苍茫的暮色里，依然有许多刚放完河灯的人等着渡船，像是战时的难民。人在天地间活着，除了要面对人心，还要面临困境。活着的人继续玩乐，逝去的人像河灯一样逐水而去。无尽的水声里，你能体味到某种彻骨之寒，同伴说话的声音，又像篝火一样带来温暖。

人都平安，历险就成了快乐。但却有人暗中伤怀，这样的氛围里，我们容易想起逝去的亲人。然而，我却不知道如何去安慰一个伤心的人儿，在热闹的人群里，怎样去揣度一个人流泪的理由呢？我只知道，一个人独处的时候，有很多事情可以伤心。那年，九十六岁的奶奶去世了，父母到太原给我看孩子。空荡荡的老院子，生长了我们几辈人的地方，已经荒草丛生，只留奶奶的灵魂蹒跚来去，成为院落的保护神。没人知道，多少年来，我一个人的时候会突然痛哭失声，怀念那个世界上最疼我的老女人，而我就算砍掉自己的一条手臂，也不能换回她对我的一个溺爱的眼神、一句溺爱的抱怨了。我知道，奶奶的去世，意味着我已经不是这个世界的宠儿，我永远地失宠了。清明节或者农历七月十五，我会去奶奶的墓前磕一个头。我偶尔去那片荒草中独坐，靠着墓碑，承受着夕阳的抚摸，希望着自己还是一个可以蛮横撒娇的孩子。而我，永远不是了。因为那个叫奶奶的老女人再也不会回来了。我至死，都会用孤独的饮泣来思念她，而这些已经是徒劳。我能理解，因为思念而伤心，是因为我觉得她活着的时候对她不够好，愧疚不像这滔滔逝水渐去渐远，心里的伤，只能用泪水去冲刷，河水无能为力。

还有谁在伤心呢？她又想起了谁？当一盏盏孔明灯升起在长河上的夜空中时，我觉得，它们把我的心揪了出来，飘飘摇摇带去了夜空之外。有两点星光，它们在夜的天空里的光芒，像是那双眼睛。我是个出了远门就容易丢魂的人，从来喜聚不喜散，飘摇在这李白曾经飘摇过的黄河之水上，望着河对岸夜幕里的山顶上我们点燃的烟火，听着这欢聚时刻的笑闹声，面对着即将到来的分别，那且喜且忧的两点明亮星眸，如何能不念天地之悠悠，独怆然而涕下？

愿这天地，这黄河，你和所有古往今来的人，都能原谅我的俗，我的悲欣交集。

大荒之中有山

丁酉中秋，与几位好友相约来到长白山。

清代诗人吴兆骞有诗云：“长白雄东北，嵯峨俯塞州。迴临泛海曙，独峙大荒秋。”长白山上看不到海上日出，却有天池映月，更令人遐想。穿行于中秋的“大荒”林海之中，我才体会到什么叫作“人在画中游”：一片白桦树展开的银色背景上，突然用丹青描绘出一株绿到发蓝的松树，在去往天池西坡的摆渡车上，这样美到极致的国画图景，不时从眼帘映入心灵，让人畅爽到发呆，确信自己身临仙境了；而在松林染黛的山坡，又乍然涂抹上几道亮黄的落叶松和绛红的枫树，又让人从国画山水穿越到现代抽象油画里。如此大开大合又妙不可言，就是长白山秋天的撩人之处了吧。海拔随着盘山路上升，林木开始稀疏，在如烟似雾的茅草地的远处，那些落尽叶子只剩一身银光闪闪的鳞片又虬枝盘结的岳桦，如千万条探爪游龙，争相飞升，又似海中珊瑚，随波摇曳。然而，海拔高度继续上升，在只有衰草包裹再没有一棵树木的山峰之上，长白山脱去锦裳准备去天池沐浴，裸露出他巨人般的肌体，一切都纤毫毕现而全无荒凉面貌，正是因为覆盖着他健硕躯体的，还有一层厚实的黄绿相间的草甸，这就是所谓高山苔原。

我来自太行山脉的山西，跟太行山比，长白山没有那么雄伟，但却更显博大。如果说太行山是骨感的，那么长白山则充满了肌肉的力量，肌腱隆起而曲线平滑。长白山，辽代之前称太白山，传说太白金星有一面宝镜能鉴美丑，天帝有二女，借来宝镜比美，略逊的那一个娇羞成怒，甩手将宝镜掷下凡间，落于太白山峰顶化为天池。这样说来，长白山是沾染了仙家之气的，而世人想一窥天池宝镜，要讲缘分，更要看天意。正所谓“天意从来高难问”，有很多人七次八次十来次地来看天池，奈何次次山上都是云锁雾罩，从未能一览仙颜。就在我们来的前一天，还雨雾迷蒙、道路封闭，谁知睡了一夜就秋气清爽、阳光照耀得要涂防晒霜才好上山，于是我们趁大好晨光早早动身登山，在昨日滞留等待的游客潮涌而来之前，已然站上了西峰，俯瞰天池全景。

之前，我并不知道，原来长白山还是一座活火山，这里的天池，就是三百年前喷发时的火山口，她是一座高山火山湖。我们第一次登顶就将天池一览无余，大家都在相贺，而我却没有多么兴奋，大概是因为天池的水太寒冷了，冷到水波不兴、凝结如晶；大概因为天池的水太蓝了，像一颗十平方公里的蓝宝石，让凡人不敢动心；大概是因为天池周围没有草木，就是一个巨大的火山口蓄满了水，没有树木掩映、小草盈岸；大概是因为池边兀立的黑黢黢的火山岩怪石高耸，如同面目狰狞的四大天王守护着宝镜，令人畏惧。转过身来俯瞰群峰，我更对一览无余、气象万千的山势云气感兴趣——所谓“仁者乐山，智者乐水”，大概我从来就不是什么聪明人。站在观景台上，背对天池，俯瞰来时随着海拔渐次变化的植被，依稀可见苔原将尽处，稀疏的塔松、冷杉遍布，仿佛沙场秋点兵。

据说从北坡和西坡可以看到不同的天池景致，我却对池南的原始森林更感兴趣。下得山来，寻路到天池南坡，公路边有“秃尾巴河”观景台标识，停车观瞧，只见一片莽莽苍苍的密林，我等“甚异之，复前行，欲穷其林”。林尽水源，豁然开朗，有条溪水自夹岸的衰草和落叶松林中幽幽流出，水寒而清浅，绿到发蓝，水草柔长，密集而摇曳，波光中如无数蓝孔雀竞相开屏。我等魂魄为之震撼，美之曰“孔雀河”。冷冷的波光中倒映着落叶松林，我从未想到落叶松在秋天里会是这样的绚烂，作为笔挺的乔木，它们高大而密集，树冠在秋天里变得金黄，层叠相连，像展翅的凤凰将煌煌大羽伸展到一碧如洗的蓝天里去，在阳光下仿佛是一个堂皇的神迹。而那金黄并不刺眼，它的色调是柔和的，看似内敛，却有一种大气蕴藏其中。这样的背景之上，山川都氤氲着仙气，让你无端地相信长白山是有神的，他是万物之灵，也使万物与人通灵。我前两年写作《中国战场之共赴国难》，因为这部书要从东北沦陷开始讲起，我曾来过几次东北采风。每次走在这块绚烂的黑土地上，我都觉得她是神秘的，像地底火山一样奔涌着热流。也因此，在所有的抗战歌曲中，《松花江上》是最能让人从悲伤中产生激愤，又从激愤中唤起勇气和力量的，与“雄赳赳，气昂昂，跨过鸭绿江”不同，她虽然不是一首战歌，但她的感召力却是从土地连着血脉，又从血脉连着心跳的，她穿越时空，每一个音符、每一个字至今都在和我们心里的家国情怀律动共振。

“我的家在东北松花江上”，那是怎样的一条江呢？我才知道，没有落叶松就不能叫松花江，正是漫山遍野的落叶松金黄的松针飘落到江面上，厚可盈尺，才把一条奔腾的大江装扮成金色的巨龙。这神奇的景象，是自然造化，也充满了神性和诗意。而松花江并不直接发源于长白山天池，她是由锦江和漫江两条水系汇流而成的。在池南区的满族祖源地之一建州女真讷殷部的古城，我们看到了“两江合一江”的壮观景象。锦江、漫江，都是后来改的名字，在努尔哈赤统一建州女真各部的明神宗万历年间，锦江叫紧江，而漫江叫慢江。紧江，顾名思义，就是水流湍急的江，而慢江就是平缓漫漶的江。慢江开阔清浅，沿着山根迤逦飘摇而来，仿佛霓裳羽衣衣袂飘飘的仙子，而紧江斜刺里从茫茫林海冲出，如同骑着快马的佩剑书生，他不由分说将仙子挽上马背，相携奔驰而去，他们萍踪所过之处，就是头道松花江了。紧江和慢江在我们眼前清晰而完美地汇成了松花江，仿佛讲述着一个亘古流传的动人传说，然而，任何传说故事又都不足以承载她的神性和美好。

清入关伊始，顺治帝就颁旨封禁长白山，直到两百多年后才解禁开放。无论清廷此举是否是为了保护他们的“龙兴”之地，长达两个多世纪的封山育林却使长白山的生态得到了最好的保护。又一个半世纪之后的今天，我们走在池南的原始森林之中，才得以领略《山海经》里“大荒之中有山，名曰不咸”的本来样貌。在供参观的栈道的围栏之外，密林之中随处可见倒木，它们在山林之中生发，历经千百年风霜雨雪后寿终正寝，以雄伟和悲壮的姿态倒伏在新生的树丛之中，令人心生感慨。“沉舟侧畔千帆过，病树前头万木春。”这是自然的轮回，也是人世的写照。万物有灵，“顺其自然”而不自作聪明地去改变自然法则，就是我们应该秉持的敬畏之心了吧。此时夕照漏射进密林，橘黄的光芒在黛青的林霭里制造出亦真亦幻的奇景，仿佛有骑着猛虎的美丽山妖正在神熊树精的簇拥下风驰电掣而来。我为之意乱神迷、魂飞魄散。

李白有《登太白峰》一首，诗云：

西上太白峰，夕阳穷登攀。
太白与我语，为我开天关。
愿乘泠风去，直出浮云间。
举手可近月，前行若无山。
一别武功去，何时复更还？

写的虽然是秦岭的太白山，却道出了我登长白山的感悟，我才不足，借来以抒胸臆吧。

北方有仙山

一

北方的山，多雄峻，如万马奔腾之势，有一种叫人叹服和畏惧的气魄，你仰望它，它高耸入云，沉默巍然，“天意从来高难问”，让人有凛然之感；你欲攀登它，它便睥睨着你，如一头老虎般蹲伏着，使你战战兢兢、几欲匍匐。从它的深谷沟壑间寻路，每每抬头，望见的不是一线可怜的青天，就是它铁一般高不可攀的脊梁。这样的山，本身过于威武，不要说人，就是神仙也难以镇伏。虽然它的四季景致也堪称美不胜收，但是驻足山巅，除了一点虚假的胜利者的豪情之外，你感到的是无与伦比的渺小，那种渺小，仿佛一粒微尘置于巨鲸之背，仿佛一颗草芥粘于神龙之脊，使你恨不能脚下生出指爪，以牢牢地抓住它，生怕触怒了它，被雄劲的山风吹走。

北方的山，威风八面，睥睨苍生，剥夺你的自大与狂傲，使你不敢轻慢，不敢忘乎所以，甚至，使你甘愿谨慎地做一个微末的人。

而云丘山[1]不同，云丘山是北方诸山中的仙品，它专意引导你的灵性，让你超凡脱俗，让你平步青云。登北方诸山，实在无所谓一个“登”字，用“爬”更能形容你的行状和辛苦，而登云丘山，才能体味到什么是登，才能领略到登山的妙处。若把云丘比苍龙，第一步你的脚便踏上了龙尾，然后每一步都在蜿蜒起伏的龙脊最高处，顾盼之间，总在山势之巅，时时有登临之感。古村落、玉莲洞、一天门、蓬莱境、二天门、众妙之门、三天门、祖师顶、玉皇顶，诸天门胜境都在山脊之上，一路走高，头上有青天，足下踩天阶，左有灵蛇隐线，右有神龟潜修，清风徐徐，飘飘然有神仙之姿也。

登云丘山，须有仙缘，或有引路之人。中秋前夕，我心血来潮，致电师兄，欲往乡宁山村看望他的耄耋老母。实在是当代人胡乱用词，把个“心血来潮”用成兴之所至、突发奇想的意思，真正遮蔽了这个词义里的道家心得，忽略了一个“缘”字。相传，当年太乙真人在洪洞县乾元山金光洞修炼，忽感心血来潮，掐指一算，原来该是哪吒莲花托生了。这是天数，也是人道，更是缘分。我的心血来潮当然也事出有因——春天里师兄寄来篇散文《我的大学我的妈》，读来令人心中暖流涌动。《山西文学》后来发表了这篇文章，并且配发了他老母亲的近照，老人家白发胜雪脸膛紫红，神态宁静而庄严，眼神浑浊而悠远，令人起敬。我曾与师兄同事而师兄弟，师兄弟而知己，却未曾去拜望过他的老母，只缘老人家守定青山，不愿到红尘当中去受罪，执意不下山。如今得睹慈颜，我便把这件事挂在了心上。

① 云丘山位于山西省临汾市境内，为全真教龙门派开山祖庭，有五龙宫、神仙峪等盛景。

八月初，与师兄约好，他摒弃了烦冗的公务，与嫂子专门抽出两天时间来和我一同回乡宁山中看望老母。车过云丘山，师兄已经难以抑制心头热爱家乡之炽情，要走几步路带我赏景。见我有些心不在焉，问我心头是否有事，我说觉得有些心志难酬，他便建议我去后山的三祖庙走走。循路而上，隐约可见一座山门的基座，虽然石门已然只余基石，守护的石狮还在风尘中挺立，那被剥蚀到模糊的轮廓，无言地昭示着天地的久远。庙不大，有古意，格局却清新，供奉着儒释道三家鼻祖：孔子、释迦牟尼、老子。老子鸡皮鹤发，端坐大殿中间，可知他是主人。师兄又介绍前山的庙宇供奉的是真武帝君，我便知道这必是一座道教名山了。儒释道三家鼻祖，都是古时各自思想的创始人，千秋万代受人敬仰，我有缘到此，当然焚香三炷，欣然下拜。起身仰望之时，灵犀中已经有微风在拂动。

拜过师兄的慈母，用过钵大的馒头和山中小菜，他引我登上屋后所依的山头，举手指着莽莽苍苍的远山说，那里便是适才你拜过三祖庙的云丘山，这个时节还是满山苍翠，等到九九重阳之时，漫山红遍、层林尽染，美不胜收，那时，哥再陪你登顶览胜。我才想起那会儿在三祖殿前，仰望云丘山，只见壁立的峭峰之上，有一座玲珑的庙宇，灰顶白墙，有飞腾之势，仿佛神仙府邸，那便是祖师顶了。而祖师顶并非最高处，也不是最后的胜境，顺山势起伏再往深处走，更有高山在后头，海拔1587米的绝顶，就是玉皇顶了。庙高8米，极顶正好1595米，是为九五至尊、四极八荒的主宰。我已经在向往着重阳节的“登天之行”了。

二

九月初八，心乱如麻，我渴望着到山水之间去放松身心，遂依前约，招呼三五文友，一路高谈阔论，沿大运高速驱车飞赴临汾。当晚与师兄会合，次日一早奔乡宁关王庙乡云丘山下。

山有口，亦有门户，来到云丘山下，却不见了山势，一道溪流潺潺而出，溪边杂树生果、黄叶红实。缘溪而上，转过山口，竟然是生活着几户人家的古村落，一块偌大的磨盘半埋在土里，有金色菊花从磨盘眼中簇簇生出，养眼养心。坐在磨盘上，背后古村幽幽，脚下溪水潺湲，使人一时乐而忘忧，寄情山水之间也。

拾级而上，迎面壁立的峭崖上是秦王庙的遗迹，而左右顾盼间，已经可以把山势一目了然了，尚未登山，山已在眼底，虽未修道，道已在心中。云丘山的妙处，就在于让凡夫俗子也能领略胸有丘壑的大气，体会得道成仙的飘然。未曾经过玉莲洞，不能登天门，那么，就在玉莲洞之前，昭示出凡间的生息与快乐。对面山峰之侧，一道石柱昂然挺立，风吹雾散，环绕着它，遥遥相对的三座山峰上，是天地造化、鬼斧神工的女性三个生命阶段的生殖图腾，惟妙惟肖，非人力所能为。你只有瞠目结舌，断然生不出丝毫邪念，天地玄黄，精妙无极。伏羲女娲的遗迹，带来太古的谜题与启示。

玉莲洞，绝类恒山悬空寺，在一面千仞吊崖凹进去的地方，凿石穿木，建造庙宇回廊，传为吕祖修行所在，因洞中悬挂巨大的荷叶状化石而得名，但据我看，那块化石活脱脱是一片仙草灵芝，多有传说称吃了灵芝草便能超凡成仙。八仙正是由凡人而修炼得道，这里作为登天门的中转站，下有人间乐园，上有天上奇景，真的是再合适不过了。玉莲洞其实不是一个封闭的洞，只是修在悬崖的凹处而已，还是一座露天的庙宇。庙前绝壁上的石龛里，横斜出一棵桑榆同株之树，天旱少雨的年份叶片又圆又小，是一棵榆树；雨量丰沛的年头叶片宽大舒展，俨然是一株桑树，引起不同年头来瞻拜过的香客的无休止的争论。散文家乔忠延是云丘山旅游开发项目的文化顾问，熟稔此处风物，能够解释所有名山绝壁上生长树木的奥秘：原来植物的种子和人的种子一般无二，都有与生俱来的神秘酸性，一颗种子乘风飘来，偶然粘在石头崖壁上，雾霭天露的一点湿润，足以让它的酸性释放，渐渐把石头腐蚀出一小片凹槽来，石头的粉末浅浅地供它藏身。如果再有一滴雨水滴在它“开发”出的这个小小的坑里，那么生命的顽强就会创造奇迹。黄山松是这样诞生的，云丘山的桑榆同株之树也是这样诞生的，而桑榆同株之树更加昭示了生命适应自然法则的悟性。

一天门，有金刚把守，令人生畏，台阶漫长陡峭，果然天路难登。石阶整齐稳固，坡度却极大，使你不得不匍匐，时时有手脚并用“五体投地”的冲动，顿生敬畏天地之感。《淮南子》说：“建木在都广，众帝所自上下。”此景让你笃信眼前就是天梯，古往今来的神仙帝子都从此门中往返。入得天门，眼前道路平坦，正好闲庭信步，两侧树木掩映，五色斑驳，树影宜人，果然仙界非同一般。路旁遗一太古巨石，高若屋宇，不知何处仙人勒字石上，曰“蓬莱境”，笔法古朴雍容，已被时光洗却得只留些许浅痕。我肉眼凡胎，心事重重，脚步沉重，落在后面，好容易挨到二天门下，仰首望见一道更加漫长陡峭的天梯，立刻产生了畏难情绪。师兄体胖，拄根树枝当拐杖，在石阶下等我。我们并肩背靠石梯坐下小憩，饱览眼前风光。这里还不能得云丘山的全部妙处，但是右手蜿蜒的蛇山和左手盘踞的龟山已然在秋光红叶里显出玄武幻象。清风徐来，似有仙乐飘飘，因此稍减疲乏，倍添精神。我与师兄携手奋登天梯，气喘吁吁上得二天门，见天门上一副对联，蓝底白字映入眼帘，这里只录下联：“意志坚强克难必成功。”虽然浅白，却仿佛一道谶语击中我的心事，使我倍感振奋，遂招呼同行的摄影家朋友赶紧助我在此联下留影，以志此时，求证将来。

天梯难攀，天门内却又是一条坦途，再往前行，渐有所悟，觉得这一路眼前有景而心中茫然，枉负了这大好秋光。脚下的路很平坦，渐忘路之远近，蓦然抬头，两道巨岩横亘眼前，有曲折石阶掩映其间，仿佛岩上有字，手抚崖壁仰首细察，四个大字直贯灵犀：“众妙之门”！思及此处，我不禁失神，沉默良久，然后释然。我生何以不得人生之妙处？患得患失也！参破之，方能得其门而入。我这一路心不在焉，实在是因为面临人生关口，怕不能成功，不知以后人生之路该如何设计，所以心头如压巨石，此时却被点醒，我仿佛醍醐灌顶，自己想开了：人生本无所谓得失，得妙处者，失也是得；不得妙处者，得也是失。迂回登上众妙之门，竟然有一个平台，大家都在那里小憩。朝山下眺望，村镇公路竟然就在眼前，人间烟火清晰可见，不过一千米的直线距离吧，原来人间仰望天上渺渺茫茫，天上俯察人间则一目了然。唉，人的境界高低，竟有如天地之别，那些太古、远古的哲人喜欢选择这样的高处冥想，果然很有道理。

过三天门，登祖师顶，一时荡胸生曾云，周围山势一览无余，有白云朵朵从道观升起。云丘山与北方诸山的不同明白可见，它有着雄峻的基础，但绝不鲁莽到顶，却像一道龙脊一样高耸起伏。一线天路总在最高处，每到天门，突兀高耸，天门内却都是坦荡如砥，而祖师顶与更高处的玉皇顶更是峭拔而起，坐落于挺拔飘逸的秀峰之上，白云缭绕，松声鹤鸣，一派化外洞天福地。北方的山，多没有云丘山的灵气，不似云丘山这般飘逸和脱俗。我去过湖南的张家界，那里奇峰兀立，奇绝胜过云丘山，但没有这般仙气和仙品，多处只能观赏，无法亲近，显得清冷，不过奇石怪树而已，而云丘山有人间所向往的一切美好，不但可以攀登，而且总让你在最高处走，让你有脱俗之感、登天之乐。所谓“形而上”者，莫过于此吧。并且登上天来，也绝不孤寂，此刻我们瞻拜完披头祖师[①]，高处是玉皇顶，云层下是烟火人间，心中充满着大快乐。

登玉皇顶，景致又有不同，石级曲折，更加陡峭，两旁奇花异树让人应接不暇。一般人从祖师顶下来，感觉疲乏，就会循后山乘车下去了，那他就错过了天上胜境。那些夹道的珍稀草木，你在人间别说见过，恐怕连名字都很少能听到，奇花异果，香气更异，飞禽走兽，声闻于天，光是这般瑶池风光，不领略一番，也算你是无缘之人。玉皇顶，最高处海拔1595米，乃是晋西南最高的山峰，可观天察地。相传，尧帝时，羲和氏在这里观察日月星辰的运行规律，制定历法。《庄子·逍遥游》有记：“藐姑射之山，有神人居焉。肌肤若冰雪，绰约若处子，不食五谷，吸风饮露，乘云气，御飞龙，而游乎四海之外；其神凝，使物不疵疠而年谷熟。”描写的就是制定历法节气使物阜民丰的神明羲和。而吕梁山又古称昆仑山，《山海经》说：“昆仑者，高山皆得名之。”在上古尧天舜日之时，晋南乃国中之国，云丘山仿佛中天一柱，与仙界通，“众帝所自上下”。所以帝尧多有神仙朋友来往，给泯灭了神性的后世子孙留下许多传说佳话。

此刻，驻足玉皇顶，极目四望，群山苍茫朝拜，有如巨龙盘旋，有如卧虎酣眠，端的“会当凌绝顶，一览众山小”，苍山密林之外，有祥云吉光万道而起，果然无限风光在险峰。

① 披头祖师，亦作披发祖师，即前文之真武帝君，为道教信仰中的玄武，又名玄天上帝等。

寻踪柳宗元

历史是一条长河，或壮阔或舒缓，从过去向未来绵延。无数伟大人物的思想，像支流注入这条大河，晋南人柳宗元是其中的一位。柳宗元是一位思想家，他穿越千年与屈子对话，写出了《天对》；柳宗元是一位政治家，他是“永贞革新”的中坚人物，写出了《封建论》；柳宗元是一位文学家，他与韩愈一起推行“古文运动”，写出了《永州八记》，并使寓言成为独立的文学体裁。思想家、政治家、文学家的身份作为支流，汇聚成伟大的柳宗元，柳宗元就是一条大河。然而很少有人知道，汇聚成这条大河的还有一条不可忽略的支流，那就是建筑家。柳宗元的政治思想和文学作品被后世广为传颂，而他的建筑思想，只是被他的后人所继承，像一颗遗失的珍珠，穿透历史的尘埃，隐隐放射着光华，成为他伟大建筑家身份的佐证。

千年之后的今天，柳宗元这条大河的分支遍及华夏，“天下柳姓是一家”，他们沐浴着他的光辉，继承着他的荣誉。其中一支，遗落在太行山腹地的沁水之畔，向世人昭示着柳宗元不为人所知的另一种伟大：景观建筑的美学思想。先后被贬到永州的10年和柳州的4年，柳宗元不但在文学和政治思想上完成了最为辉煌的作品，写出了《永州八记》《天对》等著作，还亲自规划建造了两地多处景观建筑。唐永贞元年（805），“永贞革新”失败，柳宗元被贬为永州司马。永州在唐时为人烟稀少的边远之地，瘴疫流行，人民困苦，虽然自然风光旖旎，却一派原生态的芜杂和神秘，没有与人民生活自然和谐的景点可供休憩和怡情。柳宗元“上高山，入深林，穷回溪，幽泉怪石，无远不到”，选定开阔或深邃之处，因地制宜，规划建造了愚溪、龙兴寺西轩、法华寺西亭等许多处景观。唐元和十年（815），柳宗元被赦返京，随即又被贬到更远的柳州，在柳州刺史的任上，他同样建造了柳州东亭等多处景观建筑。柳宗元的建筑作品和他的文学、思想成就一样意义重大，而今山西沁水县的西文兴村就是可资考察研究的珍贵“柳氏民居”。

沁水是黄河的一级支流，也是山西域内的一个县名。从沁水县城往东南25里，有一个只有50余户人家的小村子，全村200余口人，九成以上姓柳，他们是柳宗元后人的一支，明代进士柳琛的子孙。村名叫作西文兴村，依山而建，布局如展翅的凤凰，与山水相映，气象非凡。明永乐四年（1406），柳宗元流散迁徙到沁水县的后人中，有一位叫柳琛的书生名列三甲，中了进士，定居沁水之畔，选址建宅，并修祠堂、文庙、关帝庙，后又经历代添修，形成现在可见的19座院落的规模。村子总体为典型的明清城堡式庄园，分为外府、中部、内府三部分。院落结构为四合院式，每座大院四角都有一座小院，是明清典型的“四大八小”建筑形制。西文兴村的建筑风格虽然是明清形制，在选址和美学上体现的却是柳宗元的建筑思想，可见柳琛和他的后人不只承继了柳宗元的政治抱负和文学追求。柳宗元的景观建筑和不满现实的思想体现在这里的一切宏观和细微之处。在可考的文献当中，柳宗元关于建筑的理论中，有这么一段话：“君子必有游息之物，高明之具，使之清宁平夷，恒若有余，然后理达而事成。”他说的是，景观建筑不但要注意体现自身的功能和使用价值，还应重视景观的社会价值，从人的行为和人体生理角度看，良好的建筑景观能使人心情愉悦，有利于提高工作效率。可想而知，当年柳琛虽然要建的是宅院而非景观建筑，却把柳宗元的景观建筑思想运用其中：西文兴村依山而建，就坡取势，以山石为地基材料，取天然草木为景，溪泉环绕，使建筑与山水亲和相融，天然有真趣，丝毫无匠意，宛若天成，疑似神工。这正是柳宗元“逸其人，因其地，全其天”设计原则的充分体现。柳琛选址和规划的西文兴村，用柳宗元的两句诗来描画最为贴切：“日出雾露余，青松如膏沐。”“闲依农圃邻，偶似山林客。”民居与自然达到了天然相宜的境界，即使在今天，也值得观照与借鉴。

唐元和十四年（819），47 岁的柳宗元不堪“立身一败，万事瓦裂，身残家破，为世大僇”的遭遇，黯然病逝。他的作品被好友刘禹锡编成《柳河东集》三十卷，其中绝大部分篇章抒发他被贬后超脱的心境和对统治者的不满与批判，他的这种精神被柳琛等后人继承，并且以一种隐晦的方式体现在西文兴村的建筑设计上。数百年间，他们已经把皇宫建筑工艺巧妙地运用到自己的院落，在大门牌楼上雕着只有皇宫才能有的九层莲花浮雕，廊前的柱子下垫的石鼓，竟然是皇宫才能用的龙纹雕饰，门户上的木雕，上面是蝙蝠，下面是龙——“蝠龙”的潜在寓意为“伏龙”，可见虽然后世不断有人做官，柳宗元对朝廷不公的愤恨和反抗还是被后人念念不忘，他们冒着可能因为欺君犯上而被诛灭九族的风险，以特殊的方式纪念着他们的先人。在西文兴村，我们不但能领悟柳宗元被世人忽略的建筑思想，还能找到他卓绝不屈精神的具象化的痕迹。封建统治者自称“天子”，把自己的特权归结为“天意”，而柳宗元彻底否定了这种荒谬的唯心论，写出奇书《天对》，从自然哲学观出发，彻底否定天帝与神灵的存在。毛泽东说：“屈原写过《天问》，过了一千年才有柳宗元写《天对》，胆子很大。”[①]柳宗元的后人继承了他的大胆，他们在盖房子的时候以“龙”来垫脚，梦想着有一天能够“伏龙”！

不过我对“伏龙”的意思有另一种理解，就是柳氏后人认为自己是“潜伏的龙”，梦想有朝一日重新登上庙堂，大展宏图，把柳宗元未竟的事业和心愿完成。这是一种政治抱负，柳宗元传世的作品中有很大一部分是政治思想著作，他虽然具有极高的文学天赋和造诣，志向却在经邦济世，青年入仕之时，他甚至很瞧不起写文章的人，认为那是雕虫小技。他的文学活动，都与政治理想紧密结合。即使是在被贬的岁月里，他也不仅仅用文章来批判政治，还积极参与地方建设和律法的革新。在柳州任上，他下令废除了当地的人身典押制度，使岭南大批奴婢得到赎身解放。通过诸如此类的开明政治措施，仅仅3年时间，柳州便出现“民业有经，公无负租，流逋四归，乐生兴事”的景象，时人称他为“柳柳州”。他百折不挠的政治热情，被后人在西文兴村体现得淋漓尽致，他们修了魁星楼，希望能够高中及第，并给获得功名的柳氏族人在进入内府的大道上建造了一座又一座牌楼，让他们

①《毛泽东在上海》第143页，中共党史出版社1993年版。

的功名彪炳史册，鼓舞后人。牌楼基石上的几对石狮子，用不同的形态演绎着活灵活现的“官经”，令人叹为观止。当代的柳氏后人，在政界和商界都有成功人物，足以告慰怀才不遇的柳宗元了吧。

由于“文革”影响和居民的人为改造，这座柳宗元后裔的府第遭到了一定程度的破坏，在时任村党支部书记柳拴柱的奔走下，2001年初，当地政府开始着手进行全方位的保护和开发。柳氏后人陆续搬入附近修建的新村，把古老的民居腾出来让天下柳姓人寻根和热爱柳宗元作品的人们观瞻。保护和开发按照清华大学城市规划设计研究所制定的《西文兴古村落规划保护方案》进行。2004年9月1日，首届柳宗元文化节在这里举办，西文兴古村成为热爱柳宗元和他的作品的人们寻踪与怀想的朝圣之地。

捻土成城

微末之物曾经是世界奇观，耀眼的光芒总会造成盲点。当我站在汉未央宫荒草萋萋的遗址之上，忽然对脚下的黄土和头顶历史的长河生发无限感慨。“伤心秦汉经行处，宫阙万间都做了土。”当年元代散曲家张养浩从这里经过，作此浩叹，七百年来被传颂吟哦无数，却没有人问过：何以万间宫阙都做了土？建于4300年前的英格兰威尔特郡索尔兹伯里平原的巨石阵屹立如初，为什么2000多年前的秦汉宫阙却已归于黄土？而在大汉所开创的古丝绸之路的另一端，建造于同一时期的古罗马遗迹万神庙和斗兽场依然保存了当年风貌？当时并称于世的两大文明载体，西方的依然屹立于大地之上，而东方的早已湮灭在黄土之下，这里面有什么玄妙呢？

哪里会有什么玄妙，汉长安和古罗马不同命

运的原因只是造城的材质不同而已：汉长安的万间宫阙都是黄土筑就，而古罗马的建筑则由花岗岩和火山灰制成的混凝土建造——黄土怎么能够经得住千百年的风吹雨打？而花岗岩几乎是地球上最耐风化的石头。而今，“东长安，西罗马”的璀璨文明已经消失在历史的风烟里，汉家天下的中心——36平方公里的宏伟大城已成为斜阳下远处几株稀疏老树和眼前几堵残垣断壁的废墟，以及脚下几处凤毛麟角的街衢地面。然而当我拨开覆盖在土城墙上的蒿草和枯枝，当年版筑留下的密集夯坑清晰可见，如同龙鳞残甲，昭示着一个强大的文明捻土成城的伟大奇迹。

在秦晋高原之上，不唯造物主用黄土创造了崇山峻岭和千里沃野，一个生息于其上的强大民族还用自己的智慧魔术般地变幻出了黄土筑就的巍峨宫阙和伟大都城。汉长安城的城墙、宫殿、民居都是就地取材，用黄土筑就。黄土，黏性不强，最怕阴雨洪水，以至于亘古至今把一条大河染黄，把一个民族的肤色染黄，人们是怎样用它筑城造屋的呢？我老家在晋南的洪洞县，行政区划虽然属于山西，风土民俗上却属于关中文化圈。我小时候常见村里的乡亲们用黄土筑墙，用的就是数千年流传下来的版筑工艺：首先把墙基挖出来，铺上砖石瓦砾，为的是防止地基下沉和被积水泡塌，然后用两排椽子并排做成模版，有时是椽子夹着木板，把黄土填充在模版之间，要略高出模版。接下来要用到的工具，是把一根粗大的木柱镶嵌在一块平底方形或者圆形的巨石里，木柱上端穿洞，插入木杆作为扶手，柱身箍有两排用来穿绳的铁环的东西。这个东西就是“夯”，依靠石头的重力来夯实版范间的黄土。小的夯可以由一个人来操作，垂直提起来砸下去，一般用于拓土坯，筑墙用的夯都相当巨大，要两个人对面握着扶手保持垂直，引导方向，两边有两个或者四个甚至更多的人拉着穿在铁环里的粗绳，喊着号子把夯拉起和砸下，握扶手的人负责指挥，高亢地喝起一声：“嘿——呀！”两边拉绳的人回应一声：“嗨——呀！”木夯随声起落，夯石砸在温柔绵软的黄土上，发出瓷实稳妥的一声：“嗵——！”然后领夯人就地取材唱起大家都觉得有意思的“打夯歌”，大家一起和“哎嗨哟”，常常是看到什么唱什么，目的是诙谐幽默地活跃气氛，比如说：

大伙儿使点劲哟——哎嗨哟！
一会儿有肉吃哟——哎嗨哟！
主家打了酒啊——哎嗨哟！
叫你喝个够哇——哎嗨哟！

围观的人们就“哈哈哈哈”笑得前仰后合，主家赶紧去割肉打酒了。

那样的节奏和劳动场面，既有音乐般的悠扬，又有战斗般的激昂。我一个不谙世事的毛孩子，常常沉醉地站在一边看叔叔伯伯们打夯，一站就是一上午，陶醉地跟着他们喊号子，莫名其妙地眼里就会流下泪来，仿佛那不是一种高强度的体力劳动，而是一种亘古流传的敬神仪式。

学生娃在看咱哟——哎嗨哟！
是不是逃了学哟——哎嗨哟！
听完歌赶快回呀——哎嗨哟！
学文化最重要啊——哎嗨哟！

用大夯砸实砸平了，再用小夯砸出密集整齐的凹坑来——这项工作民间也叫“打窝”——然后才能继续把椽子和板子加高填土，这样新土就能在这些凹坑里生根，使墙成为一体，更加牢固。如此反复，墙体不断长高，从理论上讲，如果墙基够宽，这样的墙可以长到无限高。劳动往往产生艺术，打夯也是这样，为的是忘记身体的疲劳和痛苦。我小时候听过无数“打夯歌”，真的很长精神，旋律犹在脑际，可惜很多首都不能记得歌词了。可以想象，当年汉相萧何举全国之力建造未央宫的时候，数以万计的民夫同时喊着号子打夯，那是什么样的壮观场面啊！无论埃及的金字塔，还是中国的长城，这些世界奇观都是劳动人民的血汗和智慧筑就的，无数人的躯体和生命成为历史车轮滚滚向前的铺路石。

这种版筑工艺，有些地方也俗称“干打垒”。版筑工艺的历史，可以追溯到春秋战国时代或更早，《孟子·告子章句下》中说“傅说举于版筑之间”，说的是商代的役徒傅说在版筑行业中被举用，得到了重用，侧面说明在那个时代版筑技术在土木建筑工程中是占有主导地位的。从用黄土来筑墙建屋，发展到用黄土来造宫殿城池，对版筑技术的工艺要求是非常高的，其中关键的因素就是土质——黄土质地松软，黏性不强，造普通的房屋还可以，要造成高耸的宫墙城垣难度就大了，所以常常需要在黄土里加入胶泥——胶泥，就仿佛石头里的玉，需要在黄土里面挖掘发现，当在一个土丘上取土的时候，常常会一镢头下去，发现黄土里切出了一块肉红色的泥块，顺着“泥筋”挖掘，就会取出来一窝胶泥。按照一定比例把红色的胶泥掺入黄土，好比在水泥中掺入砂石，就会筑出石头一样结实的大墙来。通常为了增加墙体的韧性，人们会按照比例给黄土里掺入压扁的麦秸或者棉花丝——棉花丝造价太高，老百姓一般用麦秸。王公贵族们建造宫墙大院，为了彰显富贵和保证安全，常常会不计成本地用米汤和泥来筑墙。关于黄土筑墙的“添加剂”，作家王小波在其作品《红拂夜奔》里有非常精彩而有趣的描写：

> 洛阳城是泥土筑成的，土是用远处运来的最纯净的黄土，放到笼屉里蒸软后，掺上小孩子屙的屎（这些孩子除了豆面什么都不吃，除了屙屎什么都不干，所以能够屙出最纯净的屎），放进模版筑成城墙，过上一百年，那城就会变成豆青色，可以历千年而不倒。过上一千年，那城墙就会呈古铜色，可以历万年而不倒。过上一万年，那城就会变成黑色，永远不倒。这都是陈年老屎的作用。

这样的荒诞手法，看着好玩，却也很说明问题，所以当我站在汉长安城的未央宫废墟上，用手拨开残垣断壁上的蒿草和枯枝，看到那些密布墙根的夯洞时，脸上不由露出会心的笑容。同行的作家朋友们当然不知道我想到了什么，为什么会露出“蒙娜丽莎式”的微笑，我也不好说出口。那么，用添加了童子屎的黄土筑成的城墙到底会不会万年不倒呢？黄土筑就的千年、万年的土长城我没有见过，有数百年历史的明代土长城我还真爬过，颜色已然开始由黄泛白，真的开始发豆青色，并且已经开始石化，光滑瓷实，拿起一块石头砸一下，只能砸出一个浅浅的白点儿。1997 年，我二十来岁的时候，一个人搭车去大同的云冈石窟，孤身绕到石窟景区后山，爬上了这段依然高达两丈许的古老城墙。本来以为是黄土嘛，可以随处借力爬上去，不想快到城头时失去了可以攀爬的支点，用手指去抓，却只划出了几道白线，看看脚下已经有两层楼的高度，却进退不得，绝望感袭上心头，对黄土可以变为青石有了深刻的印象。但目前除了汉长安城的遗址，千年的土城墙似乎不易见到了，所以王小波后来又接着说：

> 李靖、红拂、虬髯公住在城里时，城墙还呈豆青色。这说明城还年轻。可惜不等那城墙变成古铜色，它就倒了，城里的人也荡然无存。所以很难搞清城墙会不会变成黑色，也搞不清它会不会永远不倒。

王朝更迭，兴废勃然。即使城墙真的不倒，统治者的都城也不会拘于一地，所以汉长安城虽然历经十余帝，最终还是被废弃，如果没有汉长安城的废弃，就没有唐长安城的建立；如果不是隋之后再没有王朝在汉长安城建都，我们今天就无法看到如此保存完整的汉长安城宫阙遗址原貌。

两个长安

汉长安城和唐长安城是两回事：唐长安城就是现在的西安，而汉长安城遗址却在西安市区西北方的未央区，这里是秦都咸阳旧址附近。也就是说，刘邦当年平秦灭楚称帝之后，就在秦都咸阳的原址旁修建了他的都城长安。而长安城的命名也不是刘邦的独创。

这里说来话长。早在公元前350年，秦孝公迁都咸阳后，建立郡县制行政体系，就曾在此地设立过长安乡。后来秦始皇的弟弟成蟜被封为长安君。西汉王朝建立后高祖刘邦把自己的都城命名为长安，应该是他亲眼见到了秦帝国的短暂辉煌，希望自己的江山能够万年永固，而“长安”暗合了他的心意。后来他改秦兴乐宫为长乐宫，又在长乐宫之西的秦章台宫旧址建未央宫，“长乐”“未央”也都是取“无穷无尽”的寓意。《诗经》之《小雅·庭燎》云：“夜如何其？夜未央。”屈原《楚辞·离骚》也有“及年岁之未晏兮，时亦犹其未央”之句，都是这个意思。在汉长安城出土的瓦当和方砖上，有不少“长乐未央”的篆书刻字，瓦当上是阳文，方砖上是阴文，这是考虑到了摩擦损坏——瓦当在头上，方砖在脚下。

有汉一代，“长乐未央”成为长安城的主题，它对我们这个民族气质的形成也起到了决定性的作用。而西汉却并不是故步自封贪图享乐的朝代，用“和亲”的委曲求全政策渡过政权初建时经济、军事力量薄弱时期后，经过“文景之治”的休养生息，西汉王朝国力逐渐恢复，开始向控制西域诸国的匈奴发起军事和外交的双重打击。汉武帝建元三年（前138），为联合大月氏共同攻打匈奴，朝廷招募使者出使西域诸国，郎官张骞应募持节率众出使。郎官就是皇帝的侍从，平时看守门户伺候车马出行，但随时可能被委以重任。张骞意志坚定、被俘不屈，历尽千难万险，不辱使命，19年后又以中郎将的身份再次出使西域，两次出使不但完成联合大月氏和乌孙以“断匈奴右臂”的任务，行程还到达今阿富汗等地，其副手的行程则到达更为遥远的中亚甚至西亚地区，开辟了古丝绸之路。东起长安西至罗马的丝绸之路，将沿线的中华文明、南亚的印度文明、西亚的波斯文明和欧洲的古希腊、古罗马文明连接在一起，实现了东西文化的大交流，为推动世界文明的发展做出了巨大贡献。佛教就是在汉代先传入中国，然后经中国传入朝鲜和日本，从而改变了东方文化的格局，完成了一次世界历史上重要的文化交流和信仰对接。

正是古丝绸之路的开辟，使中华文明的影响力远播海外，华夏民族也被以强大的国号“汉”所称，从那个时候起，我们被称作汉人，华夏族也成为汉族。就是这样，一个强大的文明会成为民族的符号，如今美国的“唐人街”同样见证了我们历史上另一个世界高峰的存在。

汉虽强大，而西汉的帝王，却多数反对奢靡。项羽攻入秦都咸阳后，火烧宫阙，大火三月不息，几乎所有的宫殿都化为焦土，只有兴乐宫侥幸仅存。后来，刘邦带领群臣在栎阳暂住，等待丞相萧何整理修补兴乐宫，然后草草住进来，改兴乐宫为长乐宫。安顿下来后，萧何主持在章台宫的废墟上兴建未央宫，任用“秦之旧匠”阳成延为将作少府，修建宫室宗庙，两年后完工。未央宫建在长安城地势最高的龙首原上，地势高峻，显得特别雄伟。刘邦平叛回来，征尘未洗，萧何请他来验看，汉高祖被未央宫的宏伟壮丽惊呆了，等到终于把张大的嘴巴合上，他龙颜震怒，不顾百官群臣在侧，厉声斥责丞相萧何，一点面子也不给：“天下匈匈，劳苦数岁，成败未可知，是何治宫室过度也？”——国家还不太平，老百姓的吃穿问题还解决不了，我这江山还没有坐稳当，你怎么可以修造这样极度奢华的宫殿?!

的确，连年征战之后，西汉初年的民生凋敝到不可想象，高祖刘邦出巡想找四匹颜色一样的马来拉车都没有，有的朝臣上朝甚至只能坐牛车，突然看到这样一座突兀华丽的宫殿，难怪刘邦要发火。

萧何对曰：“天下方未定，故可因以就宫室。且夫天子以四海为家，非壮丽无以重威，且无令后世有以加也！”他提醒刘邦，其他的都可以将就，但是天子没有一座壮丽的宫殿，怎么能体现出统御天下的威严呢？再说了，一次性建好，省得后世子孙重复建设，这样的百年大计是有必要做的。

这样，刘邦也就不好说什么了。其实，无论未央宫外表多么富丽堂皇，都不过是土木建筑而已，把一座龙首山削成楼梯形的三个大台面，剥开的土方夯筑成宫墙，材料上是非常省俭的，那些巨大的空心砖和汉瓦也都是黄土烧制，若非就地取材，宫墙周长8800米、建筑面积约5平方公里的规模巨大的宫室是不可能在两年内完工，还要“精装修”的。那些遗落在草丛中的柱石显示了当时人力物力的简约，这些支撑宫殿巨大木柱的石墩，并没有像后世一样被削成规则的方形或圆鼓形，并雕龙画凤，而是简单地打磨出一个平面来，能够保证木柱的平稳就行，其他部分依然保持着一块青石的原始样貌。

和后来设计成四四方方的唐长安城不同，汉长安城没有经过规划，受秦都咸阳的布局和渭水的制约，逐渐形成了一个曲曲折折的“北斗”形状。自汉高祖五年（前202）宗庙建成，正式于此定都，至汉平帝初始元年（8）王莽篡汉，西汉王朝在此定都210年之久。王莽的新朝又以汉长安城为都13年。光武中兴之后，未央宫被赤眉军烧毁，刘秀定都洛阳，建立东汉。东汉末年汉室衰微，董卓挟持献帝，烧掉洛阳，将都城又迁回长安。魏晋南北朝时，晋愍帝曾定都汉长安城5年，之后前赵、前秦、后秦、西魏、北周都曾在此建都，或10年，或二三十年不等。直到公元581年隋王朝建立，隋文帝杨坚在汉长安城定都一年，嫌弃这里宫室陈旧、规模狭小，在距此约2.7公里外的东南方修造新的都城，名为大兴城，把宫廷和居民全部迁往新的都城。而原先的汉长安城则纳入上林苑的范围，从此再没有被作为都城，因此保留了汉代都城的完整遗址，留存至今。

唐代隋之后，将隋都大兴城更名为长安城，是为唐长安城。而汉长安城却静悄悄地躺在上林苑，历经隋、唐两代300年的时光后，被荒野掩埋起来，直到2006年，中国政府与联合国教科文组织合作发起丝绸之路联合申遗活动，汉长安城遗址作为古丝绸之路的起点，被拂去厚厚的历史尘埃，重新焕发出异彩。2012年，汉长安城国家大遗址保护拆迁启动，核心区内9个村1.5万村民结束了在掩埋着这座曾经举世瞩目的伟大城池的土地上的耕种生活，曾经由微末的黄土铸就的世界奇观，再次在黄土中显现……

自秦始皇以降，在秦咸阳城、汉长安城登基的有36位皇帝，此前在咸阳旧地为诸侯的有秦国6位王公，而王莽末年绿林军、赤眉军各在汉长安城拥立过一位刘姓短命皇帝，如果把这些人都算上，那么在这片土地上当过君王的就有44位了。从汉高祖定都汉长安城算起，到公元582年隋文帝迁都大兴城，汉长安城在历史上存在了700多年。这样久远的历史，即使从中华远古神话盘古开天地算起，也是一段极其重要而辉煌的时间节点了，何况，神话也是以现实为根基的，远古女娲抟土造人的美丽传说，与上古捻土成城的人类壮举，难道不是交相辉映的吗？近代以来我们常常呼喊的“众志成城”，不是也从上古先秦两汉这座伟大的城池找到了根源吗？所以当我置身于这片完整而伟大的遗址之上，不由生发出“微末之物曾经是世界奇观，耀眼的光芒总会造成盲点”的感慨。我所说的“耀眼的光芒”指的是汉唐两代绝世无匹的灿烂文明，那耀眼的光芒使我们忽略了一座雄伟大城的黄土本质，而那些纵横捭阖的雄主们头顶的光芒，也使我们忘却了芸芸众生蝼蚁般的劳作才造就了东长安、西罗马这样人类的世界奇观。

02 记忆中的故人与故乡

我望着机械纵横的田野，突然就想起了往事：
小黑牛能拉车后，父亲请木工打了一挂大车，
这样我就从拉车的变成了赶车的，
悠哉地坐在车上摇着鞭子。只是小黑牛习惯了往前冲，
我们总是像一辆坦克一样冲过平静的村庄，
奔向无边的旷野。

『耀我』之光

我第一次看到太阳雨，是八九岁的时候，那种被自然之大美撼动心魄的体验，与多年后我在海上看到晚霞中翱翔的海鸥时相仿。

那时，隔壁奶奶来我家串门，跟我奶奶正在堂屋里闲说话，外面的天空慢慢地布上了云，落下一阵的急雨。不大会儿雨声小了些，我的奶奶担心我在昏暗的光线中看书看坏眼睛，就抱怨了一句："这娃不听话，说了也不听！"隔壁奶奶就支使我说："娃啊，你给奶奶出去看看'耀我'出来没有？这雨下得把人急躁的，一会儿后晌还要到'姑姑庙'上去看戏！你奶奶脚小走不了远路，奶奶带你去。"

我自小爱看戏，听到这话立马放下书，跑到院子里去看雨是不是快停了，"耀我"出来了没有。

"耀我"是我家乡的土话，指的是太阳。在

我的家乡，祖祖辈辈都把太阳叫“耀我”。很长的岁月里，我一直以为这是“照耀着我”的简称，觉得家乡的人们还挺有诗意，后来才明白这两个字里居然包含着中华民族五千年的文明史。

当时，我掀开门帘子来到屋外，看到院子里的景象就呆住了。我家院子很大，刚进院门左边是两株年轻高大的小叶榆树，右边是三棵数十米高的箭杆白杨，院子中间有四棵挂满果实的苹果树，苹果树的西边挨着牲口圈的是两棵开着米兰一样鹅黄的小花朵的老枣树，苹果树前面有棵开满绛红色花朵的石榴树，树下是一方青色的捣衣石。远处猪圈边是棵一搂粗的大椿树，屋前的两棵梧桐树遮天蔽日。此时正是农历四月末的时节，再有个把月就可以开镰收麦了，布谷鸟和斑鸠已经到来，在树冠茂密的叶丛中扑扇着翅膀上的雨珠，偶尔发出鸣叫；家鸽早就回到屋檐下天窗里的窝中舒服地“咕噜咕噜”着，麻雀们傻呆呆地瑟缩在树枝上任凭雨线抽打。让我发呆的不是这些景象，这些都是我司空见惯的。震慑住我的心魄的是笼罩着这一切的“耀我”之光——清新灿烂的阳光照耀着院子里的树木和生灵，它从遮盖着院子的各种树木的叶隙间投射下来，像一道道金色的箭矢射进泛着七彩水泡的水洼里，在无数金色的光束中，急雨如珍珠编织的珠帘展开在亮堂堂的院子里，如梦如幻。

这是我第一次看到太阳雨，一时如同木雕泥塑。过了一会儿，我才缓过神来，大叫一声，狂喜地冲进了金色的大雨中，如同进入了一个奇幻的梦境。我大声欢呼着在院子里的树木和水洼间奔跑，体会着心中审美觉醒时的疯狂，直到在奶奶扶着门框担心的责骂声中滑倒在温热的泥水中。

急雨来得快去得也快，把村庄冲洗得分外干净清爽，雨水没来得及使村庄的道路变得泥泞，就从大街小巷中一路猛冲而出，向着村西的小河奔涌而去。黄昏到来之前，早早吃过晚饭的人们夹着板凳，扛着杌子，提着马扎子，络绎穿过村西的田野，在黑青色的麦田中说笑着走向古老幽深的河谷，多数是老婆婆、老汉汉带着娃娃们，有我这样的半大小子，也有要背着去的小娃娃，家里有驴的就让驴背上驮一排孩子，牵着仿佛跛腿般的瘦驴一颠一颠朝前走。明明人欢马叫、孩子哭闹而大人呵斥，很是热闹，在霞光中的旷野上却有着一种莫名的肃穆庄严。

古老的河谷如今只剩下谷底那条浅浅的小河，雨后的河水像倒入牛奶一样浑浊，还好没有淹没渡河的那一串大石头，于是老人们用出奇的灵活跳跃着过了河，爬上岸去，就来到另一座村庄。河谷就是村庄间天然的界河。要从这个村庄的田野上穿过，再横穿省道公路，才能到达汾河滩上的“姑姑庙”。我们走的这条路线是捷径，那些家里有骡马大车或者小四轮拖拉机的，早就从大路上了省道，吆喝着在公路上排着队进入了汾河滩。历时近两个月的“姑姑庙”庙会已经接近尾声，但却一天比一天热闹，大车和拖拉机多到得在很远的地方就停下来，坐车的人们下来跟我们一起走路去庙会。乡间的庙会也是贸易大会，大到卖骡马牛驴、水缸粮食瓮的，小到吹糖人、卖针头线脑的，帐篷摊点鳞次栉比、热闹非常，如同嗡嗡闹闹的蜂房，人们摩肩接踵，常常就会把娃娃们挤得丢了，哭喊着找寻爹妈。隔壁奶奶紧紧地拽着我瘦筋筋的胳膊，生怕我被挤丢了。她不爱逛集市，一心想着快点挤到庙里的戏台下去，不能误了开场大戏。

好容易来到那座高大巍峨的门楼下，上面挂着一块匾额，我以为写的是“姑姑庙”，在被隔壁奶奶拉拽着挤进去的瞬间仰头看了一眼，写的却是“唐尧故园”。园中人更多更吵，我个子小，几乎四面都是人墙，然而隔壁奶奶听到人们嚷嚷“戏要开演了”，便奋起神勇拉着我从人缝里奇迹般地来到了戏台下，就势把我往上一托说：“娃娃家上戏台去，没人管你！”我就攀上了戏台边沿，那里已经有好几个跟我差不多大的“猴娃子”了，我们坐在大幕外面扮鬼脸，谁也不敢钻进幕布底下去瞅里面的光景——那样做的话看场人的长竹竿就会毫不留情地往头上抽。我看到隔壁奶奶刚在前几排挤出一个空当放下马扎子坐好，戏台上的电铃就响了，声浪低下去一些。这是预备铃，声音低而柔和，然而却是人们翘首以盼的。几分钟后，一阵更为高亢激越的电铃声响过，戏台下的人山人海顿时鸦雀无声，连那些卖冰棍和瓜子的小贩也不敢出声了。大幕在或急或缓的唢呐、二胡旋律中缓缓拉开，只见一张桌子、两把椅子被花布套着出现在戏台中央。角儿还没有出来，台下观众就抢着报出戏名了。

在我们晋南的乡村，人们最爱看的是蒲剧和“眉户儿”，庙会上剧目不是很多，最受欢迎的是《杀狗劝妻》《三对面》《杨排风》《穆桂英招亲》，轮番上演，人们还是百看不厌。也会有“角儿”来，引起老百姓的阵阵欢呼，比如蒲剧名家任跟心的保留曲目《挂画》，老百姓最喜欢看。任老师那时候还很年轻，一身丫鬟装扮，轻盈地跳上细细的圈椅背，穿着镶着小毛球的绣花鞋跳来跳去，动作俏皮，优美流畅，台下的人们为她捏着一把汗，只在心里惊叹着却大气也不敢出，生怕她摔下来，然而艺高人胆大，她总是能有惊无险地完成表演。人们喜爱任跟心，几乎家家都挂着她的剧照年画。我最爱看的是武生戏，之前看的是热闹，可就在看完太阳雨的那天晚上，我趴在戏台边沿上，看着那个武生甩掉头上的缨盔，双腿跪地，一边甩着马尾长发，一边悲怆地唱着他心中的懊悔，他在戏台上转着圈地甩着头发唱了一段又一段，我忽然间看到他的脸在灯光下闪着光，仔细一看是满脸的泪水。我心想，唱个戏他怎么真的就哭了？一摸自己的脸，竟然也是满脸的泪水。就在那一天，我在太阳雨中完成了审美的觉醒，在戏台上武生的泪水里感悟到了艺术与人生的真谛。

庙会上演的戏当然首先是娱神的，所以戏台的台口冲着大殿。很多年里我一直以为戏台对面的大殿上挂的是“姑姑殿”，直到参加工作后作为县报记者去庙会上采访，才赫然发现大殿匾额上写的是：娥皇女英殿。翻阅史料，才明白这看似乡野民俗的庙会居然是上古历史文明的传承——原来我的家乡甘亭就是三皇五帝里帝尧的故园，自古这里的人们就把尧王称作“爷爷”，把尧王的两个女儿娥皇、女英称为“姑姑”，把她们的夫婿帝舜叫作“姑父”。当年，帝尧老年访贤在历山遇到舜，为了考验他，就把一双女儿下嫁给舜“以观其内”。自此，每年的农历三月三，我家乡的人们都会抬着銮驾穿越20多个村庄去往汾河西边的历山，把两位“姑姑”接回来回门，住到四月二十八，历山那边的人们又会抬着銮驾来到唐尧故园，把他们的“娘娘”接回去准备跟老百姓一起收麦农忙，这期间人们就会在唐尧故园举行长达近两个月的“姑姑庙”庙会，以表达对尧天舜日的纪念。这个“接姑姑、送娘娘”民俗活动，一直举行了4700年而从未中断，以活标本的形式佐证了中华文明的连续性，每年都会有十万上下民众参与，沿途村庄的群众焚香遮道、高接远送，对尧舜和娥皇、女英的敬仰之情无以复加、令人动容。后来我在县政府分管文化工作时，在时任中国民俗学会会长刘魁立先生和北京大学民俗学博士团队的帮助下，将这个近五千年的民俗活动成功申报为国家级非遗项目。

也是在那个时候，我请教乡间学者才知道，家乡人祖辈把太阳称为“耀我”，其实就是土语“尧王”的发音，人们把尧王的功德比作太阳，正如《史记·五帝本纪》所载：“其仁如天，其知如神，就之如日，望之如云。”

大风到来之前

起初，村子在大地上就像一泓平凡到随处可见的水洼子，在没有风的天气里，表面上连个水皱皱也不见，人都像那孑孓和鱼苗在水草间游荡，从外面别想听到有什么声音，更猜不到水里有没有活物在，有多少。

接着天气就变成了春二三月时那样，太阳还没有解开倒春寒的冻，有点亮堂堂的，仍然感受不到一丝温暖的活力。在大风到来之前，村子还是那么安静，不生不灭，人迹全无。

“小鸡儿——乐呵！”一声吆喝，仿佛蒲剧开唱前的叫板，拉开了一切卑微而壮阔的生灵的舞台序幕。一个外面来的汉子，黑黢黢的，挑着一副担子晃悠悠地进了村街。担子两头是两摞笼屉似的筐箩，筐箩上罩着绿莹莹的窗纱。通常，汉子后面会跟着他或肥胖或干瘦的婆娘，包着花头巾，一见巷子口有人闻声出来问询，就紧扭几步赶上男人，头上的包巾已经抹到了脖子上成了围脖，瑟缩在袖筒里的双手也甩将出来，开始指派她的男人做生意。

笸箩刚落地，绿窗纱还没来得及揭开，久违了整整一个冬天的啁啾鸟鸣就喧闹开来，逗引得那些急不可耐的眼睛从窗纱的窟窿眼儿里探看那些滚动的黄色小绒球儿，生机在那个瞬间从每个瞳孔里解冻，那些过于沉静的表情活泛起来。

金黄色的小鸡娃娃像一团跳动的绒球，让人眼前一亮，像一个个太阳的孩子，照亮了乡村的初春。阴影里，它们瑟缩在一起，但只要笸箩被推到阳窝地[①]里，它们就活跃起来，不知天高地厚地追逐伙伴，啄食着并不存在的食物。事实上，这样的啄食不过是一种求生的意识和仪式，刚出壳的鸡娃娃喙尖上都包裹着一层角质物，是啄不到东西的。只有被人买去，主人才会用指甲帮它抠掉角质物，让上下两片喙能咬合起来。鸡没事时总喜欢左右偏着脑袋在地上摩擦自己的喙，就是与生俱来的求生本能的延续。

村里人向来把命看得轻，把生死看得淡，人命不金贵，鸡犬一类就更不值钱。买几只鸡娃娃不是什么延续生命的仪式，就是给生活的链条接续些物事。下地回来的，串门儿路过的，看见卖鸡娃娃，就蹲下来看个热闹，顺手摸摸裤兜里有没有个块儿八毛的，有的话把挂在锄把上的草帽反过来，帽壳里就放得下十只八只的，或者从裤兜里抽出一条皱巴巴脏兮兮的手绢，像在野外拾到几颗山杏野果子一样，先把手绢铺在地上抹平，把鸡娃娃放上去包起来，就那么提着，让它们在手绢里冲撞着，啁啾着，提回家去。更方便的，是像掬着泉水喝一样把双掌并起来，就那么端着几只回去。

① 晋南方言，指向阳的地方。

那卖鸡娃娃的汉子，仿佛很精通数学，也有些训练禽鸟的本领，不用一只一只地抓给你，也不用一双一双地去数，就把笆篱似的大手插进笸箩里去，扒拉着那些活蹦乱跳的小生灵，嘴里数着："一五，一十，十五，二十。"数百金黄的弹球似的小东西就像被施了定身咒，碰到那粗大的手指的就不能动弹，被扒拉到一边，乖乖地待着，挤在一起喊叫，最后被一双手掌捧起来，像掬着一捧粮食一样放到新主人的草帽壳里、铺在地上的一方脏手绢里，带着惊恐和咏叹的声调开始新的生命历程。

说卖小鸡是一门营生，其实勉强得很。那个年代，村子里的鸡都是放养的，让母鸡孵小鸡是每个农妇都精通的本领，只是母鸡只有抱窝才肯遵循天性干这样的活计，而母鸡什么时候抱窝纯粹靠天性支配，想让它好好下蛋，它偏偏抱窝，每天赖在下蛋的草窝里"占着茅坑不拉屎"；想补充一群小鸡了，满院子的母鸡就是不抱窝，让人干着急没办法，这个时候只有盼着卖鸡娃娃的来。粮食金贵，鸡只有放养才勉强吃得饱，鸡蛋舍不得自家吃，要攒够一篮子提到集市上去卖掉，那是一家子的油盐和穿戴的来源。既然鸡蛋是重要的经济来源，母鸡的屁眼就很要紧，农妇们有一种本领，一边往地上撒玉米和高粱，一边打量母鸡们的"脸色"，看见芦花鸡或者小黑鸡的脸红了，冠子也红了，就趁它们不注意一把抱起来，把中指伸进鸡屁眼里面去，探不到东西就骂一声扔回地上，探到有蛋就小心翼翼地放脚下，然后嘱咐晒太阳的老人和乱跑的娃娃们盯紧了，别让它们把蛋下到邻居院子里面去。

鸡蛋是如此金贵，母鸡也跟着比公鸡值钱。刚买回来的鸡娃娃，看不出公母，要捉住两只红色的鸡腿倒提起来，娇弱地垂着头低声叫唤的就是母鸡，那些能把脑袋向后弯曲到尾巴那里的强壮的家伙，几天后就会长出长腿和大冠子来，将来必定是些趾高气扬的公鸡。这些趾高气扬的家伙嘴长嗉子大，半大小子不知道给母鸡献媚，一味地抢吃食，最多养到三个月，就得逮住了，用布条绑住翅膀和双腿，挂在自行车上，带到集市上换钱。满院子的母鸡，只留下一只公鸡来陪伴，这样，一来有公鸡踩蛋，母鸡肯下，二来主人自己孵蛋的时候，可以从鸡蛋里面孵出新的生命。

只要院墙外传来一声吆喝“小鸡儿——乐呵”，正弯着腰挪动脚步的祖母就会站定，慢慢地转动脖子，扭过脸去，浑浊的眼珠盯着门口，嘟囔一句：“没几只鸡了，都不好好下蛋，该买些鸡娃娃了。哼，也不知你妈怎么打算的，算了算了，管不下，人家也不让我管。”愤愤地走向厨房，扶着墙把小脚抬上台阶。从我记事起，祖母就是很老的老太太，永远穿着一身黑色的粗布衣裳，系着灰色的围裙，围裙是半连衣的，前襟用一个布纽扣系在脖子底下的扣眼里，倒置的桃心状的围裙前襟上绣着一朵小小的梅花或者两片绿叶子，当娃娃们问起时，祖母会漫不经心地回答说：“五朵梅么。”她的意思不是有五朵梅花，而是梅花有五个花瓣。祖母是小脚，一生足不出户，她的脚太小太尖，下地会戳到土里去。因为不出门，她身上从来不装钱，偶尔在地上捡个块儿八毛的，揣不暖和就会给了儿子或者儿媳，问询是不是他们不小心掉的。

像买小鸡这样的经济事务，祖母是不会做主的，家里的事她什么都不做主，但是什么事都会操心，什么节令该干什么，人和畜生该吃该喝，全在她心里装着，就像一块程序复杂的闹钟，到点就会敲响。你不落实，她还会重复地去敲钟，直到把问题解决。很多事情上祖母看不惯我母亲，但她同样操着我母亲的心，天黑了，儿子、儿媳下地还没回来，她生好火熬上米汤就会站到门口去等，天像她的衣服一样黑，来往的人根本看不到门口还站着个人，她就那么站着，直到听到巷子口有交谈的声音传来，才嘟囔着转身往回走，埋怨着。我调皮捣蛋，作业写不完，被老师扣在教室里，很晚才能回来。一进巷子口，天黑得根本看不见路，我试探着喊一声："奶？"祖母就会在大门口答应一声，让我顺着她的声音找回家。我从小就知道，祖母永远站在那里等着我。

我小时候调皮，经常挨揍，老师打，同学打，父母打，在这个世界上只有一个避风港和保护伞，那就是祖母的怀抱。她就像一只黑色的老母鸡，随时张开翅膀把我揽入怀中，同时瞪起眼睛，扬起铁一般的喙，准备为我而战斗。祖母是个性格刚强却与人为善的人，只有当我受了委屈时她才会不那么尊重老师，找到老师家中去评理；我被赖小子们截住打，她就像超人和蜘蛛侠一样及时出现，拍打着黑色的翅膀飞来解救我；我偷了父亲的钱买零食，父亲虚张声势地要揍死我，祖母把我揽在她黑色的巨翅后面，一头撞到父亲的怀里，要跟他拼命。三十多年来，她是这个世界上最爱我的人。她活着的时候，我在这个世界上对于某个人来说最重要，她死后，便没有人把我当作世界上最重要的那个人了，我从此不再是谁的最爱。

无名的河流

从课本上知道黄河和长江之前的最初十年里，对于我们这些晋南农村的少年来说，汾河也是一个传说。我们经常听到长辈们炫耀地说起，刚刚赶着马车从河西拉了一趟炭回来，“水可大啦，望也望不到边！”他们骄傲地赞叹。小孩子们在不远处疯玩，看似没心没肺，实际上支棱着耳朵一字不漏地都听进了心里。但我们不羡慕，因为有村西的那条小河就够了，对于我们来说，十里之外的汾河太遥远了。直到又十年后，我到省城太原求学，有一天在图书馆看书，忽然就明白过来，原来我们村西的那条小河就是汾河的支流，她在局部区域向着西方流淌，而没有遵循西高东低的大地理环境，是因为汾河在西边，她在投入母亲河的怀抱。并且，在对祖母讲述的故事的回忆中，我觉醒了对河流的感知意识——其实村西那条小河并不在地平面上，她在一条宽阔河谷的底部，与地面有十多米的落差，河谷两岸遥遥相望，足有一二百米远近，可以想象在久远的历史中，这条蜿蜒温柔的小河曾经是何其波澜壮阔！祖母讲述过，我们的村庄最初就建在河边，周围垒着一圈又高又厚的石头墙，石头缝隙里都填满了泥沙。发大水的季节，汹涌的河水在围墙外面不断上涨，直到快要跟墙头齐平，就很神奇地不再上升，于是就出现了这样的奇景：村墙外是汪洋大水，村墙里鸡鸣犬吠、烟火日常，有那胆子大的男人，扛着耙子上到墙头，在浑浊的洪水里打捞木料柴火。“手快的够家里灶上烧一季子的！”祖母平静地说。

然而回忆却让我无法平静下来，试想，如果村西那条作为支流的小河都曾经奔腾咆哮，冲刷出一两百米宽的河谷，她注入的汾河该是何等的浩大啊！更何况，汾河绵延近千公里，有一百多条大小支流，号称“百纳汾水”，这是有过怎样壮阔历史的一条大河啊！很快，我就从史料中领略到了汾河的气魄——距今两千一百多年前，汉武帝刘彻的船队由黄河进入汾河，来到河东汾阴[1]祭祀后土，之后乘坐高大的楼船泛舟汾水，饮宴中流。时值秋后，洪波涌起，烟水浩渺，武帝诗兴大发而作《秋风辞》曰：“……泛楼船兮济汾河，横中流兮扬素波。箫鼓鸣兮发棹歌，欢乐极兮哀情多。少壮几时兮奈老何！”这就是汾河“棹歌素波”美誉的由来。作为这样一条浩瀚大河的支流，我们村西那条小河曾经也应该是可以行舟走船的吧。而在我儿时的记忆里，她是连名字也没有的，她是沿河各个村庄的天然界河，流经上游杜村时就叫杜村河，流经我们李村时就叫李村河，而当村里的人们谈起她时只叫她“河”。两个下地的人碰上，一个问：“到哪里干活去呀？”一个回

①今山西省运城市万荣县。

答：“河里。”——不是下河的意思，而是人们把河谷和河岸上的土地都统称为“河里”。

河里实在是我们这些放牛娃的乐园。夏天的时候，浅浅的河水被阳光晒得像温暖的被窝，我们光着屁股在水里欢快地扑腾，大呼小叫着打水仗。岸边露出水面的石头上，婶子大娘们正把泡好的皂荚裹在粗布床单里，抡起捣衣杵使劲地砸，“嗵嗵嗵”的声音此起彼伏地响彻河谷。她们在说笑声中揉搓好衣物，抖起来铺在水面上拽几拽，那衣物就被水流冲洗干净了，叫个同伴合力拧干，抖开就铺在岸边缤纷的花木草叶上，小风儿吹着，不消一刻就干了。离我们游泳的地方不远处的下游，大人们都说水里有一眼深井，会把小孩吸进去，那块水域远远看过去确实颜色要深一些，像是水面下有一片巨大的荷叶。那里是小孩子的禁区，却是个至关重要的地方，因为水深的地方正好下水泵，所以经常会有一台拖拉机被嘴角叼着烟头的叔伯眯缝着一只眼开过去，车头发动机上的皮带带动抽水机，通过一条黑色巨蟒般的胶皮管把河水扬到十米高的河谷上去，灌溉方圆数百亩土地上的庄稼。高处看守水渠的叔伯们不时发出憨厚而响亮的笑声，很宽容地任由我们拿着一块破窗纱接在龙头下面捉那些抽水机中幸存的小鱼小虾，有时候他们会恶作剧地悄悄示意下面看守柴油机的叔伯突然加大油门，让瞬间加大的水流把我们冲倒在水渠里。每当这个时候，他们必会招致洗衣服的婶子大娘们尖厉的责骂。那可真是一幅其乐融融的田园图景啊。浇灌过的玉米地和高粱地，在静夜的虫鸣中会发出清晰而密集的“吱吱”声，那是无数庄稼一起拔节的声音。小学的语文课上老师教到“天籁”这个词语时，我就会无端地想起跟随父亲在墨黑的田野里听到的庄稼一起拔节生长的自然之音。

夕阳压山，庄稼地也快浇完了，童心未泯的叔伯们玩兴大起，跳下水去把抽水机所在河道上下游的泥坝口子都堵起来，柴油机的油门加到最大，一会儿的工夫，这块被隔绝的河段就渐渐露出黑亮的河床，那些躲在水草和淤泥里的大鱼小虾惊慌地跳跃起来，一片银光闪闪。“把你们的大盆给咱用用，谁的盆给谁分鱼啊，不白用的!”叔伯们笑嘻嘻挽着裤腿站在淤泥里，冲着收了晒干的衣物准备回家做饭的婶子大娘们喊，于是那些来时装了衣物的廉价塑料大盆便红红绿绿地扔过去好几个，有些鱼慌不择路，干脆直接跳了进去。所以就算是黄土高原上的北方乡村，我小时候也经常会吃到鱼，虽然只是很普通的被我们称作“梆子鱼”的白鲢。我很佩服父亲杀鱼的手法，娴熟而优美——母亲的油锅已经在火上了，他才把鱼捞出来扔到院子里，提着把剪刀走过去蹲下来，把摔晕了的鱼握紧了，先剪去鱼鳍，再用剪刀划开柔软的鱼腹，只一掏就把全部内脏都扔在地上，已经开始“嚓嚓”地刮起鱼鳞了——母亲锅里的油刚热，喊一声“鱼好了吗”，父亲已经把刮好的鱼在装着清水的铁盆中洗干净，甩甩鱼肚子里的水，直接丢进锅里，“嗞啦”一股青烟，香味就飘满了暮色四合的院子。我和弟弟忙着在鱼的内脏里翻找鱼鳔，那东西一脚踩上去会发出极其响亮的一声“啪”。而我最喜欢吃的，是游泳的时候在岸边的水草里捞回的河虾，它们是水晶般半透明的，母亲炸完鱼，会就着锅底那点热油把河虾倒进去稍微翻炒一下，河虾瞬间就会变成红色，这时候撒点盐巴倒进碗里，就是最美味和富有营养的小吃。那条无名的小河，她灌溉了庄稼，提供了水产，养育了一代又一代的人们，也给我们留下了无尽的乡愁。

我小时候调皮而贪玩，常常趁着大人睡午觉的晌午偷偷溜出院子，带着自制的渔网穿过寂静无人的村落，一个人跑到村西的小河里去捕鱼。正午的阳光能晒得头发燃烧起来，然而每当我想到渔网里有背上长刺的刺鱼和长着花斑的绵鱼蹦跳时，那种发自内心的快乐真是无法形容。我们给所有的鱼都命名了，跟前面说过的梆子鱼一样，刺鱼和绵鱼都不是学名，用现在的话说就是昵称。现在想想，我真是命大啊，那个时候田野里是有狼的，一个十岁的孩子在大中午一个人置身杳无人迹的巨大河谷，何其危险，但当时我是一点都不害怕的。河谷两边是十几米高的陡岸，布满了野兔、黄鼠的洞窟，还有数不清的土蜂窝，被密匝匝的酸枣和枸杞覆盖着。这些寻常的灌木曾给我的人生理想带来希望——虽然家里到处是父亲买来的文学杂志，我那个年龄最喜欢看的还是连环画，然而家里是不会给钱去买课本之外的“小人书”的，于是我只好自己想办法去挣钱。镇街上的废品收购站是兼收药材的，我就领着弟弟各自背着一条蛇皮化肥口袋，扛着小镢头去河谷两岸挖枸杞根。枸杞根扎得很深，好在河岸上的土比较酥松，我们半天就能挖满一口袋，背回来用衣杵在捣衣石上把枸杞根的外皮砸下来，铺到窗台上晒干。孩子的心里急啊，每天放学后都要去看看晒干没有，然而当晒干时又很失望，因为满满一窗台的枸杞根皮晒干后萎缩成了一小堆，看着就没几两重！挖上一两个月的枸杞根，卖个三五块钱，我反倒舍不得去买新连环画了，从废品收购站出来，径直跑到新华书店外面租“小人书”的书摊上去，两分钱就可以看一本，这些钱可以让我们看整整一个暑假。那时候，我的理想就是什么时候自己也在镇街上摆这样一个书摊，想看就看！然而河岸上的枸杞根虽然挖不完，奈何我们兄弟毕竟不是药农，每天写完作业天就黑了，晚饭前还得出去疯玩一会儿不是？现在想想，我们这些出生在二十世纪七十年代的农村孩子，日子虽然艰苦一些，但因为和山川河流、田野万物一起度过童年岁月，实在是在心灵深处留下了滋养一生的诗意。

很多年来，我一直以为自己童年的时候是没有去过汾河滩里的，因为那时候汾河常常发大水，大人们担忧我们的安危，就对汾河滩的凶险极尽渲染。数里宽的滩涂上长满了喜欢盐碱地的古老植物，银灰色的藜（灰灰菜）和水嫩的马齿苋，这里是家畜和割猪草的孩子们的天堂，但平坦宽阔的滩涂也会在大水突至时令人畜无处可逃。前些年，在写一部长篇小说时，我回忆起五六岁的时候在姥姥家老村子里的时光，有一个梦幻般的场景始终困扰着我，那是一块长满皂角树的巨大湿地，阡陌纵横，类似于南方的稻田，记不得种的是什么作物了，让我印象深刻的是其中沟渠交错，田里也是水汪汪的，小荷叶般喂猪的水葫芦居多吧。十几岁的小舅舅带着我们表兄弟几个去水渠里抓鱼，他高挽着裤腿站在水里，突然扑下身去抱起一条银白色的大鱼。那鱼“啪啪”甩着尾巴击打着舅舅赤裸的胸口，他几乎要站不住了，赶紧喊我们把桶提过去。好容易才把鱼倒栽进水桶里，尾巴还垂在外面，一条鱼就装满了一个大水桶！我们是抬了三四个水桶来的，结果鱼都太大了，每个桶里只装得下一条鱼，只好抬了三四条鱼回去。使我困惑了好些年的是，那样又窄又浅的细细的水渠里，怎么会有跟成年人大腿一样粗细的大鱼呢？那不过是块湿地，并不是水库或鱼池啊。长大后我找小舅舅和几个表兄弟都求证过，确定那并不是梦，但他们当时已经是纯正的庄稼汉，对我这个书呆子的大惊小怪很不以为然，哼哼地笑笑没有多说话。后来还是我自己醒悟过来，原来老村子所在的那块湿地，就是古老的汾河滩涂，大水退去后，很多巨鱼搁浅在沟渠里，留给一方人来自母亲河的恩惠，也成为我们儿时的梦幻王国。

我在太原求学的那些年，坐着绿皮火车返乡时，在南同蒲铁路沿线上看到汾河断流，萎缩成一条细细的黑线，心里很不是滋味。一晃三十多年过去，女儿上初中的时候，汾河公园太原段已经建设成为六十多公里长的景观长廊，各种珍稀的鸟类都回归了草木葳蕤的河畔，汾河重现“山衔落日千林紫”“沙际纷纷雁行起”的晚渡盛景。暑假的清晨，我陪着女儿在沿河的塑胶跑道晨跑，歇脚的时候，在“桐叶封弟”雕像前给孩子讲当年周成王用桐叶剪成的“玉圭”把弟弟叔虞分封到唐国，后来唐国改称晋国的历史故事。孩子是幸福的，汾河在她眼里一开始就是一个美好的自然与人文相谐的景区，她没有经历过我与这条河流还有那些无名的支流的生命故事。那天在汾河公园，我很想给她讲讲村边那条小河的故事，却发现无从说起，因为那条小河连个名字也没有，就像祖祖辈辈生活在河边的人们一样平凡。汾河的一百多条支流里，有多少是这样无名的河流，她们又养育了多少代平凡的人们，谁也不知道。

我是农民中的『逃兵』

长久以来，有一个隐秘之念潜藏在我的灵魂深处，在我感到事业上得意和生活安逸的时候，它就会跳出来，与我对视。每一次对视，都会令我自省一番，失神许久。随着年岁的增长，它越来越频繁地跳出来，且目光越来越深邃。渐渐地，我产生了一种愧疚和感叹。

其实，这并非我独有的秘密，它是所有经历“鲤鱼跳龙门”后的农家子弟共有的心灵隐私。不同的是，当别人始终能够心安理得地享受命运改变后的狂喜，一生都陶醉在这种窃喜当中，并越来越贪恋衣锦还乡的那份荣耀时，我却经常会陷入失落和不安的情绪中。

我不是要做忏悔，命运安排我在一个地方出生，又在人生途中离开那里，对于我来说，没有任何罪过可言。我只是想做一个坦陈，告诉别人和我自己：我当初泼了命地要考入城市、离开生养了我十几年的农村，并不是出于要成为国家栋梁、要为“四化”建设添砖加瓦的伟大理想，我只是无法忍受劳动的繁重和精神的绝望，想摆脱那种苦难，去寻找一个新的天地。我体验过劳动的快乐，也曾安享农闲的诗意和歇晌时的静谧。劳动是光荣的，但对于农民自己而言，它是一种与生俱来的能力，更是一种本分，没有光荣的意义可言；它的光荣之处，在于养活了不曾种地和不再种地的人们。给劳动下了光荣定义的人们，心安理得地享受着劳动的果实，某些人谈起农民来，语气和目光中透露出怜悯或厌弃的态度。而我却不能心安理得，因为我曾是个农民，我清楚粮食不仅仅是种出来的，它们一颗颗，都是汗与血凝结而成的。

正是这汗与血，让我自省、失神、愧疚、感叹、失落和不安。

“一望无垠的田野上，金黄的麦子一浪高过一浪……”这诗意而壮美的景象，我刚上小学时就会朗读和背诵。丰收在望的麦田，的确是壮观的，但当我成为一个农民以后，守望麦田的情景和课本里的描写却无法重合。开镰之前，望着金灿灿的麦田一直流泻到天边，的确让人激动。当你弯下腰来，从一位观赏者转化为劳动者时，一切就此不同：第一个感觉是自己变成了一大块正在消融的冰，在三伏天的骄阳炙烤下，全身上下都在淌水。捉摸不定的夏风偶尔会光顾你，让你在酷热和突至的凉爽的剧烈反差中打一个激灵，毫不夸张地说，令人在三伏天感到了寒冷。夏风吹息身上的汗，但它留下了一层与烈日合谋制作的薄膜，用来包裹你的全身。到后来，汗已不再出，但它形成的那层黏膜却越来越厚，并且渐渐发烫，只有汗腺发达的手心是冰凉的。用冰凉的手心去摸自己的后背，感觉像摸到了一块烧红的铁板。汗液形成的那层黏膜，在麦季刚开始的时候是看不见的，当大地上的金黄渐次褪去，人身上的黝黑渐次蔓延，它会渐渐跟你的血肉渗透并生长在一起，在黑皮肤上形成淡淡的银色，角度适当的时候能够看得很清楚，像银粉，又像月光。这是农民特有的肤色。汗不再出的时候，手上就被镰把打出水泡，圆滚滚，很丰盈的样子。水泡并不疼，自己蔫下去就是茧子，但不小心弄破就惨了，钻心地疼，让人根本握不住镰刀。手掌握不紧镰把，最容易打起水泡，于是水泡此起彼伏，令人苦不堪言。手上打出水泡的同时，腰开始酸痛，弯下去直不起来，直起来弯不下去，最后腰背干脆失去了知觉，感觉脖子下面就是腿，腰背那一截是空的。我父亲告诫我：握紧镰把，弯下腰一气割到地头，千万不要直起身来朝前看。可惜我总是忍不住要直起身来望望离地头还有多少距离。望一次失望一次，信心就矮下去一截：怎么割了这半天，离地头还有二里远？每望一次，身上的痛苦就增加一倍，太阳又毒辣了一倍。在某一个时刻，我完全绝望了，倒在自己割下的麦子上，感到了一种走投无路的空虚。我想睡上一觉，却无法闭上眼睛，小鸟在白云下飞快地掠过，蓝天在白云后面那么明净，而我却只比死人多口气。第一次，我在极度的疲惫之下，开始思索人究竟应该怎么活着的问题，同时感到了大于身体上的劳苦的精神痛苦。这时候，我的父母已经割到地头折回来了，他们割麦子的动作协调、步伐迅捷，像是两部精良的机器。我躺在那里，惊奇地目送我的父母并肩从我身边弯着腰唰唰地割过去，感到了一种伟大和悲酸。在北方农村，像我父母这样对强度极大的劳动习以为常的农民太多了，他们在超越身体痛苦的同时，达到了精神上的平和，一种带有宿命色彩的达观。我曾经以为农民是麻木的，后来知道不完全是这样的，他们是认命的、本分的。假如你问一位农民："你是干什么的？"他会回答你："受苦的。"我们那里的农民都这样回答类似的提问。这回答里没有任何抱怨和不平的情绪，它只是一个普通的回答，告诉你："我是个种地的农民。"有限的思考，不足以使他们反思命运、审视人生。而像我这样不能安分守己地受苦的人，多是由于脑子里的文化知识作怪——学识使我的思想活跃，对生活方式产生疑问，并最终背离了祖辈的人生观。我坦承：我是农民中的一名"逃兵"。

或者我不具备一个合格农民的禀赋。夏收是农民最重大的课题，而我却不能承受它带来的压力。我第一次真正做一名夏收劳力就付出了血的代价。我11岁那年，麦子长势喜人，穗大粒圆，丰收在望。但天气预报却带来连阴雨将至的坏消息。对丰收的渴望和对灾难的惧怕令农民们惶惶不可终日。我父母终日守在麦地里，看着麦子一点点变黄。他们与邻地的农民聚在一起忧心忡忡地看天，一次又一次拽下一根麦穗来用手掌搓开，吹去麦壳，观察麦粒的成色，每个人都捻一颗麦粒扔进嘴里，用槽牙去咬，却总也听不到那象征成熟的清脆的破裂声，而天边已是黑云压顶了。终于，他们决定提前开镰——歉收总比麦子全烂在地里好。就在这龙口夺食的抢收关头，我接过了父亲递过来的一把镰刀，第一次成为一名真正意义上的农民。我努力地按照父亲教的动作要领去做：左臂揽麦秆，右手拉镰刀。可能是那种紧张的氛围令我心神不宁，也可能是尚青的麦秆韧性太大，我怎么也拉不动镰刀。一着急，拼了命去拉，镰刀却滑开了，锋利的刀刃轻轻划过我的大脚趾，我只觉得那里微微有点疼，低头去看，大脚趾的趾肚像蛤蟆一样张开了大嘴，白肉外翻，血还没来得及流出来。恐惧令我号啕大哭。很久之后，父母才忧心忡忡地跑过来问怎么回事。看到我的血把凉鞋都弄湿了，脚下的土地变成了黑色，母亲说："你就不看这是什么时候?!”父亲说：“指望不上你，回去吧。”我满腹委屈，弄不明白父母怎么突然不把我当回事了，只好自己用一只脚跳着逃回了家中。后来，那年的麦子还是被连阴雨泡在了地里，麦芽长得像豆芽一样又粗又长，我们吃了整整一年黏牙的面。回想那时候，对于因脚伤逃避了夏收的恐怖和劳苦，我当时是深感侥幸而窃喜的。但我不曾想到，我终究要成为一个真正的农民，到那个时候，一切都将无法逃避。

夏收中另一项重要的工作是打麦，这活儿在累之外又加了一个脏。麦子运到打麦场上后，农民就成了矿工。麦子上的粉尘将每个人露在外面的皮肤都罩上一层厚厚的黑垢，除了一口白牙，五官根本无从分辨。我成为一名壮劳力后，负责把脱粒机吐出来的麦秸扔到垛顶。一把三齿叉，连续几个昼夜地挥动，劳累倒算不上什么，困倦使人也只会重复那一个机械动作了。那时候就是盼着脱粒机出故障，在机器停转的一瞬间，我就堕入了沉沉的梦乡。我倒在潮热的麦秸堆里，感到了天堂般的舒服，但机器重新响起的那一刻，又能够马上跳起来接着劳动。人的脑子，在这样的时刻，根本不会思考，完全凭借生物的本能机械地工作。每年夏收来临时，我都会有大难临头的感觉，看到父母或兴奋或平静地为抢收做准备，我迷惘又震惊。我一遍遍地思考一个问题：是我不正常，还是父母不正常？最后，我决定逃出去，逃到没有夏收的地方，没有汗与血的地方。如果让我一生承受身体的劳苦和精神的绝望，我宁愿选择死亡，否则，恐怕会疯掉。我决定逃走，而当时我所能看到的唯一一条可供逃跑的路就是考到城里去。

但我依然无法摆脱汗与血的浇灌。我们兄妹三人，每有一个考到城市里去，父母都要粜几千斤麦子来为我们凑学费——正是无边的劳苦和无尽的血汗造就了我们这些“叛逆者”。而与我们同龄的伙伴们，大多数都陷入了另一个新的汗与血的轮回。住在精神病疗养院的诗人食指批评写“伤痕文学”的知青作家们说，你们这些生长在城市里的人，去农村待几年就叫苦连天，觉得受到了天大的伤害，可农民世世代代都在地里劳动，他们又向谁叫苦了？我钦敬食指的冷静和清醒，但他却没能告诉我，农民受苦对不对。假如农民拥有插队知青一半的学识和思想，他们是否还能心安理得地平和对待世代在土地上受苦的现实？他们是否会产生对命运和人生深深的思索，从而觉得很受伤？我觉得会的，我父亲因为爱好文学而获得精神追求，最终把三个子女送入大学，这不能不说是出于一种反省。从这个意义上说，知青作家们的叫苦是一种精神呼救，而农民的世代受苦却是件毫无道理的事情。这么些年来，我一直在思索我从农村逃出来的对与错。我有近10年不从事体力劳动了，平时连出身汗都难得，手上的茧子早已褪去，黝黑的肤色也变得白皙，由一名农民真正蜕变成了一个脑力劳动者，从事着精神上的创造。我现在的生活质量绝非作为农民时可同日而语。这一切，都源于从农村出逃。我想，这一步我可能是走对了吧，但随着时间的推移，有什么东西却越来越令我不安。

南方的理发师，北方的剃头匠

镜子镶着木框，挂在墙上，与被潮气和时光洇出暗斑的墙呈四十五度角，底部被两颗锈黑的铁钉托着（这两颗铁钉，有如那庙里用肩或背或手臂抬着菩萨的力士，从来就有矢志不移的精神），顶部的木条上，拧着一颗头上是个圆环的螺丝钉，一条裹着尘腥和油腻的黑绳子牵着它，那一头被墙上的第三颗同样锈黑的铁钉拽着。这是二十世纪七十年代乡村理发店的镜子，通常，它是由一个象征着集体荣誉的镜框改造而来：用抹布蘸着汽油，小心地把镜面上用红漆写的“奖给××大队：奖”擦掉。擦掉占据中心的那个又红又大的“奖”字，很要费一番工夫。当这个镜框恢复成镜子的面貌，呈四十五度角被挂在墙上后，理发店就初具规模了。也许是角度和光线的关系，也许那个时候还不能把水银在玻璃上涂得很均匀，当你披着有点煤油味道的白布仰起头时，镜子里会出现一个被夸张了的头脸，那面孔分明是你自己的，但面庞和五官却不应该那样大，仿佛看守庙门的金刚。但你没必要表示惊讶，你会觉得，照镜子可不就是这样的？不信，等你脖子上的头发渣子被吹干净，跳下木靠椅，你可以试试。无论你离那镜子远还是近，无论你站在哪个角落，只要你能从镜子里看到自己，你的头脸总是那样奇怪地大。光学在这里是失效的。

三十年后，我在南方省份的古民居村落突然撞见三十年前北方的理发店，我没有惊愕，只是有点迷糊。我又看见了那面呈四十五度角挂在被潮气和时光洇出暗斑的墙上的镜子，但我没敢走进去照一照，我拿不准，照进去了还能不能出来，我有些敬畏古老的东西，哪怕它只是时光的印痕。常常是，这样的乡村理发店，总有些闲人在那里抽烟或者下棋，下雨天尤其如此，潮湿的空气中充满着雨声和笑声的喧嚣。我看到，那些人还坐在那里，只是，三十年后，在南方，他们开始玩起了麻将，而且每个人都老了不少。那个少年理发师，也成了笑容平和的老头，可能因为人老了，手劲小了的缘故，他手里原来会嘎哒嘎哒响的手推子，也换成了嗡嗡响的电推子。我少年时曾试过捏动他的手推子，只能捏几下，手就酸了，那简直就是个握力器，而那个年轻的理发师，他能让它发出令人昏昏欲睡的均匀的嘎哒嘎哒的声音，细碎得一如宁静的夜里蚕吃桑叶的声音。

在北方，我的故乡早已经没有乡村理发店（确切点说我们叫它剃头部）了。从二十多年前起，大家都开始去镇上理发，因为年轻的剃头匠听人说只有外乡人才干这个行当，而他母亲的口音确实不是很纯粹，于是小伙子选择和本村的一个姑娘订了婚。有一个很短暂的时期，他给人剃头的时候，那姑娘还帮着给人洗头。但是最终他们选择了当一个纯粹的农民，只是种地，不再剃头。他是我北方故乡最后的乡村理发师，人们都叫他“剃头的海山”。我对海山和他的剃头部最早的记忆可以追溯到1976年左右，那个时候我大概一岁的样子，母亲抱着我来到村子最北边的磨坊，海山的剃头部就在磨坊的偏房里，一扇薄薄的木门，只要关上，就奇迹般地将机器的轰鸣隔绝在外了，世界马上恢复了宁静。刀片在从窗户射进来的阳光下闪烁，金色的粉尘在光线中群舞，我被母亲抱着，用尽浑身的气力大哭。我听见海山在笑我，泪光里我看到他的笑容很纯净，那是像个老女人一样可亲的笑容，现在想来，那笑容应该是像那个时候的少女一样羞怯才对。我清楚地记得，把我剃成光头后，海山发现装痱子粉的圆盒子空了，他随手在土墙上摸了一把，把手上的灰尘抹到了我的后脑勺上。那是我人生记忆的源头。

常常是在午饭后，刚放下碗筷，母亲就对我说，上磨坊去，让海山给你把头剃剃。我走向村北的磨坊，远远看见磨坊的墙上画着一些穿绿衣服戴白口罩的人，墙皮剥落看不清面目，很多年后我才知道，那些壁画记录的是中国人民伟大的朋友诺尔曼·白求恩在前线救治伤员的事迹。忘了说，那个时候，剃头是不要钱的，队里给海山记着全工分，他可以不下地干活，也不用发愁口粮的事情。我不能肯定，三十年后在南方的福建培田见到的这个老师傅，会不会就是老了的海山。当时天色阴晦，理发店里亮着昏黄的白炽灯，那些依然在这里消磨光阴的闲人，看上去更像是时光的蜡像或者标本。

1995年摄影留念

糖水梨

院子里的树上挂满了梨，孩子们在树下跑来跑去，谁也没有心思去摘。梨渐渐生了虫子，长满紫色的斑点，开始发黑，一个跟着一个掉了下来，被来串门的猪吃掉。猪也不吃的，最后风干为一个个干壳，风一吹，跟枯叶一起满地跑，“哗啦哗啦”地响。

姑姑来看奶奶，礼物里有一瓶糖水梨，点亮了孩子们的眼。那些梨，泡在瓶子里，没有核，也没有皮，绿莹莹，像一块块西瓜皮。孩子们闹着要吃，奶奶叫爸爸拿去用改锥撬开，妈妈呵斥道：没个样子！一院子的梨都烂了，非要吃花钱买的梨！不能吃！

孩子们争辩：这不是梨，是罐头。

奶奶说：这就是梨，打开一人吃一块。

瓶子打开了，孩子们一人吃了一块，妈妈没吃，很不屑的样子。

孩子们吃得快，吃完了眼瞅着奶奶。奶奶没牙了，手里那一块才吃了一小口，就拿勺子切开，每人又分了一小块。奶奶把瓶子递给妈妈说：你没吃，你把糖水都喝了吧。妈妈说，我不稀罕，走开了。

孩子们都抢着要喝，奶奶说，我先尝一点。奶奶把瓶子高高举起来，双手捧着喝。孩子们眼睁睁地看着她把糖水全喝光了，没了希望，大哭起来，跑到外面找妈妈告状。

姑姑走后，妈妈自言自语：一个糖水有什么好喝的，老不像老小不像小！奶奶盘腿坐在炕上，面容有点羞涩。孩子们还在哭，妈妈就火冒三丈：号什么丧，都不死！

晚上，小孩子们跟爸妈去睡了，大点的长孙子跟奶奶一起睡。长孙子还记着那半瓶糖水，责怪奶奶：你怎么全喝了？奶奶在黑暗中摇着蒲扇说，我闻见味道怪，喝了一口，就是馊了，怕你们娃娃们家喝了肚子坏，就全喝了。长孙子不信：那你肚子不坏？奶奶说：我老了，不怕。

长孙子困了，不再犟嘴，睡了。迷迷瞪瞪一夜，仿佛看见奶奶披衣下炕出去了一趟，一会儿回来了，刚躺下，又出去了。天快亮时，爸爸在那边间里喊道：妈——，你跑肚子呀?！奶奶心平气和地说，不咋，睡你的吧。

后来，长孙子回忆那瓶糖水梨的味道，觉得甜是甜得很，可还有股子很浓的铁锈的味道，不知道是瓶盖锈出的味道，还是岁月的尘腥。

梦想是生命的阳光

我要说的是梦想，是有梦想的人生。梦想是生命的阳光，和它相比，人生的种种愿望不过是照亮脚下前行道路的灯烛，而梦想是照耀生命大地的阳光——阳光亮过所有的灯。

我的梦想在文学。我会折纸片儿往地下甩，和人斗输赢的时候，还认不得几个字，但颇有些想成为作家的萌动。为此，我趴在炕沿上，把父亲的藏书《水浒传》《吕梁英雄传》翻开，一页页地翻看，找到没排满的半页或者大半页空白纸，就用小刀子仔细地裁下来，然后从祖母的针线笸箩里翻出针线来，让目不识丁的祖母帮我装订成本子，打算在上面写点什么。祖母望着被我裁得七零八落的两本厚书，很担忧地警告我："也不知道你爸这书还有用没用，你把人家的宝贝糟蹋成这样，看挨打的日子在后面！"

父亲有没有因为我破坏了他的书打我，我不

能记得了，好像那个时候他也顾不上这些。当时正是文学狂热的二十世纪八十年代，作为村委主任的父亲，是全村子甚至整个公社（乡镇）最有名气的“写文章的”。为了学习创作，父亲经常骑着公社奖给他的自行车去临汾城里，到邮政局买文学杂志，以至于攒了满满几大柜子《人民文学》《作品》《青春》《汾水》，家里到处扔着文学杂志。后来父亲终于不能安心当农民，他报考了《山西青年》办的“刊授大学”，靠着文学青年的底子获得了刊授大学的结业证。后来为了去《临汾日报》文学副刊做实习编辑，父亲辞了别人眼热不已的村党支部书记一职，去报社做实习生，数九寒天，戴着一顶雷锋式的“火车头”棉帽，每天蹬着自行车，顶着呼啸的西北风，天不亮就出发，太阳下山才回来。而我却不得不跟着母亲去地里拉棉花秆儿，那是一种冬天做饭和取暖用的燃料。正是父亲在报社做实习编辑的时候，他鼓动我学习写作，把我写的寓言故事和诗歌拿到副刊“新芽版”去投稿，让我获得了最初的文学声名，感受到了作品发表后的愉悦和自信。

父亲后来却不再创作了。彼时堂屋里中堂底下有个黄色的柜子一直神秘地上着锁，一天我偷偷用砸扁的铁丝撬开了柜门上的锁，惊讶地发现满柜子全是硕大厚实的牛皮纸信封，上面盖着红色的印戳：退稿！父亲把自己的文学梦想跟那一箱子退稿一起锁进了柜子，深藏在人生里。他不知道的是，他深藏的梦想已经在我的心里发了芽。

初中时的暑假里，我一个人住在野外的看瓜棚里，就着马灯读完了八卷竖排本的《红楼梦》，夤夜读到“昨夜潇湘闻鬼哭”时，灯影摇曳，看瓜棚外枯叶在风中哗哗作响，顿时寒毛倒竖。为了凑足学费，我从十几岁起学着做瓜农，每天晚上在瓜棚里看瓜，早上就用小平车拉一车西瓜和甜瓜去309国道边摆摊，支一张小饭桌，上面摆着一个最大个儿的西瓜做招牌，西瓜底下用草圈垫着。我觉得自己好歹是个读书人，嫌丢脸，就让我八岁的弟弟坐在桌子后面的小椅子上，我躲在平车后面，铺块麻袋片，躺在上面看张扬的《第二次握手》。有人来买瓜了，弟弟就喊我一声：“哥，别看书了，出来称西瓜！”我就抖擞精神像个老手一样出来和人讨价还价，提起西瓜刀在瓜上打开个三角口子，很自信地对买主说：“看，沙不沙？——都说了不沙不要钱么！”

初中时学校很有名的弄潮文学社竟然没吸收我当社员，我假装不屑，其实是那么地渴望自己的作品能在那本油印刊物上发表。我不被吸收的原因是我写作文总是不能符合要求，喜欢胡思乱想，比如那年春天下雪了，老师让赞美雪景，我却想起来村里的老农常说的一句农谚：“冬雪皆宝，春雪皆草。”我就写了很多春雪的坏话，以为老师会表扬，结果招来他的白眼。我最早被认为有文学天赋，却是因为一篇写在日记里的说不出是何种文体的文章。初中二年级的时候，语文老师要求学生每天写日记，并且要作为作业检查。当时学校扩容，原先的宿舍成了新生的教室，只好拆了西边的围墙，把十几亩低洼地围起来开辟新的操场，在操场周边建设新宿舍。于是我们从教学区到宿舍区就需要下两个漫长的大坡——南坡和北坡之间是一段断崖，每天各班值日生就把垃圾直接从断崖上倾倒下去，天长日久，硬是移山填海般又人工造出一座垃圾坡来。一个冬天的午后，到了自由学习的时间，我掂着一本翻开的历史书，溜溜达达地来到垃圾坡顶上，选了个向阳的所在坐下来“晒老阳”，忽然就被眼前的一幅画面震慑到了：一位头上裹着污黑的毛巾、穿着破烂黑棉衣的老人正半倚在垃圾堆上翻找什么，在他身边的是一条可怜兮兮的老黑狗，也在用爪子刨找什么，不时用哀哀的眼光看老人一眼。在远处，是乡村冬天萧瑟荒芜的田野，田野之上是凄凉的长空。我不知道被什么击中了，动也不能动，就在那样寒冷的冬日午后，完成了当天的日记《老人与狗》，也不知道到底写了些什么，也不知道要表达什么，只觉得眼前有个画面，心中有个疙瘩，不写出来不舒服。第二天，我就得到了语文老师的褒奖，他说“有深度”。后来我把日记拿给我爸看，他也很惊奇，拿给我几页稿纸，吩咐我按照规范的格式誊写出来，投稿给作文刊物。可惜的是，这篇文章并没能发表，可见我写的文章从一开始就不合规矩。后来我成了作家，还获得了鲁迅文学奖，实现了父亲的梦想，他很开心，但是也有些费解，想不明白我那些“胡思乱想”怎么就成了文学。

女儿上六年级的时候，她的班主任听说我是省作协的主席，邀请我去班上给孩子们讲一讲写作。我对孩子们说，忘记所有的写作文的方法吧，像庄子写《逍遥游》那样去放飞自己的想象，想怎么写就怎么写！老师很惊讶，孩子们却在欢呼，我在他们的笑脸上看到了自己当年的梦想，看到了照亮他们心灵深处的阳光。

三本书和一张照片

——忆胡正老①

我刚调入作协的时候，胡老还老去机关院里转转，串串门，每每碰上他，我就搀着老人，握着他绵软温暖的手掌，送他下台阶。有一天，办公室打电话来，说胡老找我。我赶紧去单位，进了南华门的巷子，一路上不断有人告诉我胡老找我，进了机关院子，就有人告诉我胡老在我们创研部办公室等我，我赶紧跑上去，却不见胡老。打电话到他家，说还没有回去，我怕误了老人的事，很着急，突然想起老汉是有手机的，一拨，说是就在楼下资料室坐着，还在等我。我到了资料室，胡老却不说什么事情，和我聊天，问我的创作，聊了大半上午，胡老才转入正题。我一听就乐不可支，心说这老人家太可爱了，莫说中国

① 胡正（1924—2011），原名胡振邦，山西作家，“山药蛋派”代表人物，代表作有中篇小说《鸡鸣山》、长篇小说《汾水长流》等。

作协，全国作家中像他这样有趣的人也不多见，我强忍着笑意，和他认真讨论那件事情。末了，老人说不早了，要回去，我握着他绵软温暖的手掌，搀他下了台阶。到了院子里，他还嘱咐我电话联系，要约好时间再谈。后来，我们又谈了两次，一次是在电话里，一次就站在机关的院子里。谈的是什么？胡老的意思是，这是个秘密，那就让这个秘密成为永久的秘密吧。如今[1]胡老已经驾鹤西去，他留给我的，除了这个秘密，还有三本书和一张珍贵的照片。

2000年前后，我在省报做文化记者，每有省领导去省作协看望老作家，基本上都是我跟随采访，因此认识了马老[2]和胡老。胡老家在南华门巷子尽头作家院的最后一座小楼，我曾假公济私专程拜访过胡老，向他讨一本《汾水长流》。二十世纪八十年代，我父亲曾是个文学青年，订阅着《山西文学》的前身《汾水》，我得以从小学时候就拜读“山药蛋派”作家的作品，是吮吸着他们的文学乳汁开始写作的。在我父亲心中，马老、胡老那就是圣贤一般的人物，因此我就想向胡老讨一本他签名的代表作，送给我的父亲。那个午后，在楼下的小客厅里，胡老和他的夫人微笑着听我说了这个缘由。胡老说：“还有两本，我到楼上去拿。”那个时候他已经年近耄耋，却身强体健，不要人搀扶，站起来慢慢地走上楼梯，慢慢地攀登着，上了二楼，良久，又慢慢地下来，手里拿着一本《汾水长流》。我赶紧站起来双手去接，看到胡老刚才在楼上已经签好字了。

① 本文作于2012年。
② 指著名作家马烽。马烽（1922—2004），原名马书铭，山西作家，“山药蛋派”代表人物，代表作有短篇小说《韩梅梅》、长篇纪实小说《刘胡兰传》等，与作家西戎合作著有长篇小说《吕梁英雄传》。

2001年的清明节前后，胡老托人捎给我一本刚出版的《黄河》杂志，头题是他的长篇小说新作《明天清明》，签着名，叫我读一读。之前听胡老的长子胡果先生讲，他父亲正在写一个抗战时期的爱情故事，是根据真实故事创作的，没想到，老人家在耄耋之年竟然完成了。捧读之下，小说清新别致，根本不像是一位八旬老人的文笔和心态，确如胡果先生所说："你发现没有，我父亲这篇小说已经没有'山药蛋派'的味道了。"半个世纪之后，胡老把那段岁月里灵肉交融的爱情传奇写得奇崛、瑰丽、凄美、婉转，同时又写尽了人世沧桑、世道艰难。他确实摒弃了"山药蛋派"的传统手法，用一个巧妙的"8"字形结构，叙述了两对恋人各自发展，在人生的交叉口相逢，又分道扬镳，最后阴差阳错地重新组合、见证生死的故事。这样的文本意识是深得许多现实主义大师真传的。胡老不息的才情和探索，令我赞佩不已。我写了一篇评论《老树新花读胡正》，发在《山西日报》副刊的头条。数年后，胡老出版了对自己作品的评论集，收入了这篇文章。2009年，三晋出版社为胡老出版了一套《迟园晚晴集》，老人家又签上"李骏虎同志正之"，送给了我一套。

2006年，我正在洪洞挂职工作，作协通知我5月12日到太原参加五届三次全委会，在山西饭店的南苑大会议室，我见到了胡老。他总是乐于参加作协的所有会议，给晚辈捧场，就在去世前不到一个月，还参加了纪念《山西文学》创刊60周年大会。我惊喜地迎过去搀住老人家，握着他绵软温暖的手掌，和他说话。创联部的阎珊珊老师举起照相机，为我们留下了一张合影，那是我和胡老的唯一一张合影，弥足珍贵。2007年出版小说集时，我把它用在了衬页上，整本书，就只有那一张照片：我搀着胡老，两个人笑得都很开心。

公元2011年1月17日晚8时45分，“山药蛋派”最后一位主将，“西、李、马、胡、孙”[1]五战友硕果仅存的一位，人民作家胡正老因病仙逝，享年87岁。午夜，我们护送胡老的灵柩到了永安殡仪馆。我呆呆地望着他。胡老神情安详，形容如生，头发苍白，穿戴着黑色的礼帽和风衣，依然是那么帅，那么风度翩翩，令人起敬。

“山药蛋派”，一个时代的文学传奇画上了句号。

① 指西戎、李束为、马烽、胡正、孙谦五位“山药蛋派”代表作家。

他与高原互为表里

一早在手机上看到陈忠实老师去世的报道，我一点都没有感到突然，心里想：“啊，老汉真的去了！”

去年[1]初冬时候，一位热爱《白鹿原》的朋友托我联系陈忠实老师，希望能得到他的签名文集。我给陈老师打去电话，很惊讶地听到他吃力而低沉的嗓音，老汉用浓重的陕西口音说他得了癌了，一直在住院治疗，等好些了回到家里再签名。我能听得出来他很消沉，一时觉得心往下坠，而脑袋在一圈圈胀大，只是一味地对他说要多保重。我安慰他也安慰自己说：“人上了年纪，七八十岁以后，机体新陈代谢几乎就停止了，所以癌细胞得不到营养，不会发展恶化的，养一养也就稳定了。”老汉一直在“哦哦”地答应着，我听得出来他似乎并没有什么信心，他是个心气

①本文作于2016年。

刚强的人，似乎觉得自己正面临着一场令人沮丧的失败。之后每遇到陕西的作家朋友，我都要问一问陈老师的病情，似乎并没有什么好的消息，于是我想，人生在世，没有坏消息本身就是好消息吧。

其实我和陈老师并没有见过几面，也不是经常联系，但是每次见面和通电话，他对我的那种自然流露的亲切和随和，让我觉得我们之间仿佛是一个村子里的老少——也许陈老师对文坛后辈都是这样，但我固执地认为这是地域文化和水土的关系，山西的晋南和陕西的关中同属一个农耕文化圈，虽然隔着一条黄河，但风俗人情非常接近。老话说“人不亲的土也亲”。陕西文坛有两个人，我第一次见面就恍惚觉得是我们村里的乡邻，一位是陈忠实老师，一位是《小说评论》的主编李国平老师。而陈老师那满脸的沟壑和沧桑，在我印象里就是秦晋高原表里山河的象征，关于他的内心世界，我后来得出的结论是，也有浇不灭的块垒，也有与人为善的慈悲。

我每隔三五年就会重读一次的书有三本：《三国演义》《红楼梦》和《白鹿原》。我对《白鹿原》有一种近乎苛刻的热爱，曾写过一篇评论文章《白璧微瑕说〈白鹿原〉》，批评陈老师塑造的朱先生是一个虚伪的、在道德伦理上站不住脚的人物。但陈老师并不因此而怪罪我，后来我的长篇小说《母系氏家》由陕西人民出版社出版，并参评首届陕西图书奖，陈老师是文艺类评委会主任，他一直在赞赏和推介我这本书。2011年的全国作代会上，《当代》杂志宴请部分与会作家，我去给陈老师敬酒，他拉着我还不断地说《母系氏家》写得好，秦晋的农村生活就是我写的那个样子的，说我写农村比陕西作家写得好。吃完饭，《当代》的杨新岚老师特别嘱托我送陈老师回北京饭店，因为老汉不认路，北京饭店又太大，怕他找不到住的房间。只有过王府井步行街的时候我扶了他一下，其他时间陈老师甩开胳膊腿走得飞快，那个时候，他给人的感觉是上年纪了，但西北汉子的劲头还在。

之后情况就发生了变化，2014年的秋天，《散文选刊》的乔叶女士打电话来，让我点评散文，她发来陈忠实老师的散文《原上的日子》和另一个名家的文章让我选，我当然选了陈老师的作品。记得那天晚上，我坐在家属院小花园的长椅上，一边驱赶着蚊子，一边在手机上阅读陈老师这篇散文。文章写的是一位六十岁的老人回白鹿原时的心情与故事，我看到了他的执拗、认真、挣扎，也看到了他对故土故人深沉的爱恋，他的心中有块垒，亟待岁月流水浇灭，以达到对人事的超脱和释然。不知道为什么，我隐隐有些担心他的身体，一位老人依然心气强盛，让人对他的真性情生敬，也让关心他的人们担忧。我在点评后记中说："陈忠实用前半生写了一部神秘之书《白鹿原》，然后用后半生去解密《白鹿原》是如何写成的，祝陈老师健康长寿，继续为世人解释这令人敬畏的奇观。"

然后，九月末的样子，我正在书房午睡，突然接到陈老师的电话，他是因我写的点评文章特意向我致谢的，我问他的身体，老汉说这两年总感觉心肌缺氧，呼吸困难，所以深居简出，不怎么出门了，有些省内会议和活动偶尔还去，省外的就一概婉拒了。我告诉他可以每天吃一片小剂量的阿司匹林肠溶片，老汉说一直吃着。说了二十分钟话的样子，我听到他有些气力不支。老汉说："现在说话时间也不能太长了，等好点了再聊吧。"下次再打电话，就是他说自己得癌了。

《白鹿原》的地位和价值已经不需要我再置喙，我感慨的是，对这部巨著各种艺术形式的改编，无论话剧、电影还是连环画，无论观众和读者有多少质疑和吐槽，老汉作为原著者，一律表达了彻底的认可和赞美。他是一个充满善意的、慈悲的、胸襟博大的真汉子，他是黄土高原的代言人，而高原是他不灭的雄心，他与高原互为表里。

手不释卷的李存葆

2006年4月初，一年一度的洪洞县大槐树寻根祭祖节首次由山西省人民政府主办，盛况空前，海内外各界名流应邀络绎前来，其中就有《高山下的花环》《祖槐》的作者、解放军艺术学院副院长、少将李存葆先生。作为县政府分管文化的领导和班子里唯一的作家，当然由我专门陪同招待李存葆老师。

李老师给我的第一印象是黑，很匀称和有血色的黑，黑得深邃；第二印象是威，两道眉毛竖着，很有点朱镕基总理的味道。这两个特点很让他像个将军，看不出来是个作家。但是只要一交谈，这个山东老人的慈祥、亲和、优雅就会让你感受到浓浓的书卷气。

李老师在洪洞待了三四天的样子，我每天晨昏相陪，心中的敬意逐日增强。说心里话，他是我见过的最爱读书的人，除了吃饭，几乎手不释卷。我见多了爱买书的人，第一次见如此酷爱读书的人，以至于很长时间以来处于震撼和自愧之中。

甫一下榻，李存葆老师就问我，能不能找几本有关洪洞历史文化的书来，他想看看。我当即回到办公室把书架上有关洪洞历史、名胜传说、风物人情的书挑了几本，交给李老师。他翻了翻，说不错，你忙吧，我躺床上看会书，径自拿着书回里间去了。

吃晚饭时，他告诉我说书很好，他很感兴趣。饭后，我建议他到宾馆前的中心广场上转转，他说好，背着手和我踱出来。我说，李老师的祖上一定是从洪洞迁到山东的，只有洪洞人才有走路背手的习惯。他笑笑说，你一定没读过我的《祖槐》。

正值仲春，又逢盛会，中心广场上户外活动的人成千上万，我们在人丛中走了两圈，李老师问了我一些文学上的问题，记得是问我主要写什么体裁，对哪些作家感兴趣。我彼时年轻，信口雌黄，一定说了很多幼稚的话，但他很认真地跟我做了讨论。

转悠了很短的时间，李老师说，我回房间看书啊，你也去休息吧。我要送他回房间，他不让。

第二天一早，七点二十的样子，我去宾馆陪他吃早餐。房门还没开，我让秘书悄悄喊来服务员问情况，小姑娘睡眼惺忪地说，这位客人昨天半夜还在楼道里捧着书走来走去地看，问他有什么需要，客人说睡不着，房间里闷，来楼道里看看书，随手还送给服务员一本刚刚看完的书，建议她也看看。小姑娘觉得很有趣，也捧着看，结果看到天快亮才去睡，所以精神萎靡。我听了乐不可支，嘱咐她一定要照顾好这位大作家。她说，怪不得呢，原来是位作家呀，他可真爱看书，我每次收拾房间时，都看见他捧着书看！

李存葆老师在洪洞的几天里，除非参加必要的会议和活动，从来不离开宾馆，吃完饭就是回房间看书，既不要求去休闲，也不愿意去游玩，更不参加任何应酬。他虽然是个将军，却是个十足的书生，心直口快。我记得他参加完一个高规格的宴会后，回到房间对我说，全是些当官的，我和他们没有共同语言，坐在那里难受得很。又眨眨眼说，那个爱说话的领导，一点没文化！他山东口音浓重，说起话来很有韵味，我听了忍不住笑，那个领导，实际上是一所著名大学毕业的，但在李老师看来，对方的谈吐毫无文采与思想可言。

送李老师去机场的车来了，县长亲自来给他送行，我安排人给李老师拎着包。他一路从房间出来，出了宾馆大门，一直到上车手里都拿着一本翻开的书。和我握手时，我惊讶地发现那书竟然是我昨晚送给他求教的长篇小说《公司春秋》。我激动地问，李老师，您还真看我的书啊?！他用惯有的凝重表情望着我说，不错，很吸引人，只有你这样的年轻作家才能写出这样的书来，我昨晚读了一夜，看了一多半了，估计去机场的这两个半小时，在车上就能看完。我又感动又骄傲，把他瘦瘦的手握了又握。

时光荏苒，转眼五个年头过去，2010年8月，中国作协主席团会议在山西召开，我正值病中，没有参加接待。因为铁凝主席在看望马烽老的遗孀段杏绵老师和胡正老的时候，说起我的创作情况来，问我为什么没来。晚饭后我赶到迎泽宾馆去看望铁主席，跟铁主席话别后，在宾馆大厅的书吧看到一个熟悉的身影，黑瘦，背微驼。我几步赶上前去，正是李存葆老师。五年时光过去了，他更瘦了，而且俨然已经有了春秋。我喊声李老师，双手握住他的手，激动地说，李老师，您还记得我吗，那年在洪洞，我一直陪着您。李老师说，怎么不记得，你是李骏虎嘛。我说对对对，但是他已经把目光投向了书架，对我说，你忙你的，我挑几本书。——他还是那样，不善应酬，只求读书，淡然，纯粹，让人敬仰，更让人羡慕。

在乡亲和大师之间[1]

有句话叫“灯下黑”，很能反映洪洞人对孟伟哉老[2]的认知程度和方式——因为孟老是著名作家、是名人而敬仰他，又因为孟老是副部级高干、社会地位高而尊敬他，但我以为，我热情真挚的乡亲们，对孟老的人文思想和品德修养缺乏真正的认识和领悟。当然也有几位与孟老有多年联系的人士能够跳出乡情遮蔽的眼光，看到这位乡亲背后大师的光晕，摄影家高玉柱先生就是其中之一。

说实在话，我当初冲动地去拜访孟老，也是冲着他著名作家的名头，是家乡文化人对他推崇的氛围影响到了喜欢文学的我，所以我在1998年的仲春追到孟老旅居的山西师大去朝圣，尔来

① 本文系高玉柱先生为孟伟哉先生编撰的画册《我是洪洞人》的序言。

② 孟伟哉（1933—2015），山西籍作家，当代画家。代表作有长篇小说《昨天的战争》、中篇小说《望郢》等。

竟有十六年矣！这十六年当中，孟老给我的多，而我为孟老做的少，甚至，我只去他北京芳古园的家中探望过一次。但孟老却给我写过近百封信，这对一个在追求文学梦想的道路上跋涉的年轻人来说，是多么大的教导和引导啊！

我不想评论孟老的文章有多么经典，我要表达的是，同样作为一名作家，我认为孟老达到了我心目中作家的最高境界，那就是人文合一、文如其人。一位作家，要练的不是笔，而是自己的心。通俗地说，就是提高自己的修养，而不是单纯地追求文字。你看孟老，他写一部长篇巨著，写一篇散文随笔，甚至写一封短信，都十足地反映出他深厚的修养。我认为孟老有这样大的修为，做到了大多数作家做不到的事情，有一个很大的原因是他虽历经命运波折、战争动荡、人生起伏跌宕，而在岁月的风雨中本色不变，保持了他作为一个洪洞人的淳朴、真挚、正直、热情和不回避矛盾的品性。他是一个真正接地气的人，是一位洪洞的地气和读书人的担当相结合的大师。

要读懂孟伟哉，不必通读他的作品——虽然我为了学习而通读了孟老的几乎所有作品——只需要看一眼他的画作，你就能够读懂他的胸怀，能够感受到比天空更广阔的是人的胸怀，而比宇宙更深邃的是人的思想。虽然当过人民美术出版社的社长，孟老在作画上却是半路出家，他没有什么正经的师法传承，或许在技法上不够规范，但是他的画作却比一些大画家要高深许多，他用洪洞人近乎孩童的眼光去观察人生、自然，却像梵高一样任由自己的思想去形成画作：他画的左扭柏，你初看是一棵树，再看就是洪洞人的执拗和不屈；他画的壶口瀑布，你初看是波涛，再看就是风云变幻的时空；他画的家乡的葫芦架，你初看是儿时回忆，再看是上古神性的遗留；他画的蜀道古柏，你初看是古怪的森林，再看是民族的抗争和荣光。

关于高玉柱先生为孟老编撰的这本书，高先生和孟老都和我多次交流，我认为编这本书唯一合适的人选就是高玉柱，他手里甚至有孟老自己都没有的资料，而这本书的编辑思想，是有着非常重要的文献价值的，因此我不揣浅陋应约在书前写几句自己对孟老的认识，来弥补自己对孟老的歉意，表达自己对孟老的敬意。我们是真正意义上的忘年交，洪洞人说“人不亲的土也亲”，我对老人家感到非常亲切，而他对我的关爱更是无微不至。他偶有闲情感怀，会即兴写一幅字给我寄来。我结婚的时候，老人因不堪劳顿，未能前来，但为我们作了一幅寓意吉祥的画作，用快递寄到。每每见面，我们都会长谈，他这个人其实随和中带着洪洞的耿气，或许有人会觉得一时难以接受，但对于我来说，却是难得的学习和磨砺，他在展示给我一马平川的同时，也展示给我高山和大河，我受益匪浅、所获良多。

有一回在洪洞的信合宾馆，孟老留我同宿，我们聊了大半夜，他一直念叨说不能睡得太晚，否则会失眠，但我们总是有说不完的话题。那个晚上，老人在房间里行走，竟然有两次踉跄跌倒——他曾在朝鲜战场负伤，脚部有残疾。这让我觉得自己更加接近了真实的孟老，他是位有血有肉的乡亲、长者，也是我高山仰止的同道前贤。

景老师消失在地平线

我就是传说中的那个偏科生，俗称“跛腿子”，从小学到初中，每逢考试，语文成绩全班第一，作文几乎回回满分，而数学真不能提，记得从来没及格过，尤其19分的成绩总是阴魂不散地缠着我。我每每忐忑地等着父亲钻进被窝，才把父母的卧室门推开一道缝，把我那标着鲜红的“19”的数学试卷试探着递向父亲。父亲不能赤条条地跳下炕来教训我，只把他极度失望的目光射过来，让我羞愧得想在地上找个缝钻进去。

那年，我十八岁了。每个人都会有幡然悔悟的那么几年，一下子就变成了个大人，一股子气顶在脑门上，豪气鼓满胸膛，要玩了命地奋斗，要改变自己的命运，要拿青春赌明天。我化名“李云翔”，选择了一个偏僻些的中学去复读（这已经是我第二次复读了），我的心思是隐秘的，也是雄心勃勃的，要创造一个崭新的自我。

这个新成立的初级中学相当破败，前身是一所废弃的苏式营房，每个年级只有一个班，我的班主任叫景长好，教数学课。有意思的是直到毕业多年后，我还认为我的班主任是叫“景长浩”——“浩气长存山河壮”么，没想到竟然是个有女名色彩的“长好”。这多少让景老师多了几分喜剧人物的反差色彩，他本身也是很“喜剧”的形象，瘦高，扁平而赤红的脸，鼻子小而尖，两抹稀疏的黄胡须卷曲着，说话是很缓慢而低沉的喉音，表情总是似笑非笑。比他的语速还要缓慢的是他的脚步，晃荡的裤管下一双不系鞋带的解放胶鞋，前脚蹭出去半天了，后脚还在犹豫着是否该跟上。就是这样一个让人忍俊不禁的人，却极有威严，我那几个班上的好友也是没人敢惹的“霸王”级人物，敢打老师的，见了景老师都缩起脖子，只有吐舌头的份，任谁都不敢造次。——据说，门房老两口最后一只母鸡被偷吃后，景老师曾把其中几个同学单独叫进办公室，按在床上扒了裤子，用他那磨光花纹的胶鞋底着实打了几十下。多年后我们在一起笑谈，那谁嘿嘿嘿嘿笑个没完，直到笑出眼泪来，不住地说：“服了，服了，那家伙真打啊，打起来没完，打服了打服了……”偏偏是这几个人，和景老师感情最深，毕业后经常去看望恩师，师生之间像哥们儿一样说笑着回忆从前。

有件事存疑，事关景老师的袜子。据说他从来不洗袜子，穿脏了就压在床铺下，把早先压在底下的那一双再拿出来穿，久而久之，他的袜子从床铺下拿出来竟然是能站住的。这是说景老师的懒，他懒到什么程度呢？喝点酒能大睡一天，半夜三更才爬起来。他在这个时候爬起来，有个缘故。对于农村孩子来说，升学是唯一的出路，对我们这些复读生更是如此，大家都憋着劲赛跑，别人睡觉的时候自己悄悄溜到教室里用功，通常凌晨一两点钟，还会有十几个人静悄悄地学习。

这个时候景老师悄没声息地进来了，穿一件红色的旧运动衣，披着洗褪色的黄军装，眯着眼睛扫视一圈，径直走到坐门口的学生身边，先把双肘支在课桌上，才把屁股放在板凳上，低低地干咳一声，酒气和烟味很浓地问："有什么问题没有？"当然有问题，不会解的题都折着页，就等他来辅导。"这个题，这么着……"景老师伸过手臂拿起三角板，在图形上比画一下，"这样加辅助线，你看……看出来了吗？"学生就恍然大悟了，真是名师一点啊。"没有了吧？有了再说。"他便站起来，披着旧军装，慢腾腾挪向下一个学生，先把双肘支在课桌上，才把屁股放在板凳上，低低地干咳一声，酒气和烟味很浓地问："有什么问题没有？"直到把所有人的问题解决完，他才会打着哈欠回到办公室兼宿舍接着睡大觉。也有特殊情况，就是他遇到自己一时也解不开的题，必然一个人比画到天亮，严重的时候会一连几天比画同一道题，直到找到办法。

有时候他中午喝酒，但也不误白天的辅导。开学没几天的时候，我对数学没底气，每个自习课都弄代数和几何，景老师"扑塌扑塌"进来了，弯下腰看我做题，他个子高胳膊长，双手支在课桌上，我同桌就在他怀里做题。他一言不发，看得我鼻尖直冒汗。后来我同桌溜到最后一排去了，他就歪歪身子坐下来，把胳膊弯起来平放在桌子上，脑袋枕在胳膊上，慢条斯理地说："听说你数学从来没及过格？"我说："基础不好。"他也不笑，依旧慢条斯理地说："基础不好不怕，关键要讲究方法。"说罢，他拿过我的三角板来，放到试题的图形上："你看，这里加条线，这样，这样，是不是？"我眼前一亮，神了！"关键要会加辅助线。"他强调。我从来没想到解数学题有这么大的乐趣，代数、几何原来是这样迷人的智力游戏，我仿佛被内力深厚的武林高手打通了任督二脉，功力大增。一个学期下来，寻常的试题已经不能满足我的兴趣，我开始到处淘疑难课外试题来挑战，在坍塌的营房找几块石灰块，就在残垣断壁上画图形解题，只要找到辅助线即止，已经不屑于把题做完。再后来，我们的学习委员都来请教我解题方法，他还到处宣传说：“云翔一讲我就明白了！”在景老师的影响下，我的数学成绩上去了，升学已经不是什么问题，但是副作用太大，直到十几年后我母亲还在抱怨：“跟上长好什么都好，就是学了个慢性子不好，走路像踩苍蝇，能把人急死。”

我至今无法确定景老师到底是个喜剧人物还是有着悲剧命运，有一回我们几个在操场上的瓦砾堆上读外语，一个人突然住了口，拿书本掩住嘴悄声说：“快看，快看，长好又跳墙了。”我一扭头，看见景老师骑在墙头上——他家在学校后面住，人懒，为了省几步路，总是要跳墙，结果那里就被他扒成了一个月牙形——明明看见他从墙上溜下来了，突然消失在地平线以下了。有人就咕咕鬼笑，说：“我打赌长好一定掉井里去了！”大伙赶忙跑过去，扒在墙根下的枯井口张望，就听见里面有人打呼噜，赶紧大呼小叫想办法把老师拉上来。他酒醒后走路就有些跛了。都说一个人不会两次踏入同一条河，但我们把景老师从同一口井拉上来，至少有两次。他又一次从井里出来之后，头碰破了，戴了他儿子的一顶毛线帽子，配着两撇小胡子，远远地晃过来，就像《大师与玛格丽特》里的一幅插图。后来听说他出过两次车祸，还在伐自家地里的大树的时候被倒下来的树砸过一次。

十多年后，我挂职回到家乡时，景老师已经是校长，因为骑摩托出车祸，多个内脏器官被切除，但奇迹般地康复了，只是更加瘦长了。我分管教育期间，帮他争取了点资金，把校舍危房翻修了一下，他怕包工头从中谋利，就亲自领着人干。完工后我去看了看，教室墙那个厚，门窗那个坚固，比自己家盖的房子不知好上多少倍。牛年新春，听说景老师又出车祸了，问题很严重，我还没来得及去看他，但我相信他一定没事，掉了那么多次井，出了那么多次事，最后不都没事吗？我这位恩师，他的属相是十二生肖里没有的，他属猫，至少有九条命。

为父亲写序①

我提出把父亲的作品编成一本书，已经是两三年前的事，当时是在我们家的农家小院里，父亲说，不着急，等我六十岁的时候再出吧，现在出有什么意义呢？——对于文学，他早就没有了功利心。

而就在二三十年前，父亲对文学的热情，不比那个时代汹汹然如过江之鲫的任何一个文学爱好者差，对于一个青年农民来说，他又不同于别个文学爱好者那般狂热。父亲和他那一两个利用农闲搞写作的农民兄弟，他们对文学的爱，从一开始就像儿子对母亲的爱一样自然、纯粹，因此，他们对文学的信仰是沉静的。

由于父亲的带领，我从小学时代就在他的指导下给报纸的副刊“新芽版”投稿，成为当时几

① 本文为作者父亲作品集《雨丝集》的序言。该书为家人印制收藏，未正式出版。

乎最年轻的“文学青年”。似乎是二十世纪八十年代的中叶了，1984年左右的样子，父亲当时已经不再对短篇小说心存念想了，他把那些装着退稿和退稿信的厚厚的牛皮纸信封放在柜子的最底端，创作阵地从文学杂志转向报纸，开始很务实地写点小小说、报告文学给报纸副刊投稿。事实证明，父亲的转型是成功的，他开始频繁地发表文章，并且在我们那一方声名鹊起。

现在给父亲编这个小册子，我不时会被唤醒最初作品发表时的那种欣欣然，不是兴奋，而是欣然喜悦，是那种发自心底认为在创造美好事物的满足感，这种愉悦的感觉，对我们的人生是至关重要的，它让生活有亮色，让生命有不同的风景。我认为，这是父亲给我和弟弟的最重要的东西。当然，父母给予我们兄妹三人的珍贵的东西太多了，其中影响我们人生道路的重要一项就是做善良的人。我们这个家庭，父母和子女之间，几乎从来没有呵斥和打骂，我们习惯了彬彬有礼，把真情藏在心底不随便表露，然后在一个合适的时机和场景下，一家人聚在一起的时候，深入地交流一下。大概，这是因为家里知识分子比重太大的缘故。这个家，在我的记忆当中，最早是和大多数农家一样赤贫的，我的爷爷在1961年被饥饿折磨致死，奶奶的节俭可以用“可怕”来形容；我的父母曾经用勤劳来创造过殷实的日子，但在我们兄妹三人漫长的求学岁月里，无可奈何地再次返贫。土地养育了我们，但我曾经那样地仇恨土地，在那仿佛无尽的岁月里，我的父母顶着启明星下地，月上中天还在地里劳作，在我童年的记忆里，有个孩子挥舞着一根树枝，咋咋呼呼地大叫着在暮色四合的田野里狂奔，以宣泄压在他头上的巨大恐惧感，那就是我，这家的长子，在阒无人迹的田间路上奔跑，去喊我的父母回家吃晚饭——三十年前那个时候，在冬天，清晨雪地上的梅花爪印，是狼，是狗，很难说清。

读书，终究改变了我们的命运，我们远离了土地，继而父母也远离了土地。但毫不虚伪地说，我近年来非常强烈地渴望荷一柄锄，去田间除草，置身举目无际的原野，心情何其轻松。有时候，我们需要重温一下对土地的感情，就像在庸常的生活当中，我们需要提醒自己去体会一下父母对我们的爱。在父亲的这个小册子里，从1991年到2001年的十年间，他写的几乎都是报告文学和通讯报道，这是生活使然。这个阶段，我们兄妹三个都在外地求学，土地上的产出远远不够支付我们的生活费用，而父母又是那样重脸面的人，轻易不肯向人开口言借。这个时候父亲已经到镇政府上班，领导体谅他家里学生多，特别针对他的特长制定了一个政策，大致是在县报上发一篇报道奖5元钱，在地区以上报纸上发一篇报道奖10元钱。我记得父亲有一次颇为自喜地说：算算一年下来还不赖，还有千把块钱呢。这个时候，父亲早已不做什么文学梦，他被套在生活的大船旁，和母亲一起艰难拉纤。和别人不同的是，我的父母面对生活的艰难，心中所念的不是愁苦，而是对前景的美好展望，这里面，有文学的浪漫主义在，也有对孩子们十足的信心。我的父母，从来不是目光短浅的人。

现在，我把父母带在身边，把我的女儿交给他们带，我希望父母能像培育我们一样，把他们的孙女教育成一个善良的人，一个能体谅别人，并且能和人友好相处的人。我希望我的女儿能把他们对生活的乐观精神传承下去。

为父亲整理这本小册子，与其说是梳理他的文学作品，不如说是梳理他的人生轨迹，早期的小说创作，中期的通讯报道，较晚的散文随笔，正是梦想、人生、境界的三部曲。而今，父亲不再轻易提笔了，他含饴弄孙，和母亲一起打理着我们的生活，何时带孩子出去散步，何时去买菜，何时该做饭，何时洗了碗看电视，他们的生活很有规律。其实，自五十岁以后，父亲就越来越安逸了，他对文学的兴趣，渐渐回归阅读，他对生活的态度，渐渐回归享受幸福。

而我最羡慕他的，是他对文学信仰的沉静，我尚需要这种沉静。

悠长的『晋南年』

年根岁尾，有两件大事令我心生喜悦，一件是陶寺遗址博物馆的建成开放，另一件是中国春节列入人类非物质文化遗产名录，这两件事的完成在农历龙年意义非常——普遍认为考证中华民族龙图腾起源的主要文物就是陶寺遗址发现的彩绘龙盘，而春节的前身元日岁首是在汉武帝太初元年（前104）定在夏历正月初一的。夏历，沿袭的正是陶寺遗址的观象台历法，制定这个历法的是帝尧任命的“四岳”羲和氏叔伯六人——《尚书·尧典》云：“乃命羲和，钦若昊天，历象日月星辰，敬授人时。”可知安排做这件事的是帝尧。从文明溯源的角度来讲，我们的春节的历史远不止3000年，可以追溯到距今4000多年前的尧天舜日时期。

有意思的是，春节的历史如此悠长，是我后来才从典籍和史料中知道的，而我们小时候在晋南尧都平阳的唐尧故园——就是传说中帮助法祖皋陶明辨是非的那只独角獬豸诞生的地方——附近生活，过年时村村都会敲好几天威风锣鼓，耕作播种用的是牛拉的木耧，却不知道这一切的生产生活方式都来自帝尧的创造，因为那时候我们根本不知道帝尧、帝舜和娥皇、女英这些个名字。作为他们的家乡人，我们世世代代都把帝尧叫“爷爷”，把娥皇、女英叫“姑姑”，把帝舜叫“姑父”，甚至，老人们习惯把太阳叫“耀我”——就是“尧王”的方言发音。每年的农历三月三到四月二十八，这里都要举办盛大的“姑姑庙”庙会文化活动，延续了4300多年。直到二十多年前我在洪洞县政府分管文化工作时把这项走亲习俗申报为国家级非遗项目，才知道中华文明的很多源流都从这里发端，包括年俗文化。

在晋南的尧王故里，过年本身就是很悠长的。进入腊月门，忽然降临在每个村子、每个人身上的那种庄重的匆忙感且不说，真正要过的年要从腊月二十三到来年正月二十才算过完，掰指头算算，差不多要过整整一个月的年。这样悠长的精神文化活动充分体现了中华文明的丰富内涵。“腊月二十三，灶王爷上了天。先生放了学，学生撒了欢。”这童谣，充分表达了娃娃们放寒假后撒欢疯玩的心情，而家中大人从这天开始，一天三顿饭前，就得先给灶王爷上香献祭了，通常是用高粱秸秆编成的锅盖大的圆盘托着三个白瓷小碗，里面盛着平日里吃不到的海带丝臊子面或者韭菜鸡蛋饺子，恭恭敬敬地给锅台上方的灶王爷神位鞠三个躬，心里默祷：“灶爷爷，上天言好事，回宫降吉祥啊！”

“腊月二十四，扫刮糊炉子。”这是年底大扫除的日子，要把一家人铺盖了一年的被褥统统拆洗晾晒，把土炕上的苇席都卷起来用根布条扎住，抱到屋檐下台阶上的阳光地里晒，席子像两根金色的柱子一样站着。我小时候淘气得很，不是自己钻进席筒就是把弟弟妹妹骗进去，孩子们在里面都不吱声，惹得奶奶东家西家地找。炕席上吸饱了尘土的大炕褥子很沉重，妈妈要叫来爸爸帮忙才能举到晾衣绳上去，展开来用一根棍子狠命地抽打，满院子细尘在阳光里飞扬。有时候妈妈会叫我去帮忙抽打炕褥，消耗我过剩的精力，但那玩意儿看似轻松，其实打起来很费劲，真是拳头打在棉花上，很吃力道，没几下就见汗了，于是我就躲进席筒里面去搞恶作剧。爸爸还要举着绑在长木杆上的笤帚疙瘩，把屋里房顶椽子之间挂满尘土的蜘蛛网都刮扫干净，把各屋靠墙放的粮食瓮之间、墙根旮旯里的虫子尸体和小小的死老鼠都清扫出来，真正做到除尘去垢迎新岁。当然，爸爸还得用铡成碎段的麦秸和些泥，用个铁锹头端进屋去，把一年来烧塌的炉膛重新糊一遍，新泥糊的炉子有凉气，做饭的时候会倒烟，把一家人都呛到院子里去。

过了腊月二十五，就有人家开始蒸年馍了。我家三代“耕读传家”，我爸醉心于科学种田和家庭养殖，常常被叔叔大伯们嘲笑“照着书本种地”，因此农事和风俗经常跟不上节令的趟儿，总要拖到年三十儿才能顾上蒸年馍，这件事就放到三十儿再说吧。

“腊月二十七，杀个红公鸡。”养了一年的猪啊鸡啊到这会儿就算活到头儿了，村里谁家“磨刀霍霍向猪羊”，各家各户都会端着铝铁盆去他家“割肉”，准备过年用。杀“年猪”就像过节一样，水雾腾腾、人影绰绰，欢声笑语，热闹非凡。我家人喜欢吃鸡肉，妈妈炖鸡是一绝，所以我们家只是象征性地割点猪肉招待亲戚朋友，自家就是吃葱丝拌鸡丝，年三十儿晚上的年夜饭这道菜最受欢迎。

腊月二十九有着最有文化味道的写春联活动，四十年前还不是家家都能写得了春联，也没有如今的购物赠送的印刷春联，像我们家这样“一窝秀才”的家户不多，因此每年腊月二十九都会有不少邻居本家胳膊下夹着刚从供销社的代销点买来的红纸，笑模笑样地拐进我们家门说：“写对子的时候给捎上啊。”其实那时候爸爸和我们兄弟书法都不怎么样，不过我仗着从小学就天天“写仿”的一点基础勉强能应付过去——我有位叔叔是书画家，但他在县城工作，指望不上。写春联是个体力活儿，自从我能提起毛笔，爸爸就把写春联的活儿派给我，他改为裁纸打下手了。等邻居来拿春联时，问到是我写的，就会惊叹地夸赞：“挺好看，看字写得多好啊！”

“年三十儿”的白天其实是我们在一年当中最忙活最累的，然而这天也是最快乐的劳动日。奶奶、妈妈、妹妹祖孙三代女眷早早起床就和面准备蒸年馍，床板大的案板放到大炕上，一家人围坐着分工揉面、做馍，佛手、财篮、公鸡、财娃娃，各种面塑年馍要蒸整整一天。年馍里最重要的是枣山——就是用一条寸许宽比皮带还长的面饼卷着数十颗红枣折来折去，塑成一座犁头形状的“枣山”，上方正中插一根筷子，筷子上是一个浑身挂满金元宝憨态可掬的财娃娃，财娃娃头顶上是一只尾羽缤纷的大公鸡。这样造型巨大、复杂精妙、意义丰富的年馍，不是谁都有资格和技艺做的，而是家里最年高德劭的奶奶的独门绝活儿。三十儿一整天屋子里都是蒸汽弥漫云山雾罩的，蒸出来的年馍一笼屉一笼屉地倒进小船一样巨大的笸箩里。半下午的时候，蒸下的年馍已经在笸箩里堆成了山，于是妈妈开始起油锅，要把年馍都炸得金黄，这样才能保存到出了正月。那座巨大的枣山要单独炸，炸好了就靠在橱柜最高处灶王爷的神像下面，等过了正月初五“破五”后再拿下来，把“山尖犁头”切下来给家里的主要劳动力爸爸吃，为的是在开春犁地的时候有劲。其实吃过午饭，爸爸和我们兄弟俩就退出了蒸年馍的集体劳动，转到院子里去清理大小门上的旧春联，开始贴新春联了。通常是爸爸端着半锅糨糊，胳膊下夹个笤帚，弟弟抱着春联，我扛着梯子。数大门上的春联不好贴，又高又大，爸爸在梯子上贴，我在下面指挥高低，经常他贴歪了我就得挨骂，但我们家人都有种奇怪的达观，有时候对联明显贴歪了，爸爸也会说“差不多就行”。贴完春联，扫院子抱柴火擦窗户玻璃，通常会干到天黑，因为初一不能劳动，得提前把所有的活儿都干完。我稍大点就被派了擦玻璃的活儿，满肚子委屈地哼哼唧唧，一边干活儿一边盼着妈妈在窗户里喊：“让娃家洗澡换新衣服吧，剩下的活儿叫你爸干。”听到这话，我就会心花怒放，这才开始享受过年的快乐。爸爸在洗衣服的大铁盆里给我们洗澡的时候，奶奶和妈妈又开始擀饺子皮“捏”饺子了。

在有“春晚”这道大餐之前，除夕晚上最主要的娱乐活动就是“响炮”了，村子的上空弥漫着炒菜的香气和硝烟硫黄混杂的味道，让人心情亢奋。年夜饭就是打牙祭，吃一年里最好的一顿饭，葱花炒鸡蛋，猪肉炒莲菜丝，肉类为主，村里人过年不吃鱼——那时候北方河流也很多，但鱼虾不被认为是好菜——满村子只有我们家喜欢吃菌类，平菇、香菇、马蹄菌，妈妈熬的蘑菇汤香得很。

正月初一凌晨，孩子还在梦乡里，爸爸就在院子里放“二踢脚”了。奶奶总是抱怨说：“还不起来，咱家总是起不到人前头，看一会儿拜年的人都来了！”是的，就连家中最早醒来的爸爸也是村里最晚起来放炮的。人勤春早，勤劳的人家凌晨五点就起来放炮了。奶奶和妈妈早早起来，先煮一锅荷包蛋，每人吃两个——我家是养鸡专业户，不缺鸡蛋。昨晚包好的饺子就放在秸秆编成的圆盘上，怕干皮，用湿抹布盖着，其中一个饺子里有一枚一分钱的镍币——过去是包小铜钱吧。饺子下进锅里，奶奶又喊我们："快起来吃钱儿了，看谁能吃到钱儿。"这还真是个精神动力，因为据说谁吃到那个包钱的饺子，一年都会有好运气，奶奶吃到可以长命百岁，我们吃到就会学习进步。但奶奶总是希望爸爸吃到，她念叨着说："你爸吃到了对全家都好！"一家人围着灶台吃饺子，我总是疑心包钱的饺子在别人碗里，不停地去别人碗里夹，结果是自己碗里的吃不完，剩下几个被妈妈倒给爸爸，爸爸刚吃了一个，脸上就浮现得意的笑容——被他吃到钱了！我马上就扔下筷子不吃了，弟弟妹妹年纪小，倒不在乎这个。奶奶紧着吩咐："赶紧贴到灶王爷神像上去！"于是爸爸踩着灶台把那枚糊着饺子面的硬币贴到灶王爷的右脚下面。而妈妈每年都要使用的"诡计"是，为了让我们兄妹三个多吃饺子，她总是把包着钱的饺子留到第二锅才下，我们瞪着眼睛把第一锅吃完，不见吃到钱，抬头看到妈妈和奶奶笑着交换了一个意味深长的眼神，这才明白今年又上当了！

其实，在吃饺子之前，我们是先要端着三小碗煮好的饺子，把它们敬献给各路神明和历代祖先的。院子里享受香火的最大的神是天地爷，有的人家会买一张印着玉皇大帝的纸，贴到一块如今A4纸大小的方砖上去，搁到窗台上就算神位，有的把神位安在院子当中酿醋的小瓮上。我见过不少人家并不买神像，而是用黄纸写两个大字"天地"来供奉，现在想来，这朴素的自然信仰可能更准确些。大门后的壁龛里是土地爷的神位，贴着小春联："土能生万物，地可发千祥。"简直就是科学真理了。牲口圈里供奉的是马王爷，春联上写的是"牛如南山猛虎，马似北海蛟龙"。就连大车的辕杆上也贴着小春联："日行千里路，夜走八百程。"人住的屋子里当然也少不了贴些吉祥话，炕头贴着“身卧福地”“小心灯火”，后来电灯普及了也贴一张“安全用电”。有些人家的灶王爷神像两边的小春联是“油盐深似海，米面堆如山”，大门外前排邻居的后山墙上贴着“出门见喜”，不一而足。我能记得这样清楚，是因为有几年爸爸只写大春联，这些个小春联都是交给我练笔的。

大年初一早上吃完饺子，穿着新衣服成群结队去给本家的长辈们拜年，是孩子们要完成的传统礼仪，进东家出西家，人滚雪球一样越来越多，进门就趴在地上磕头，嘴里“给爷爷奶奶拜年”叫成一片，然而很少有长辈会给一两毛钱，大多会给每个人口袋里塞些花生、瓜子和糖块，能给出几块柿饼和几颗核桃的就是富裕人家了。大年初一上午开始，村里的老爷爷们就把威风锣鼓搬到十字路口的井亭外敲打起来。因为这里是帝尧的故乡，而传说锣鼓曲牌是帝尧嫁女给帝舜时创作的。在尧王故乡的各个村落都有个锣鼓班子，敲打的也是流传了4000多年的曲牌，名字很朴素——《西河滩》《吃凉粉》等一系列，讲述的是娥皇、女英两位“姑姑”从汾河东岸的羊獬村嫁到汾河西岸的神里村的完整故事，是中华婚俗的源头。这些古老的曲牌很奇怪，平时弯腰驼背靠在阳窝里的墙根被戏称为“等死队”的一帮风烛残年的老头子，一旦握住鼓槌举起铜锣和铙钹，立马就像神灵附体一样焕发出活力，摆开架势瞪圆双眼，活脱脱准备冲锋陷阵的将士。我二爷爷有哮喘病，天天佝偻着腰，拖着脚走路，但每年的正月初一到初五，他是领衔的鼓手，双手举槌望着天的那一刻，他就成为全村人心目中最威武的神。他们从不说“敲锣鼓”，而是说“敲威风”！更奇怪的是，大字不识的乡亲们，还有我们这些没上过音乐课的小娃娃，在十字路口看爷爷们敲威风锣鼓，每当高潮部分他们一起叉开双腿举头望天敲打的时候，热泪就会不由自主地爬满所有老少的面庞——我后来想，那不是因为艺术的感染力，而是被唤醒了血脉中某种神性的感召力。

正月初二，孩子就不能疯玩了，得跟上爸妈去姥姥家、姨姨家、姑姑家走亲戚。晋南过年，人们在初一到初五是不劳作的，专注于社会交往，每天晚上都会呼朋唤友来家里吃酒，觥筹交错、猜拳行令，不亦乐乎。我们从十五六岁开始，也学着家中大人互相请玩伴们来家里吃酒了，那是数千年来这里的人形成自己社会关系的基础方式。正月初五叫“破五”，晋南的风俗是不宜出门的，其实是为了整理身心，要把初一到初五家里积攒的垃圾都倒到巷子里的粪堆上去。勤劳的人家初六吃了“枣山”就有下地的了。但年还远没有过完，这时大家刚刚开始准备正月十五县里和各乡镇俗称“闹红火”的民间文艺汇演，早年的传统项目是耍狮子、舞龙灯、跑旱船、踩高跷，还有很恐怖的“挠杆”——就是表演阴曹地府刀劈脑袋、钎插两腮、开膛破肚的惩恶刑罚的真人表演，最可怕但看的人最多。各村的节目汇总到本公社（乡镇），要先在这里的戏台广场上表演一遍，真个是万人空巷，连走不动路的老人、病人也会被用小平板车拉去看热闹，人挤人，人推人，水泄不通。等到需要赶往县城的体育场会演了，已经是人山人海里三层外三层没有出路了，这个时候，墙根树下就会蹿出十几个扮着小花脸戏装的汉子，个个手拿一根三眼铁铳，凶神恶煞地跑到最前面，点燃导火索，一个举火烧天式，铁铳冒出火光和浓烟，发出震耳欲聋的轰响，人们纷纷躲避，让出一条道路来放表演队伍出去，有些人会一路尾随二三十里直到县城。后来卡车普及了，各乡镇开始主要比拼彩车，表演队伍也多变成了在卡车车斗里敲锣打鼓，就连可怕的“挠杆”也只在卡车上表演了，年味儿大概从那个时候开始淡了。

正月十五闹过红火，正月十六孩子们就开学了，实际意义上的年就算过完了，然而仪式却远远没有结束，要等吃过正月二十的春卷，春节才正式落幕。正月二十“摊卷卷”甚至比年三十儿蒸年馍还要有仪式感，俗称“添仓”，它寄寓着人们对新的一年喜事连连的美好期盼。春卷的外皮是煎饼，但摊出来的煎饼不能变脆，而是柔软近乎透明的面饼。前几张面饼不是敬神的，也不是给人吃的，要像叠手绢一样两次对折，放到几个盘子里，分别放到米面缸里，这就叫“添仓”。人们再切开一张面饼，也放到盘子里，端到院子里去，趁夜扔到屋顶的脊兽上，期待第二天早上会有喜鹊飞来吃——传说是给喜鹊过生日。春卷的馅儿也比饺子馅丰富很多，有豆芽，有海带，还有肉块和鸡蛋，用煎饼卷好了，吃的时候要在鏊子上抹上猪油再煎一次，煎成四棱见角的长方形，蘸着醋吃，满颊生香。煎好的第一盘也不能由人先吃，要分到几个空碗里，漂到人和牲口吃水的各个水瓮中。传统上来讲，正月二十的夜里也是不能有黑暗的角落的，要把胡萝卜切成段，每段挖上个小坑，里面倒上菜籽油，放上一个棉花捻子点着，让娃娃们把这些个小小的胡萝卜油灯放到院子里每个角落：牲口圈的马槽里，大门背后的土地爷壁龛中，厕所的手纸孔中，粮仓的大瓮之间，做菜窖的旱井里。有些人家还大费周章地下到井里，把油灯放到踏脚的凹孔中。以往所有黑暗的角落都会被照亮，院子里仿佛透着从另一个世界照射过来的光芒。有一次我揭开水缸的盖子，看着小瓷碗里的胡萝卜油灯慢慢地旋转，那小小的光芒照亮了另一个碗里的春卷，它们缓慢地互相围绕转动着，好像太阳和月亮在宇宙中运行。就在那一刻，我感受到了人生的美好和时空的无限。奶奶说，娃你看着胡萝卜灯，等它停下来不转了，灯捻子朝向哪里，哪里的庄稼今年就会收成好。

而今，那悠长的晋南年作为中国人的春节习俗之一，已经从现实生活变为非遗项目，我对她的回忆不过是吉光片羽，无法复制她丰富的内涵和无限的美好。

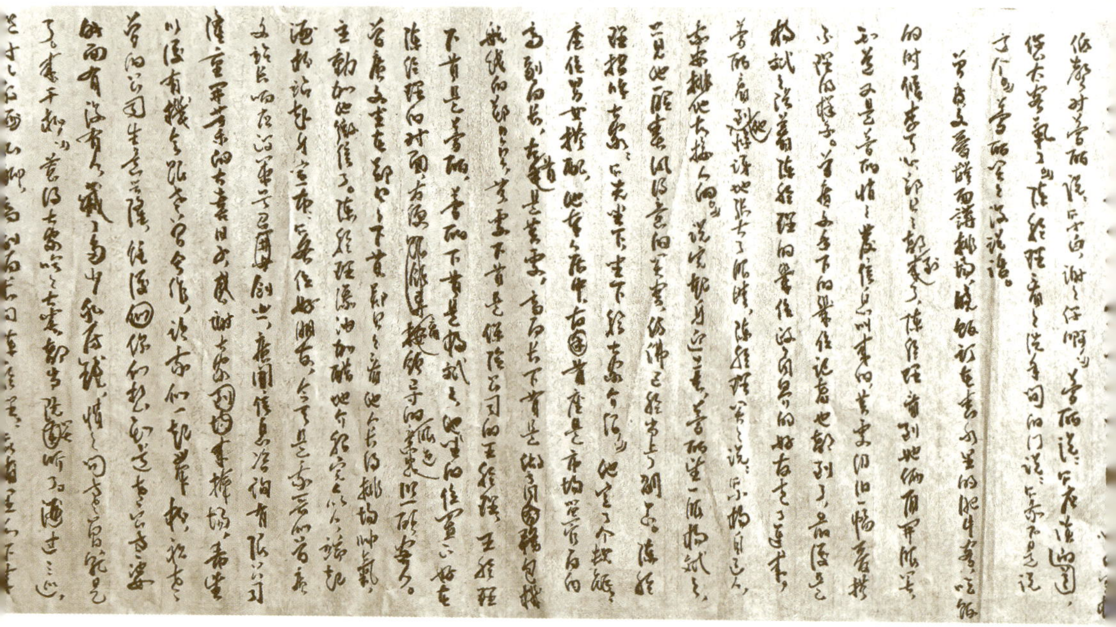

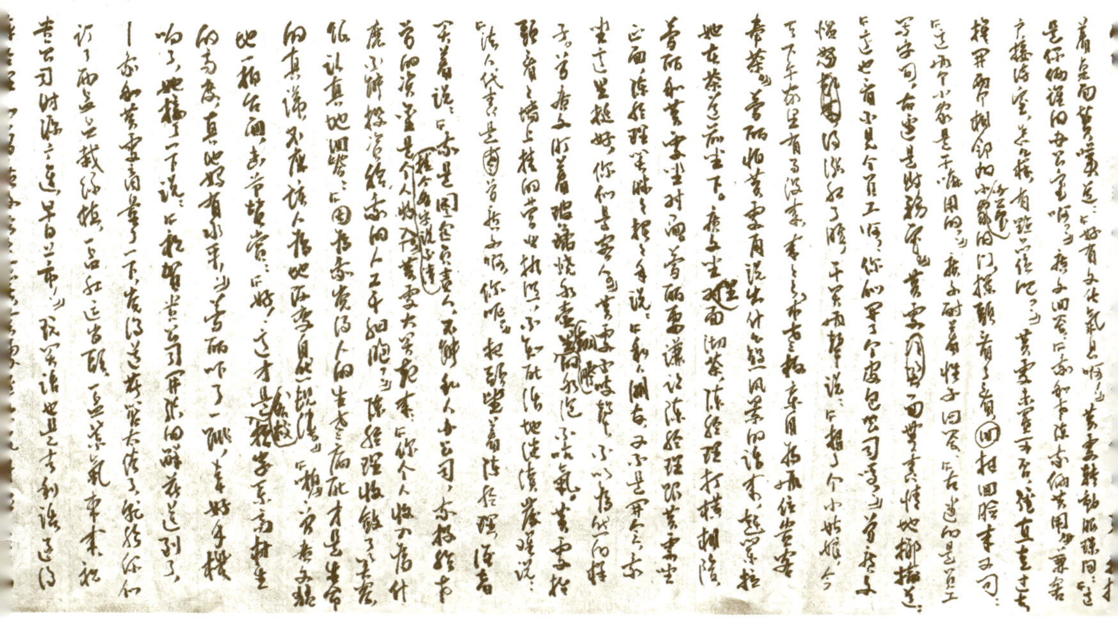

作者手迹

在晋南的旷野上

我最爱对人讲的两句话是，“我就是个放牛娃出身”，还有“十八岁之前我是个真正的农民”。很少有人会相信，都当作玩笑话听，听不出来我话语背后深深的自豪感。这样近乎骄傲地说话，是因为我这个放牛娃和农民是在晋南辽阔的沃野上的“耕读传家”风尚和尧天舜日古老文明的熏陶下成长起来的。晋南从地理上看，属于秦晋黄土高原上山西省的南部，处在霍山断裂带以南，吕梁山脉以东，太岳山脉以西，中条山以北。自远古洪荒，浩大的汾水汇入黄河，冲积出广袤的河谷平原，临汾盆地和运城盆地相连形如宝瓶，沃野千里，气候温润，四季分明，自古就是丰饶的粮仓，是华夏文明的摇篮，被誉为“最早的中国”。尧舜德孝文化在晋南大地上如同温暖的阳光一样滋养了一辈又一辈的人们，数千年来，这里的农人都把太阳叫“耀我”，就是方言土语里“尧王”的发音，对应着《论语·泰伯》里称颂帝尧的“惟天为大，惟尧则之”和《史记》所云“其仁如天，其知如神，就之如日，望之如云”。人们生长在尧王故里，自小过的是“耀我”（尧王）出来就下地，“耀我”落山就收工的“日出而作，日入而息”的农耕生活，可谓得天独厚。我们那一方的百姓都把尧王叫“爷爷”，把娥皇、女英叫“姑姑”，把大舜叫“姑父”，逢年过节的风俗礼仪、平日里的待人接物，都恪守着尧舜遗风。

牧牛少年

我出生在二十世纪七十年代中期，孩童时代看到村里人秋播——晋南种的是冬小麦，中秋前后秋庄稼收割完才种麦子——普遍使用的还是传说中四千三百多年前帝尧发明的木耧，要两个人操作。我们家通常是母亲牵着牛在前面拉，父亲在后面扶着耧，耧上的方斗里盛满了麦种，父亲要一手扶耧，一手拿着一根树枝不时捅一捅漏斗，让麦种流下去。这个远古农业机械最核心的部件是漏斗底部悬着的一颗滚圆的石球，摆动的球体可以使麦种的流速均匀。但我家那个时候还没有牛，收完秋种麦时要向邻居家借牛用，或者“雇牛埫”——就是雇用赶着骡子、马这样的大牲口走村串乡做耕种生意的人帮忙。但“雇牛埫”成本太大，因为像马这样漂亮又娇气的大牲口不像牛那样只吃草就行，它们吃草要加料——麦草要铡得很短，叫“寸草铡三刀”，还要搅拌上香喷喷的麦麸和黄豆，并且半夜要加一餐——所谓“马无夜草不肥”，所以劳动的报酬除了现金还得加上半袋子黄豆，生产资料成本太高。因此我家最初基本上就是借耕牛。但要借牛就得主人家先耕种完才行，并且要排队，往往是你才开始吆喝上牛进了地，下家就等在地头了。为此，我们在农忙时节天不亮就赶着牛下地，也没有工夫回家吃早饭和午饭，需要把家里做好的饭送到地头去。我最早参与的农事活动就是送饭。早上送饭，我一只手提着个双耳黑陶罐子——传说这个器皿也是帝尧发明的，帝尧封在唐地，因为会烧陶被称为陶唐氏，在晋南襄汾县陶寺遗址博物馆可以了解这段历史——里面是奶奶熬好的米汤，另一只手提着个荆条篮子，里面是一碗咸菜和几个馒头，用干净的抹布盖着。中午送饭，陶罐里就变成了汤面，篮子也换成了暖水瓶和白瓷大茶壶——中午疲累，大人们要喝“大叶茶”提神解乏。其实“大叶茶”就是黄茶，这东西最早从安徽引进到霍山一带种植，是为了治疗缺碘的“粗脖子病”，久而久之成了晋南农人最热爱的饮品。因为它产量有限而需求量大，人们通常只能买到发酵的茶树枝。它名为“大叶茶”，其实没有叶子，全是粗粗细细的枝条，泡茶的时候要抓好几大把才能把巨大的茶壶填满，还要拿拳头砸瓷实了，再把滚烫的开水灌进去冲泡，倒出来的茶汤黑红澄亮，比现在的咖啡还浓郁，也比咖啡更提神，不管多累多乏，一壶“大叶茶”就能让人“满血复活”。牛也不用专门喂料，站在地头，青草管饱，在旁边的河沟里饮一饮就能接着干活，因此那个时候父母的心愿就是能养一头牛。父母吃饭牛吃草的时候，我就可以赤脚在地头新翻的泥土里玩，赤脚踩进松软的泥土，那种不可名状的舒适感是和大地血脉相连的。

一头耕牛半个光景，买是买不起的，从此在我的家人心里埋下一颗寄寓着美好希望的种子，就像当时的广播里播放的“每周一歌”《在希望的田野上》一样照耀着全家的心灵。而这美好生活的愿景在不经意间成为现实，内生动力却是我想当个牧童的理想。“牧童骑黄牛，歌声振林樾。意欲捕鸣蝉，忽然闭口立。”多么美好的情景啊，这是文学作品第一次对我的人生产生催化作用。我打上了隔壁伯伯家刚出生的那头黑色小牛犊的主意，那个小家伙多可爱呀，剪纸般的大眼睛，睫毛足有一寸长，忽闪忽闪勾人的魂，它那么调皮，不但会喷鼻子还会做鬼脸，一刻也不得闲，像只小鹿一样蹦蹦跳跳到你跟前，突然又翘着尾巴跑掉了。我缠着父母把小黑牛“抓”过来——按晋南农村的传统，六畜里有些刚生下来的幼崽是可以“抓”来养的，比如“抓条小狗崽”“抓个猪娃子”“抓几只小鸡”。狗的作用是看家护院，属于社会效益范畴，是不需要出钱的，猪崽和小鸡就是经济动物了，要么得出点钱才能让你“抓”走，要么将来养大了再还对等的数量回来，而骡马和牛驴这样的大牲口是重要的生产资料，就算是小牛犊也不会白给你的。但我不知道啊，缠着父母去“抓”。父母那个时候还很年轻，三十啷当岁，笑眯眯地对视一眼不说话。我哼哼唧唧了几天没结果，以为没什么指望了，不料有一天放学回来，看到院子里的水井旁多了根木桩，木桩下铺了一圈玉米秸秆，一只黑色的小牛犊被缰绳拴在木桩上。我呆立半晌才认出它来。它被套上了笼头，失去了自由，呆呆地站着，跟之前判若两牛。我欢呼着扑上去抱住它的脖子，它吓得四蹄炸开，但没有挣扎——我这只小牛犊从那个时候就展现出极高的情商，它很活泼，但是放开它在院子里跑，也不会踩坏奶奶种的豌豆苗，只是低下头把湿润的圆鼻头凑上去嗅啊嗅，不会乱啃乱吃。从此后我就成了那个快乐的放牛娃，每天放学后就飞奔回家，带着它去野地里吃草。我放牛，从来不用缰绳牵着它，我在前面走它就紧紧跟着，像一只黑色的大狗，我一跑它就撒丫子追，追上了就得意地绕着我兜圈子，头一仰一仰地炫耀着。因为它活泼好动，且长得又快又高，我便以为它是头公牛，等到它身上那些长长的胎毛都脱落了，换上一身油光水滑的黑缎子般耀眼的皮毛，父母才告诉我说这是头母牛。这个时候它已经有了一对又弯又长的漂亮犄角，额头上还有个花朵般的毛旋窝，出落成了我们村里最健壮好看的一头耕牛。在它长大的这一两年时间里，我们一起度过了梦幻般快乐的时光。每次我背着割草的挎篓领着它来到河边野地里，三把两把割几捆草把挎篓塞满，让小黑牛自由地去吃草嗅花朵追逐蝴蝶，自己则找片斑驳的树影躺下来看书。连环画《三国演义》《敌后武工队》《吹牛大王历险记》，评书《隋唐英雄传》《明英烈》，没有前后封皮的世界文学名著《悲惨世界》第二部，都是在放牛的时候读完的。我们家虽然是庄稼人，我父亲上过“刊授大学”，喜欢研究科学种田，还是个文学爱好者，我从小家里《人民文学》《作品》《小说月报》《青春》《汾水》俯拾皆是，成为我的文学启蒙读物。在父亲的带领下，我们全家过着“晴耕雨读”的生活，看看风雨快来了，拉上化肥冲到地里给玉米、高粱施上肥，大雨到来时已经回到家里，我们兄妹三人和父亲一人一本书坐在堂屋的竹帘子后面读书，母亲打毛衣或者纳鞋底。奶奶不识字，有时候看着我们，有时候打盹儿，更多的时候只是望着帘子外面院子里明明灭灭的雨泡发呆。

小黑牛学会耕地拉车后，吃草甩头都沉稳了很多，但它从小习惯了跟我赛跑，拉车时不会走只会跑，耕地的时候听到一声“驾”就往前猛冲，有时候就会把扶犁的人带个跟头，为此没少挨鞭子吃苦头。每次看到它挨打我都怒不可遏地冲上去制止，但有时候它不小心啃了人家树皮，我也会拿树枝抽它，一手牵着它的鼻子，一手挥着枝条。我又瘦又小，它健硕高大犄角如刀，但只是围着我转圈子逃避，从来没有表现出攻击性。父母说它只会跑不会走就不会有耐力，干活很快就会感到累。我们本指望它生了牛犊后会老成一些，可它生了好几个牛犊后还是老样子，终于有一回，它被我的一个本家叔叔借去耕地，因为这个脾性而被误会为不听话，被鞭梢把一只右眼打瞎了。等我周末从镇上的初中回到家里，看到它垂着头一动不动，走近了才看到它瞎了一只眼，看不清我。再后来，小黑牛被外村一个人以买耕牛的名义买走，最终卖给了屠宰场，父母知道后唉声叹气了好几天，绕着弯子做我的思想工作，最后还是诉说了实情。我号啕大哭，长时间走不出悲痛的情绪，为纪念小黑牛，写出了人生的第一个电影剧本《牧牛少年》。

种瓜的老手

因为要去镇上上初中，我结束了放牛娃的生涯。失去小黑牛后，暑假里我每天晚上的工作主要是看瓜。村里的孩子胆子大，一个人就敢在旷野上的瓜棚里过夜，夜晚的瓜地连绵无垠、烟雾笼罩，远近的瓜棚如同大海上稀落的扁舟，人生的大寂寞和人间的烟火气并存。在此之前，热爱文学的父亲毅然辞去了村党支部书记的职务，去《临汾日报》编辑部做了实习编辑，继续做着他的作家梦，并鼓动我写点寓言故事和诗歌试着给文学副刊部的主任看。那个出过诗集的主任居然用“一字不易”来赞赏我的天分，乐坏了一向内敛木讷的父亲。我也得以从小学开始就在地市级党报上发表作品，上初中后又自己投稿给省级的《山西农民报》。文章发表后被父亲看到，他一直认为那个作者是与我同名同姓的另一个人，直到我拿出那张五元“巨款”的稿费单，他才接受了这个现实，并且在好几天里不时莫名其妙地发出一串“嘿嘿嘿嘿”的笑声。但父亲本质上还是个农民，他不会因为文学而耽误了农事，西瓜和棉花是农村最重要的经济作物，是我们兄妹仨的学费来源。作为家里的长子，我在十二三岁时就被父母分派了晚上住瓜棚里看瓜的活儿。开始父亲还帮我在地头搭好瓜棚，后来我干脆带着八九岁的弟弟自己搭瓜棚了。我带着弟弟大费周章地把瓜棚盖成二层楼，这样可以防止夜里的野兽袭击，还可以在楼下点上艾草或者烧一堆麦芒来熏蚊子——小河里的蚊子成团地往脸上砸，不烧点烟没法睡觉。我和弟弟热火朝天地搭建二层瓜棚时，路过的叔叔伯伯总是对我的别出心裁不以为然，他们善意地调侃我们说："这是打算住一辈子啊？"天黑之前搭好瓜棚，回去吃过晚饭，弟弟要睡觉了，我一个人提着一盏防风的马灯，挥舞着自制的"金箍棒"去地里看瓜。路上旷野辽阔，星光幽微，虫鸣像海潮一样弥漫着。那时候的黑夜是真的黑，黑到和人面对面都看不见对方的脸，我全靠白天的记忆走路。到了瓜棚，我躺在里面根本就不敢"下楼"，尿尿都是从瓜棚的树枝缝隙里撒到外面。之前我不知道从谁家的炕洞里翻出一摞子线装书，拍去厚厚的浮尘，露出靛蓝的封面，竟然是《红楼梦》，八卷本，翻开看是竖排版，也被我带到了瓜棚里，正好就着马灯的微光阅读，以驱散漫漫长夜的恐惧。但当读到"昨夜潇湘闻鬼哭"的时候，棚外夜风翻动枯叶哗哗作响，我顿时头皮发麻，头发根根直竖，怎么也不敢读下去了。

村外就是老309国道，那个年代还是运输主干道，西瓜熟了，瓜农得每天拉着小平车到国道边去摆摊儿。国道边是一米多宽的沙土护路带，供人步行和骑自行车通行，正好可以摆一张小方桌、几张小马扎，桌子上放两个艾草编成的草圈，西瓜放在上面可以防止滚落。我虽然只有十三四岁的年纪，已经是种瓜的老手，随便拍拍就知道瓜熟不熟沙不沙，但我觉得自己已经是通读过竖排本《红楼梦》的"读书人"，怎可做"贩夫走卒"？况且，公路上人来人往，万一被我学校的老师和同学看到我在卖西瓜，岂不是要遭人耻笑？这时候我不谙世事的弟弟就派上了用场，我让他坐在小方桌后面的马扎上，手摇大蒲扇，我则在小平车后面铺一张麻袋片，躺在上面读张扬的长篇小说《第二次握手》。有人来买瓜了，弟弟就喊一声：“哥，出来！”我就戴上草帽从藏身处出来，很老到地跟人讨价还价，挥着西瓜刀在瓜上开一个三角形的口子，抠出一块锥形的瓜瓤来让买主尝：“看看，沙不沙？不信？先尝尝甜不甜！”就在做瓜农小贩的岁月里，美丽、知性、善良的丁洁琼[1]在我心底留下了理想女性的美好形象，我躺在麻袋片上，头枕着草帽壳，捧读《第二次握手》，身边是公路边热带雨林般浩瀚的玉米地，为主人公伟大而令人遗憾的爱情泪流满面。

农事的衣钵

父亲给我以文学的熏陶是潜移默化的，传给我农事的衣钵却极具仪式感。在我过“圆满”[2]之前，往地里送农家肥的活，父亲是主力，我是辅助。比如，他抡着三齿粪叉往平车里扔猪粪、牛粪的时候，我需要端着车辕杆让平车保持平衡；往地里拉粪的时候，他在前面扶着两条车辕，肩上拉着拉带，我跟在后面推车。平时一家人在院子里摘花生、剥玉米的时候，也是父亲开“故事会”的时候，他把从书报杂志上读来的案件、历史故事什么的饶有兴味地讲给我们，使得枯燥无尽的农事活动变得轻松有趣。但挖农家肥是重体力活，父亲没有足够的精力边干活边讲故事，就买了一个木头壳子的大收音机。那收音机

① 张扬所著长篇小说《第二次握手》的女主角。该小说细腻传神地讲述了她与苏冠兰的爱情故事。

② 晋南乡村将孩子的十二岁生日称为“圆满”。

前脸儿蒙着金色花纹的红色布面，有着雪白的调频调谐旋钮，红色的指针在五线谱一样的指示盘上滑动，父亲干活的时候把收音机放到窗台上，音量调到最大，就可以在评书和广播剧里忘却劳动的疲劳了。但还有个问题，就是我家的田地离村子比较远，送一趟农家肥要个把小时，这样漫长的时间里没有精神生活是我家人受不了的，尤其是我跟在后面推车，只看见脚下的土地流水一样倒退，更觉得没有意思。于是父亲又跑到镇上的百货商店花十块钱买了一个烟盒大小的微型收音机，乳白色的塑料壳，黑色的后盖。这样，他把小收音机装在衬衫的前胸口袋里，拉着车意气风发地走向田野，我小跑着在后面推车，支棱着耳朵捕捉前面收音机里播放的节目，在无尽的岁月里跑成一个快乐的小农民。

有一天，在我们家巷子里的粪堆旁，院子里那棵探出墙外的老柳树的树荫里，父亲笑眯眯地从上衣口袋里拿出那个乳白色的小收音机，问我想不想要。我当然想要，父亲就郑重地说："收音机给你，以后往地里送粪的活就是你领着你弟弟干了。"当时我身上穿的是因他穿烂了袖口被我妈剪短改小的旧褂子，他把小收音机塞进我胸前的衣兜里，把车辕杆交到我手里，说："从今天起，你拉车，你弟弟推车，把牲口圈里所有的粪都送到地里去。"那个时候我十二岁，弟弟八岁，小黑牛不到两岁，还不会拉车，之后的十年左右时光，我们兄弟俩的寒暑假都在送粪中度过。我们家在著名的洪洞县南垣产粮区，沃野平畴，地块又宽又长，每一平车农家肥都要拉进地里去，分成两堆，为防风保墒还要用铁锹拍结实，再蒙上一层土。往刚收割过的地里送粪可不像在路上拉车那样轻快，我们兄弟俩要拼了命地往前拽着推着，几乎要趴在地上了，才能蛇行着让深陷土里的车轮前进。夕阳西下时，我们完成了一天的劳作，弟弟拉着空车往回走，我坐在车斗里歇息，回望远山低树的剪影中，小河泛着金色的波浪，田野上各家地里是无数坟丘般的圆形粪堆，在天地大美中，我的心里往往会泛起与年龄不相称的无限的苍凉之感。穷人的孩子早当家，大概就是这个原因吧。二十年后，我把自己和弟弟送粪的故事写成了短篇小说《用镰刀割草的男孩》。

没有参与过夏收的庄稼人是不能被认定为真正的农民的，夏收的紧张和超负荷劳作使我产生了对人生的哲学思考，也改变了我的人生道路。五黄六月，龙口夺食。四十年前，晋南还没有联合收割机，收麦子要靠人力用镰刀一垄一垄地割。太阳越毒麦秆越脆越好割，因此大家总是顶着大太阳面朝黄土背朝天地弯腰劳作。晋南地块平整，麦田常常有两三百米长，来回两三趟就是上千米，头上烈日炙烤，鼻子里是植物发霉而成的黑尘，脚下游走着昆虫和四脚蛇。像我这样的半大小子割上个几十米就腰酸得觉得身体中间有一段消失了。眼看父母已经割完一垄折返回来了，我绝望地躺在割倒的麦捆上，眼望着灰白耀眼的天空心想："难道就要这样劳累一辈子吗？为什么我们一辈一辈都要这样辛苦？"父母弯腰挥镰路过我身边，没有责怪我，两张晒黑的汗津津的脸膛充满着笑意，他们一边干活一边聊着什么开心的事情，大概是说今年的收成不错。他们不是在以苦为乐，而是仿佛就不知道什么是受苦，尽管农民们经常自嘲说"咱就是个受苦的"。这又何尝不是一种生存哲学呢？但他们脸上的笑容却比什么人都灿烂，而正是这灿烂的笑容刺伤了我的灵魂，让我开始思考我们应该拥有什么样的人生。当时村里没有收割机，却有脱粒机，这机器的高效率促使人们形成了以家族或邻居为单位的"互助组"，形成一条龙作业，麦季里人和机器都得连轴转，白天夜里都得不到休息。在这个作业链条中，我们这些个小伙子处在最后也是最累的环节，把脱了粒的麦秸用大铁叉扔到高高的麦秸垛上去。身体累还在其次，关键是不能睡觉，我就盼着等到湿麦捆塞住机器的那一两分钟时间，抱着铁叉往麦秸垛上一倒，瞬间睡着，机器一响马上又会弹起来接着干。后来我拼命地要考上学校，离开农村，就是因为实在受不了那种劳动强度和它带来的绝望感。

我国实现全面小康后，我在晋南一个山区县担任脱贫攻坚与乡村振兴有效衔接驻县帮扶大队长期间，去各村看望驻村工作队员。这些村庄里，夏收时节也看不到几个农民。队员们说，现在种田都集约化、机械化了，农民都进城生活了，夏收打个电话就全搞定，根本就用不着回来。我望着机械纵横的田野，突然就想起了往事：小黑牛能拉车后，父亲请木工打了一挂大车，这样我就从拉车的变成了赶车的，悠哉地坐在车上摇着鞭子。只是小黑牛习惯了往前冲，我们总是像一辆坦克一样冲过平静的村庄，奔向无边的旷野。

2025年正月初五于太原

03

致我们永恒的文学之心

我们需要彼此映照，
彼此疗伤，彼此比照着寻找精神的出路。
我们敬仰一位伟大的作家，往往只有一个理由，
我们不是敬仰他的才华，
而是敬仰他的手指，
那根手指，为我们指明了出口的方向。

梦是黑夜的水族馆

梦是黑夜的水族馆。空气应当有它的鱼。鸟是空中的两栖动物。——吉里雅特[①]这样想。

吉里雅特是格恩西岛上的渔夫，他是个孤儿，少言寡语，离群索居。他从不去教堂，却常常沉思。他读伏尔泰的《老实人》，会用奇特的方法给邻居治病，他的脑子里装满了与自然和大海有关的知识。他告诉农夫们：如果六月不下雨，麦子变白，要担心线虫病；蛙出现，种甜瓜；胡瓜鱼产卵，当心热病……如果按照他的建议去做，会有很好的效果。

但是没有人喜欢吉里雅特，邻居们都厌恶他。他本人的言行和他给他们的帮助让他们感到可怕，没有人相信他是一个人，他们都认为他是魔鬼的儿子，因为他告诉过他们，岩石也会唱

① 吉里雅特为法国浪漫主义作家维克多·雨果的代表作《海上劳工》的主人公。

歌。有人看见吉里雅特在大风浪的天气出海，他驾着小船对一些别人看不见的怪物喊着：走开，滚得远远的，我不怕你！最让邻居们不能忍受的是，他居然认为畜生比人高贵。他看见一位穷人打死了不听话的驴子，竟然冲上去打了人家一个耳光；他从辛辛苦苦刚从树上下来的孩子手里拿过有几只小鸟的鸟窝，“狠毒”地把它放回树上。于是大家都确信他是一个巫师。一位老妇人在早上唤鸟的时候，听到一些燕子在呼唤吉里雅特的名字；还有人在雷电交加的天气里看见有人在红色的云层间飞行，他确信那就是吉里雅特。

如果邻居们能看到吉里雅特脑子里那些奇思妙想，他们会更加恐惧。

一天，吉里雅特坐在平静的海面上的小船里沉思，他发现一些水母类动物，它们在水面外好像柔软的水晶，丢进清澈透明的海水里，立刻就看不见了。因此他产生了遐想：既然海水里生活着透明的生物，那透明的生物一样可能生活在空气中，像空气那样没有颜色的生物，在光线下会逃过我们的眼睛，但谁能证明它们不存在呢？用类比法可以知道，空气应当有它的鱼，就像大海有它的鱼一样。如果这个推断成立，许多事情都会得到解释。吉里雅特又想到，就像蛙是水里的两栖动物一样，鸟也是空气中的两栖动物。如果有可能把空气像池塘里的水一样抽干，一定会发现许多令人惊讶的生物。

吉里雅特是个古怪的观察家，他甚至观察睡眠，并幻想睡眠是人和大自然神秘的连接通道。肉体的眼睛闭上后，另外一些眼睛张开了，它们看见了那些我们在白天看不见的透明生物。那些混乱的形象、神秘的现象，就是我们叫作梦境的东西。它们跟我们一样，都是造物主的杰作。它们看着我们，就像我们看着空中的鸟和水里的鱼。它们幽灵似的在我们的身边升起或降下，与我们融合又分开，那些浮动的形体，比我们更接近看不见的真实。梦是我们亲近自然的神秘通道，我们看到了另一些生命的存在和它们的生活，在这里，它们像鱼一样在黑夜的水里游弋。梦，是黑夜的水族馆。

吉里雅特是十九世纪的一位青年渔夫，他是大海上优秀的水手，也是公众一致讨厌的人物。在雨果的《海上劳工》里，吉里雅特是个被公众厌弃和被认为很寂寞的人物，就像现在被我们厌弃和认为寂寞的那些人一样。更可气的是，我们共同拥有一个拥挤的世界，他们却可以一个人拥有另外一个世界。

生活是文学的肉身

“岁月如流，无数涟漪不断奔流，拍击着永恒的海岸。”

这是狄更斯的名著《董贝父子》里最触动我的一句话，说的是在时间的长河中发生着无数的故事，每个人的生活共同构成了人类的历史。生命的赞歌就在于，明明知道有生有死、人生短暂，每个人还是抱着永恒的信念执着地追求生活。这也是文学产生的缘由吧。

有那么些年，艺术创作像灵魂脱离了肉身一样摆脱了生活，自由翱翔，然而狂欢过后，满地是断线的风筝。文学不是照搬生活，但文学不能离开生活的肉身。巴尔扎克把他的小说王国命名为《人间喜剧》，就是对文学和生活的关系最朴素的表达。有很多年，我一直在表现生活而不自知，现在回头看看，做了很多夹生饭。后来有位大半生都在观察全国文艺创作的大师轻描淡写地对我说："我更喜欢你现在的东西，因为你之前是'表现'，而现在是'呈现'。"但他高估了我的悟性，没有完整地说出"表现生活"和"呈现生活"，让我误以为这两个关键词是艺术层面的。直到十年后，当酝酿了十年的长篇小说像泉水一样自然而然地开始流淌时，我才望着《共同生活》[①]这个题目完成了对那位老师的判断的渐悟。

很多年来，我一直为自己不能像狄更斯和巴尔扎克一样书写自己的时代而苦闷，现在才明白这么多年一直在"骑着驴找驴"，非要把目光抬高到生活之上去创作，岂不知《红楼梦》《金瓶梅》写的其实不就是日常生活吗？一心要写出表现时代、反映社会、属于历史的作品，忘记了时代后面跟的是风貌，社会后面跟的是生活，历史后面跟的是故事，概念脱离了生活的肉身，还会有真正的文学作品吗？

矫揉造作的反义词是返璞归真，提醒我们重新认识文学和生活的关系。就算是宏大主题、历史篇章，也要通过日常生活来呈现。就在写作《共同生活》的时候，我接触到了俄罗斯当代作家波利亚科夫的文学观，他认为，世俗的日常生活才是历史书写的肉身，才能具体、真切地记录时代的气息、变化，才能使粗粝的历史拥有充满细节的质感和温度。况且，没有生活的支撑，没有人的生命形态和情感变化的历史言说干瘪枯燥，难以动人。原生态的日常生活多是一种世俗生活，是历史的世俗化书写。

这种共鸣，给了我信心。

①《共同生活》为作者正在创作的一部长篇小说。

慢慢地，学会了怀疑

恰巧处在一个消沉的时期谈创作，难免会兼及人生，但这未必是坏事，文学和人生其实是一码事。但文学和人生又不是并行的，并且往往不是相辅相成，而是此消彼长。比如说，作者往往在人生的低谷时期，更容易写出厚重的文学作品，这是因为，人在这个时候头脑不会发热，在这个时候才有机会静下来，思考人生，思考自己，思考这个世界，思考这一切的合理与不合理。

也正是处于低谷，才让我保持了一个仰望的姿势，并且坦然地面对真实的自己。我是一个作家，同时也是一个凡人；我是个晚熟的人，也是个虚伪的人。作为一个人，我在很多方面晚熟，因此总是为终于明白了一些做人的道理而沾沾自喜，这些惊喜，常常转化为自信，让我继续成熟；作为一名作家，我曾经是虚伪的，比如，我常常会在写作或者谈话时，津津乐道于一些我其实一知半解的作家或作品，并且把刚刚看到的别人的观点拿出来当作自己的高见炫耀，并且乐此不疲。当然，我后来不这样了。一个人的成熟，有两个相反的方向，一个是从真实到虚伪，一个是从虚伪到真实。我很庆幸，我属于后者。

我不想重述自己以前在创作上的心得体会，因为作家的思想和创作都应当是活的，我愿它们都像溪流一样不断变化向前，因此此刻谈创作，我只想谈我此刻的现状和思想。最近，我发现自己和身外的世界都是可疑的，当然，这不是什么高明的创见，怀疑精神是很多社科领域里一直强调的可贵品质，我要说的是，我真的开始慢慢地学会了怀疑。曾经，我在很多文学场合说过作家应该有怀疑精神，我们应该怀疑自己的创作，怀疑这个世界，但是，那个时候我真的是在附庸风雅。我说那些话的时候，其实对自己的创作充满了自信，并且深深地爱着这个世界和自己的生活，完全没有任何怀疑。我只是为了保持一种姿态，直白地说，是在哗众取宠，博取别人的敬意和保持神秘感而已。那时的我不会想到，我真的会有对自己、对生活、对世界产生怀疑的这么一天。所幸，当我真的怀疑时，我没有感到气馁，也没有悲观绝望，我只是感到了一种踏实，虽然，心底多少有些悲凉。

作为一个作家，我对自己有着清醒的认识，我是一个理念先行的作家，说的比写的要好，至少目前还是这样。对自己的创作阶段，我也能够清楚地预见和把握，比如说，目前我的创作经历或者正经历着四个阶段：第一个阶段是写个人体验，是一个年轻人从农村来到城市后对爱情、人性、社会的感知书写，这个阶段有很多作品，短篇小说如《流氓兔》《局外人》《解决》，长篇小说如《奋斗期的爱情》《公司春秋》《婚姻之痒》，当然更多的文字谈不上作品，只能说是练了笔，回报是让我当了一回畅销书作家并获得了庄重文文学奖。第二个阶段是寻根写作，回归到自己最熟悉的农村，以故乡的风土人情和人物为对象，书写他们的精神和生存方式，这是我写得最得心应手的一个阶段，作品不多，但带给我的荣誉最多，比如中篇小说《前面就是麦季》获得鲁迅文学奖，长篇小说《母系氏家》获得赵树理文学奖。第三个阶段在我的计划中原本是要写当下，写时代，写城市和社会，但我发现我没这个能力，我把握不住时代脉搏，也看不清时代方向，更不知道这个时代人们恒定的价值观念是什么。于是，为了锻炼自己的眼光和思考能力，我决定先选取一个历史阶段来做个深入研究，也就是通过认知历史和历史小说写作，来锻炼自己的历史眼光，然后再用历史眼光来观察当下。于是乎，第三个阶段就变成了历史小说写作，我选取了抗战时期对全国有着重要战略意义的山西抗日战场，在中国作协的帮助下到晋西南定点深入生活，采访并搜集各种资料。原本打算写一系列的中篇或者一部长篇来表现当时全民族同仇敌忾的爱国精神，结果只写出了一部中篇《弃城》，发在《当代》上，后续的篇什因为我个人的情绪问题和其他一些原因搁浅了。我的终极目的是完成第四个阶段，希望在这个阶段，我能够像巴尔扎克一样书写当下，书写我们身处的这个时代，但我发现我做不到。

我怀疑自己作为一名作家书写时代的能力。首先作为作家，我无法把握时代的脉搏，也看不到人们恒定的价值观念。正像卡尔维诺[1]曾经判断的，“我们正处在一个只以经济观点思考的时代”，在这样的社会阶段，只有经济学家才能看清和把握时代走向，做出价值判断，而

① 即伊塔洛·卡尔维诺(1923—1985)，意大利当代作家，代表作有《树上的男爵》《不存在的骑士》《分成两半的子爵》等。

人文领域的作家对此束手无策。大家都揣着“金钱”观念，而每个人的个人价值判断又绝不相同，看似有规律，其实无规律。我思来想去，无处落笔。为了写出好作品，我曾经用几年时间去挂职锻炼，但我得到的是更大的困惑。我看到，在各个社会阶层，中国传统的封建意识还以各种形式存在于人们的思想深处，很多规则和行为方式都打着两千年封建时代的烙印，而同时，资本的全球化又将残酷的竞争机制引入我们的日常生产和生活。于是乎，在本土封建意识和外来资本模式的双重挤榨下，各个阶层和领域的人们，包括作家，有很多都丧失了很多原本拥有的作为人的基本因素，比如风度，比如优雅，比如怜悯，比如尊严，比如诚信，等等，都消失殆尽了，相反，在生存和利益的驱使下，变相欺诈、自欺欺人等行径大行其道。我看得眼都花了，想得头都炸了，还是想不通到底有什么值得写的。这也使我认识到，这个伟大的时代之所以没有伟大的文学作品出现，有个深层原因是外部环境导致作家的精神普遍矮化，没有托尔斯泰那样伟大的精神和思想力，怎么可能写出《复活》那样伟大的作品？

我是一个晚熟的人，但是竟然也慢慢地学会了怀疑。我知道这是件好事，只有开始怀疑才能接近真实，对一个作家来说，这多少是一件幸运的事情。

2018年在中国传媒大学授课

命运才是捉刀人

我们的人生注定要经历什么磨难，是不可预期的。命运有时爱和我们开开玩笑，有时干脆就龇出它狰狞的獠牙，但无论它以何种面目出现，我们唯一能做的就是面对它，或被击倒，或被践踏，或驯服它，或从中获得修为，从此能够淡然面对世界。无论结果如何，这些磨难都将转化为我们的人生阅历，让我们对人生产生深沉的思考，它必将也终将成为财富。这财富对于小说家来说，不啻上天的恩赐，一切完美的创造，都将归功于命运捉刀的手。从这个意义上来说，会写出什么样的作品，不是作家自己能说了算的。

我曾经以为关注社会、观察他人就能够提供一个写作者所需要的一切，后来又发现历史神秘的力量不可忽视，为此不停地调整着自己的笔触，朝着自己理想中的目标前行。我也曾质疑过自己，凭什么就要让别人甘心去阅读自己的作品，还要让人家说好？我也曾疑惑过，为什么很自我的一部作品，连自己都觉得拿不出手，反而会对社会和人群产生出乎意料的影响？我也曾纳闷，在这个作家和普通人的精神都在矮化的时代，读者对作家为什么还会有所期待？我从开始的完成一部作品就迫不及待地要找地方发表，变得现在写完后搁置在电脑里觉得拿不出手，甚至面对特定题材顾虑重重不敢下手。我习惯审视自己成功的作品，并且总是不让自己失望地发现问题；我也常常遗憾于花费数年时间和精力，却写出明显缺乏深度甚至常识的作品。我究竟怎样才能写出自己理想中的作品，成为自己想成为的作家？

时间总是会解开一切谜团，而命运的狰狞与莫测也会催化你的思想。有很多扇门，在人的一生中可能永远都没有机会打开，而一旦打开，必会让你重新变了一个人。我才知道，人需要认识社会，认识人生，更需要认识自我。而自我，是被命运攥在手心里的。我们读到的撼动心灵、引领精神的伟大作品，现在看来，不是那么神秘了。那些创造出它们的伟大的作家，他们到底经历了些什么，或许只有他们自己知道，他们的心灵发生了些什么变化，也只有他们自己最清楚。但这一切终将以作品的形式呈现。作品背后那些神秘莫测不为人所知的东西，我们看不清楚，但是我们感受到了它的存在和力量，并且这力量也在引领着我们的精神、滋养着我们的心灵。而这一切都必将或者终将归功于命运，作家只是在写作，而写出什么样的东西，是命运主宰的，它才是那个捉刀人。

在被创造出来的小说世界里，吸引我们的，是人物的命运走向，是不可预知的神秘力量。而给予我们安慰的，也是我们作为读者自己的命运和人物命运的共鸣。“他们”的经历，和我们的经历是那样不同，又那样相同，我们喜欢阅读，是因为阅读人物命运的同时，更是在阅读自己的命运。我们需要彼此映照，彼此疗伤，彼此比照着寻找精神的出路。我们敬仰一位伟大的作家，往往只有一个理由，我们不是敬仰他的才华，而是敬仰他的手指，那根手指，为我们指明了出口的方向。

成为梅尔基亚德斯的磁铁

对于一个写历史小说的作家来说，深入并打通史料，可能比“深入生活”要更困难一些，毕竟我们现在所能看到的遗迹，大多不是历史的原貌了。作家跟学者对史料的诉求和处理方式不同，作家要“呈现”历史，要让历史人物在作品中复活，这就是为什么说“打通”，因为进去为的是出来。我记得在2014年写作表现红军东征山西、促进抗日民族统一战线形成的长篇小说《中国战场之共赴国难》时，在家里晾衣服的大阳台的墙上挂了三张草帘子，派什么用场呢？把1936年前后国共双方成员、爱国知识分子，还有日本人当中，凡作品中涉及或者对话中提到的历史人物，在那个时期的照片都打印出来，用曲别针挂到草帘子上。包括人们熟知的毛泽东、周恩来、张闻天、张浩、林彪、蒋介石、张学良、杨虎城、阎锡山、张申府、宋子文等，还有大家不甚熟悉的总共一百多个人物的照片都挂起来，为的是把握人物当时的神态举止、精神面貌，以及了解他们的着装和嗜好。我在写到哪一个人物在什么环境中做什么说什么时，必须结合他的传记、日记、讲话或者学术著作详加揣摩，并且模仿演练，直到感觉被“附体”，这才把这一段趁热打铁写出来。可惜的是，作品完成后，我没有留下那满墙照片的影像资料。

然而，在打通史料的基础上深入生活，采访健在的亲历者或者到实地查看自然环境、建筑风格、历史遗存也是非常必要的。我记得在写到三四月份毛泽东主席带着中路军在黄河边上转战时，需要对那个季节永和、石楼一带的草木植被进行描写，我猜想应该跟我的家乡洪洞差不多，无非是常见的几种野草刚刚生发吧，就不用去实地查看了。可是我心里总是不踏实，到底在那个对应的节令专门跑了一趟红军渡河的永和清水关，结果大为庆幸——幸亏来了，这个时节的永和、石楼一带根本不是百草生发，只有一种被当地人称为“臭蒿”的野草，青绿青绿地统治着所有的平地和山沟，香气馥郁，小小的白花如同星星洒满夜空。如果想当然的话，就难免要犯常识性错误了。

相比于以史实为主的《中国战场之共赴国难》，我现在正在创作的反映太原沦陷期间民众对抗日本侵略者奴化统治的长篇小说《沦陷日》，就是纯粹的文学作品了，但也许人物和故事是虚构的，作为背景的历史事件和当时的建筑工事，以及文化生活，却不能瞎掰，否则作品就是站不住脚的。最大的困难还在于保证历史事件的横向和纵向的连贯，比如说故事发生地虽然主要在太原，但这一时期的全国形势，北平、上海、西安的情况，国共两党在山西境内的状况，都得了解清楚，这是横向空间的联系；纵向关联上，对于大革命时期的农民运动、推动全面抗战的决定性事件“西安事变”、红军改编成八路军后在晋东南的发展等，也得成竹在胸。要把握这些，除了“滚雪球”一般大量阅读史料，或“蚕食”，或“鲸吞”，或“反刍”外，还得实地去考察和感受一下环境氛围。我不是专业作家，是公务员身份的国家干部，又是民主党派成员，兼任着很多社会职务，为了一部作品专程把需要“深入生活”的地方全部跑到，时间和条件都不允许，但多年的创作经验告诉我，作家应该处处留心，应该像《百年孤独》里吉普赛人梅尔基亚德斯带到马孔多的两块大磁铁一样，所过之处铁锅、铁盆、铁钳、勺子都冲出屋门，甚至木板上的钉子也嘎吱嘎吱地挣脱出来，被唤起了灵性，跟在“魔铁”后面跌跌撞撞地翻滚。对于我来说，就是利用一切学习、采风、调研的时机，把所到之处的有关抗战史的纪念馆、旧居、旧址、战斗遗址等都详加考察，以滋养自己的思考和创作。写作《沦陷日》期间，我去过广东农民运动讲习所旧址、西安事变旧址、武汉中共中央机关旧址、中国抗日军政大学旧址，还带着孩子去太原东山日军当年的堡垒和地下工事考察了一天。这座巨大的工事，就是日本侵略者占据太原期间的主要城防屏障，下面四通八达的地道，现在是太原抗战纪念馆的展览区，我从那里获取了很多珍贵的影像和文字资料。

最为有趣的是一次“无巧不成书”的经历。当我写到假扮纨绔子弟的党的地下组织成员陆琪在太原晋王府遗址，目睹“国破山河在，城春草木深”的情景，一腔悲愤无法排解时，本打算安排作为常泡在上海戏园子里的富家少爷的他借当时流行的昆曲《牡丹亭·游园》来抒怀，但我对昆曲不甚了了，于是卡壳了。可巧接到省委统战部通知，要我去苏州大学参加党外干部培训，我就想趁此机会拜访一下昆曲专家，再抽空到平江路的昆曲苑实地感受一下。让我喜出望外的是，课程设置里有一个讲座就是苏州大学文学院教授、中国昆曲研究中心副主任周秦先生解析《牡丹亭》，听他用念白腔讲演，让我如闻天籁、如沐春风，千古绝唱令人感慨，不觉泣下沾襟。我一下子就体会到了《沦陷日》里陆琪在国破家亡的情境下的心态，晚上又特意去平江路听了《游园惊梦》。回到房间打开电脑，我原本阻塞的思路，如同清泉涌流，很快就把这个数千字的情节写完了。正好有领导和同学来我房间走访，我情不自禁地念给他们听，大家都很感慨。

从工作角度来说，“定点”深入生活是项目管理的需要，但作家的深入生活最好还是“不定点”“不定时”，处处留心，念念不忘，成为梅尔基亚德斯的磁铁，什么都不放过。

何以新之

一年仲秋，我参加省委党校第八期省管干部读书班的学习，九月末，读书班来到浙江大学延伸培训，住在浙江大学西溪校区的学生公寓西溪七舍。我拿着房卡找到房号，待开门时看到门牌上的几个发光的小字：何以新之。灵犀之中顿觉愉悦，如坚冰开释，我默念了几遍，同时自问了几遍。何以新之？可问己心，可问外物，可问社会，可问宇宙，可问传统，可问未来，可问理念，可问学术，无不可问。而谁曾这样问过？又有多少人在新的时代还无法转变旧的作风，陷入沉疴，不知道该做什么事和怎样去做事，并且浑然不觉，从不曾作此问？“何以新之”是浙江大学校歌《大不自多》中的一句，每个房间的门上都有一句校歌歌词，我很庆幸自己分到了这一句。在一周的培训时间里，我不时地咀嚼和思考它。我没有记住自己的房号，回宿舍休息时就靠这四个字的引导而不走错门。

在马一浮先生为浙大所作的这首校歌里，这四个字所在的完整句子是“何以新之，开物前民”，意思是要想创造出新的气象，就要不断地研究、阐发和揭示事物的本质、奥秘和发展规律，才能与时俱进、引领人民共同进步。我当时没有想太多，因为自己也是刚刚得到提醒，心中所思者不外乎反思自己的人生和文学观念，并且几乎在看到这四个字的同时，就决定今后一个阶段，我的小说主人公名字就叫“何新之”了。这应该不算曲解，马先生是真正学贯中西的大师，他在校歌里一再强调“兼总条贯，知至知终”“尚亨于野，无吝于宗”。一个人，无论有志于哪一终极方向，都要做到兼容并蓄，各个门类的学问都要研究涉猎，这样才会有所大成。对于文学，这当然也是其题中应有之义了。

那么我们这个时代的文学“何以新之”？我不知道，我只知道我们的文学观念其实已经很陈旧了，艺术手段的落后和时代发展的日新月异之间的矛盾已经非常明显，作家们创作上的“旧瓶装新酒”早已成为中国文学亟待解决的一个大问题。对于这个问题，有些研究者已经喊了出来，而更多的创作者却浑然不觉。艺术手段和思想观念何以新之？更多地还要靠作家艺术上的自觉，没有什么放之四海而皆准的套路，要作家根据自身的综合条件来进行摸索。有一个时期，我沉浸在川端康成的小说世界里叹赏不已，同样作为东方文化背景的作家，川端把西方小说的意识流手法水乳交融地运用在日本小说传统里，开创了日本小说的新世界，这与我们曾经引领新思潮的“先锋派”与中国小说传统“断裂”后的“全盘西化”是截然不同的。“靡革匪因，靡故匪新”，任何事物都需要不断革新，但革新也需要继承传统，革新需要传承，因为旧事物往往同时蕴含着新意。一革新就“翻篇”，认为过去的都是不足取的，否定传统，这是不是我们无法创新的桎梏呢？

同年冬天，我应邀到徐州参加中国作家看徐州生态文学采风活动，徐州市作协主席张新科是徐州工程学院的党委书记，作为热情的东道主，他在饭桌上闲聊的时候，谈起了对大学教育现状的忧虑，包括三个具体问题：一是这一代大学生的心理问题（精神状况）；二是学科人才的流失问题（“挖人”风潮）；三是人文学科和技术学科失衡的问题（俗称“砍学科”）。我被深深触动，“形上谓道兮，形下谓器”，这些问题的出现，是否正是因为我们丢失了中华文明传统里的精神指向呢？回来后，我写了一部短篇小说《白昼天空的星辰》来进行探讨，在写作的时候，我学习了川端康成在《雪国》里运用的意识流手法，让过去和现在的叙述交相辉映而又浑然一体，这个艺术手段基本实现了我的想法。这个谈不上创新的手法，对于我来说是一个从学习到实践的过程。我一直有志于书写当下时代的社会万象，尝试过效法巴尔扎克等大师的手法，发现十九世纪多数经典艺术手法是基于当时的社会文化背景的，不能说过时，但也不能恰如其分地和当下的时代特征相适应，而这个短篇的创作使我领悟到之前我似乎过于功利化，而忽略了小说无论要实现什么功用，说到底它的本质还是艺术品，只有写好了，它才能实现你的种种想法。

说到这里，我想起大概2014年盛夏时，我在《世界文学》上读到的一部中篇小说《田野茫茫》，是越南一位“70后”女作家写的。我读完后沉默了许久，那种混沌而有力的叙事，对自然、社会和人的命运浑然和谐的书写，以及字里行间浸润的浓得化不开的历史感，都是我的阅读经验里所不曾遇到的，说句得罪人的话，这个来自东南亚国度的年轻女作家的作品，比我读过的中国很多同时代作家的作品都要好很多，大气磅礴、活力丰沛，完全不同于我们那种精致而刻意的经典仿写追求。阿根廷、伊朗、葡萄牙、越南、奥地利、日本，为什么这些国家似乎更容易出文学大师，甚至被誉为“作家中的作家”，为我们数代作家所追慕？我曾经以为是中国的历史太长，文化背景太深，从而造成作家难以打通本国的文明，我现在觉得，恐怕“靡革匪因，靡故匪新”，才是真正的原因。我们没能像川端康成一样在学习国外经典的时候守住自己的传统而完成创新，我们“数典忘祖”了，消化不良、羸弱不堪。写完《绵绵秋雨》，我才发现自己是在向那位没记住名字的越南同龄女作家致敬，这篇文章从体量到质量都无法跟她那部中篇相比，我却感到很踏实和安慰。

何以新之？“路曼曼其修远兮，吾将上下而求索。”

赐生我们的巨树永青

和哈尔滨今冬[1]第一场大暴雪前后脚，我第二次来到东北采风。行前有同事和朋友不理解，问我：你的《中国战场之表里山河》要写的是山西的抗战，跑东北去干什么？的确，我去年出版的《中国战场之共赴国难》写的是红军东征山西促成抗日民族统一战线建立，如今正在写作中的续篇《中国战场之表里山河》当然也是写山西的抗战。就连同时入选2016年度中国作家协会重点作品扶持项目和作家定点深入生活名单的长篇小说《巨树》，公布的定点深入生活地也是我的故乡洪洞县的一个村落，我为什么要连续两次千里迢迢去东北采风呢？

我哪里是去东北采风，我也不是去采访什么人，我是去“采心”的。

我是在2014年创作《中国战场之共赴国难》

① 本文作于2018年。

的过程中，慢慢发现在所有的创作准备中，比资料准备、人物准备、思想准备更加重要的，是心灵准备。去年九月，在《中国战场之共赴国难》得到文学业界和图书市场的双重肯定，我连篇累牍地写完报刊约稿的八篇创作谈，开完第二个研讨会之后，只身飞到了东北，为的只是感受一下我在这部长篇小说的开篇写到的“九一八事变”时的季节和气温，抬头望一眼当年东北军撤入关内时的天空和云彩。一个多年沉浸在抗战历史中的作家的心情不是读者都能感知的，我在作品出版之后才来“采风”，看上去是“马后炮”，实际上是在为接下来的《中国战场之表里山河》的创作做心灵准备。小说的历史背景和人物塑造可以通过打通史料来完成，但那些穿越时空贯通作家和人物灵魂的神秘信息，只能用心灵的雷达来捕获。

那次在东北，朋友听说我来，特意安排了两场抗战文学报告，因为我的时间紧张，报告在同一天进行，上午在鞍山市政协，下午在铁东区委、区政府。在交流中我问大家：在座的各位谁能够理解，当年东北军扔下几百架飞机、成百上千门大炮撤退，置白山黑水三千万父老于不顾，到底是为什么？没人能够回答我，历史有时候就是那么沉默。我之所以痴迷于抗战史的研究和抗战题材小说创作，除了受爱国的基本情感激励，何尝不是为了解答自己心灵的困惑？而今我再度来到东北“采心”，只是为了领略一下风雪中的严寒，感受一下在极寒的环境中那些在野外坚持斗争的抗联战士的身体和心灵经受的考验，还有那些生活在沦陷区的爱国人士胸中滚动的热流和这令人缩手缩脚的气候的矛盾与融合，或许他们不会成为我笔下的人物，但我正在创作的表现太原沦陷期间人们千方百计地不当汉奸的民族气节的作品，同样也是对他们心灵的书写和灵魂的再现。巴尔扎克那样惊人的创造力，也不是来自凭空想象，他在小说中若要写到某种场景，只要有可能，他都要去实地考察，有时不惜长途旅行去看一看他要描绘的某条街道或者某所房子。我要写抗战，要感受当年民族危亡的氛围，怎么能不去东北的黑土地上多走几次？

好作品都是走心的，哪怕纪实文学也是这样。因为《中国战场之共赴国难》在史实和人物塑造上的“逼真”，在后来的茅盾文学奖评选中，引起了到底是虚构作品还是纪实文学的争议。虽然影响了成绩，但我由衷地感到高兴，我用文学的手段还原了历史，这就对得起自己的文学之心了。

今年的国庆节，我利用假期回到故乡洪洞县，来到我准备创作的长篇小说《巨树》的定点深入生活地：大槐树镇营里村。我把定点深入生活地点放在这里，是有私心的：我爷爷出生在这个村庄，他是从这里的阎家过继到二十里外的甘亭镇李村的，我从少年时代起，就对这里充满了寻根的好奇。在我的笔下，营里村原来叫皂铁庄，因为抗战时阎锡山的晋绥军警卫营曾在这里驻扎，所以改名为“营里”——这实在是一种想象的移植，因为历史上的营里村处于汾河和涧河的交汇处，犹如二龙戏珠，春秋末期即名“龙坡”，东魏孝静帝时大军在此扎营防御异族，故改名为“营里”。而我虚构的“皂铁庄”，原型则要沿着汾河南行十几里水路，是汾河滩涂上一座被遗弃了三十多年的老村落。那是我外公的村庄，我孩提时曾在沟渠间的那棵巨大皂角树下玩耍，这棵象征着人民力量的巨大皂角树就是书名《巨树》的由来。每次当我读到穆旦的诗句“而赐生我们的巨树永青”，都会失神地想起那棵春天黄色的花蕊如同鸟雀的黄嘴，而秋天又满树悬挂着如铁如刃的皂荚的皂角树来。在创作这部作品的过程中，我需要不断地回到这里，观察这里的植被种类、季候变化、风土人情，我需要不断地和老老少少交谈，听老年人回忆，审视年轻人身上残存的祖辈的影子，在田野的风中感受心灵的交汇，如同历史的天空中于风云际会间游走的闪电。

我总在不断地回到故乡，每一次都感觉到返回心灵牧场和精神家园般的如沐春风。每个作家都有自己的写作富矿，离不开自己最充沛的生活资源，那里有他最熟悉的人们，有赋予他灵感和激情的土地。即使在把抗战历史作为主要创作方向的现阶段，我也没有中断乡土文学的创作，因为“魂梦系之”，那些人物和他们的命运故事常常自己就“入梦来”，成为我笔下的形象。每次回乡，我都没有带着“采风”的功利目的，我是回到生养我的晋南沃土上去休养心灵的，但当每次离开时，除了汽车后备箱里被塞满了米面瓜果豆角红薯，心里也记住了七叔八舅三姑四婆，足够我在一段相当长的岁月里慢慢咀嚼，慢慢书写。

《中国战场之共赴国难》出版之后，作为一种休息和调整，我完成了长篇小说《众生之路》。这部作品，可以说是《母系氏家》的续篇，不同的是，《母系氏家》是我依赖对乡村生活和人物的记忆创作完成的，时间跨度是从二十世纪五十年代到二十世纪末我离开乡村的时候；而《众生之路》则是从二十世纪八十年代直到现在，是在我结束四年的挂职锻炼生活离开故乡，又不断地回到故乡的过程中，看着、听着、想着、写着，几乎是亦步亦趋地完成的。书稿写了一个固守了三千年农耕传统的小村庄，在二十一世纪初迅疾生长的工业文明摧枯拉朽的冲击下，终于变成工业园区的过程，也记录了村中男女老少们的坚守与妥协，他们的生与死、爱和恨。乡村精神乌托邦的毁灭过程，令我感到触目惊心，心灵的隐痛有口难言，我无权成为评判者，我能做的只是用文学的方式去呈现。今年八月在北京召开的“新世纪‘三晋新锐’作家群研讨会”上，评论家胡平老师说，李骏虎从《母系氏家》的表现到《众生之路》的呈现，显示了一个作家的成熟。还有专家认为《众生之路》写出了时代的痛感。

我有痛感，是因为我的根扎在这片土地上，我和那里的人们魂梦相依，在乡村城镇化的进程中，他们离开祖先的土地，扯断世代盘根错节的根须时，怎么会不感到疼痛呢？我的写作，不是为了疗伤，而是为了有一天人们可以从我的作品里寻找到他们的乡愁。

没有贺涵，也没有尹先生

——《忌口》[1]创作谈

没有尹先生这个人，他只是小雅生命里缺失的那一部分，以及她对未知人生的猜想。

以上这句话，就是我要在这篇创作谈里表达的全部意思。但它的确太短了，像个题记，不像创作谈。我还得再写点什么。——这种情形就如同我们的人生，即使最精彩和最有意义的阶段过去了，但因为生命还在继续，就还得做点什么，说点什么。

热播剧《我的前半生》的导演说，现实生活中并没有贺涵这样的人，剧中的这个人物完全是虚构出来的，是为了满足女性观众对完美男人的想象。而这个人物也确实展现出了巨大的人格魅力，大放异彩、深入人心。艺术和理念共同创造了超现实的效果和力量。这对于习惯依赖人物原

①《忌口》为作者发表于2017年的中篇小说，“尹先生”和后文的“小雅”均是这篇小说的主人公。

型塑造典型人物的我们，是一个不小的观念冲击。除了历史剧，我不怎么追国产剧，但这次却不可遏止地看完了《我的前半生》，虽然我还谈不上年纪大，也不算封闭落伍，但剧中的很多现代生活方式和观念还是让我觉得新鲜，我不能不承认，紧追慢赶，我还是落后于时代，对时代环境和现代生存方式不甚了解了。被时代遗弃，这对一个作家来说是可怕的。追完这部剧，我特意请了一天假，坐高铁去北京的SOHO写字楼参观了一下。朋友接我进去，我在巨大的玻璃城市一样的写字楼内慢慢走，穿行在不计其数的大小公司之间，它们有的在一个玻璃隔间内自成一统，有的就在大厅内一排排长桌上搁台手提电脑“露天”办公，最小的公司干脆就在某一株绿植下摆一张桌子。我仿佛走进了《我的前半生》的剧中，我想，全国数以亿计的创业青年都生活在这样的环境中，他们对剧中的现代办公环境习以为常，而我作为一名作家却如刘姥姥进了大观园，这太可怕了。

不能被时代抛弃，这就是我喜欢和“80后”“90后”交朋友的原因。这篇小说的灵感就来自我的鲁迅文学院两届同学、“80后”代表作家蒋峰讲给我的日本实验电影《荷包蛋的N种吃法》，我想用现代手法来塑造现代人格。因此，就像没有贺涵这个人一样，也没有尹先生这个人，他只是出自一个猜想。

或许也没有小雅这个人，她也只是我的猜想。就是这样，人的生命历程就是一个猜想的过程，虽然它有着多种表现形式——梦想，理想，幻想，设想，构想，冥想，痴心妄想，种种不同，但其实都是对未知人生的猜想。这种猜想有时候会具象化成一个寄托物，有时候会幻化成一个人。小雅猜想了尹先生，而我猜想了小雅。

有一种不可避免的猜想是：我是不是尹先生？我回答不了这个问题，在这个空气污染和精神污染逃无可逃的环境里，我是一个连自己都不满意的粗鄙可憎的人，但这不代表尹先生不可以是我内心深藏的精致和儒雅；也或许，我是个表面稳重、做事谨慎的人，而尹先生是我天性里从未示人的自由和放纵。我不是尹先生，尹先生却是我。

但或许也没有我这个人，我不知道自己是由谁的猜想幻化出来的。

求学时光

老树新花读胡正

清明时节，收到老作家胡正题赠的大型文学刊物《黄河》2001年第2期，头题小说正是胡老的长篇新著《明天清明》。这部小说发表之前，我曾在《黄河》主编张发先生处读过几个章节。那天应约去《黄河》编辑部谈我的一部小长篇，张发主编甫一告诉我第2期将发表老作家胡正的一部长篇新作时，我“啊”了一声出来——并非我大惊小怪，综观国内文坛，在近80高龄尚能为十数万字长篇小说的作家，能有几人？我是没有听说过。高龄作家笔耕不辍的并不鲜见，然而写的大多是随笔、回忆录类的闲品，能坚持写对才情和精力、体力要求相对较高的小说的，可谓凤毛麟角。我们已经习惯于作家们中年之后便放弃小说而转向随笔、评论的写作或者学术研究领域，因此我觉得也没必要掩饰对一位耄耋之年尚写出长篇小说的老作家的震惊和感奋。数年前在

《小说月报》的头题读到马烽老的中篇新作，而今又读胡正老的新长篇，说实在话，我为“山药蛋派”代表作家中尚健在[1]的这两位老作家不懈的精神和不息的才情深深感动，倍受鼓舞。

我用一整天的时间读完了《明天清明》，确如张发主编所说：“老作家笔下的爱情故事是这样的美丽凄婉、哀怨动人；掩卷长思，小说留给我们的，又绝不仅仅是酸楚和慨叹。”胡老讲述的这个爱情故事，有两个特殊的背景：一个是抗战时期，另一个是在革命队伍里。几乎在所有的文学或影视作品里，那些为了民族解放和新中国成立而抛头颅洒热血的人，都是为了伟大理想而放弃小情调的英雄，他们的爱情，也都是可歌可泣的壮丽诗篇。然而《明天清明》向我们展示的，是伟大事业中作为人的真实性情和男女之间灵肉交融的爱情。在那样的年代里，在那样的环境里，爱情之树并没有枯死，人的感情也没有麻木，特殊的时代有特殊的情感表达方式，有情人之间产生好感的缘由或许打着时代的烙印，但那异性之间的吸引力和对爱情的渴望却是与过去和将来没有分别的。而且，正因为爱得真，爱得深，那故事，才有了几分传奇色彩。《明天清明》的主人公是两对革命队伍里相爱的青年男女：延安报社的编辑吴彦君和土改研究室副主任史佑天，军区文工团民歌演员郭如萍和军区政治部宣传部副部长方之恭。他们拥有同样幸福的爱情，却有不同的不幸——在同一个时间里，那个百芳齐发的清明节，两对情侣在不同的地点开始了他们的爱情，在爱的海洋里，吴彦君和郭如萍都孕育了爱的结晶，史佑天和方之恭都向上级递交了结婚申请，就在这个关头，命运开始向他们伸出阻拦之手：史佑天的老父带着14年前给儿子包办的媳妇找到部队；郭如萍由于“家庭成分不

① 本文写于2001年。

好”而被迫回家。最后阴差阳错，史佑天的爱人吴彦君和郭如萍的爱人方之恭经组织介绍结为夫妻，而在此之前，都痛别爱人的吴彦君和郭如萍在流产后住在同一个病房里时，因为互诉衷肠而以姐妹相称，惺惺相惜。失去所爱的史佑天和方之恭又在同一个清明节前先后去世，留下爱着他们的人和一段遗恨在人间。

作为小说写作者，我发现胡老的叙述手法是很现代和有独创性的，整个故事的叙述脉络可以用一个“8”来形象地表示：它由一点发出两条弧线，经过一个交叉后，又归于一点。它可以说是两对革命情侣的爱情和命运的轨迹与象征。——故事一开始，随报社战前转移的吴彦君因为流产和准备流产后回家的郭如萍在同一个病房里相遇了，几乎相同的遭遇使她们彼此讲述了自己的爱情故事。由此开始，故事分开两条线，交叉叙述二女相遇之前各自的经历，讲到二女相遇的时候，故事和人物都重新回归到一个相同的时间和地点上，然后二女各奔东西，故事再次分开，直到最后她们在各自爱人的坟前重逢，那，又是一个清明节。小说的结尾所营造的氛围使人想起鲁迅的《药》里的结尾情景，不同的是，胡老慨叹的是现实的无奈和命运的无常。

我曾偶尔与《三晋都市报》社长胡果先生谈起他父亲的这部新作，他说：“我父亲写的是个真实的故事，他早就讲过这个事。”他同时不无得意地问我：“你发现没有，我父亲这篇小说已经没有‘山药蛋派’的味道了。”这一点我在《黄河》编辑部读到开头那几个章节时就已经觉察到了。我认为，这是胡老的性情使然——一个文学流派，或多或少打着时代的烙印，相对于作家的创作来说，它只是对一个阶段的归纳，而一个作家的个性，却与他的生命同在，左右他的创作的，是他的性情而不是流派。在走过的漫漫岁月里，胡老不知经历了多少大的事件和风云变幻，而他把这个相对细微的真实故事铭记不忘，可见他的精神与性情。让他关注和放不下的是人本身，以及对现实存在的思考，而文学，正是一门研究人性和存在、求真求美的艺术，小说尤其如此。这部小说，在有些青年作家看来或许语言有些陈旧，但贯注语言中的灵秀之气和深厚功力，以及文本结构上的新颖，无不显示出老树新花的瑰丽奇崛。尤其在坚持现实主义的大型文学刊物《黄河》上发表，更是相得益彰。据张发主编讲，自胡老的长篇始，《黄河》紧接着要推出山西数名中青年作家的长篇新作，胡老此举，对整个山西文学来说，又狠狠把后生们拉了一把，老当益壮，带了个好头。

孤篇横绝陈子昂

《诗经》，《楚辞》，汉赋，唐诗，宋词，元曲，明清小说。历朝历代都有自己成就最为辉煌的文学样式和代表人物。

唐诗是中华文化最耀眼的名片之一，提到唐代诗人，我们通常会想起的两个名字是李白、杜甫，他们分别被誉为“诗仙”和“诗圣”。

李白和杜甫是盛唐诗歌的双峰，他们无疑是知名度最高和成就最大的，李杜之外，还有王维、王之涣、孟浩然、贺知章、白居易等同样熠熠生辉的名字，他们共同创造了唐诗的辉煌。而他们每个人的成就，甚至可以说唐诗的总体成就，都离不开一个人的革新和匡正，这个人不但给唐诗开辟了广阔的道路，还留下了一首惊天地泣鬼神、孤篇横绝的千古绝唱，境界之高远和艺术之高超无人能及。

这个人就是被誉为“诗祖”的初唐诗人陈子

昂，他那首《登幽州台歌》可谓“前无古人，后无来者”。

要了解陈子昂对唐诗发展的深远影响，研究认识《登幽州台歌》孤篇横绝、惊天泣鬼的艺术魅力，先要搞清两个关键词：“齐梁诗风”和“孤篇横绝”。

“齐梁诗风”和“孤篇横绝”

先说“齐梁诗风”。

我们知道《诗经》分为《风》《雅》《颂》，先秦时就叫《诗》，是我国古代诗歌的源头和集大成之作，其中的《风》收集的是周朝各地的民歌，有国风，有土风，反映的是风土人情、社会风貌。《雅》主要收录王室、贵族的所谓乐歌和史诗，不过《小雅》中也有不少民歌。中华诗歌从源头上讲，就有关注社会、反映民生疾苦的传统。

秦汉两代继承《诗经》《楚辞》的传统，设置乐府采集民间歌谣，形成一种新的乐府诗。

汉末建安时期，政局动荡，群雄并起，民不聊生，历经三国两晋，出现了以反映人民苦难生活和抒发个人建功立业的理想的新的艺术风格的诗歌，以“三曹”“建安七子”和“竹林七贤”的艺术成就为最高，五言古风，悲凉大气，被誉为“建安风骨”“魏晋风度”，影响最为深远，至今被认为是文学传统的正脉和品评标准。

中华诗歌发展到这个历史阶段，一直保持着高峰状态，接下来却急转直下，掉入谷底，到了南北朝尤其是齐、梁、陈和隋唐初期，写诗成了士族阶层的身份象征，想参加上层社会的社交活动，写诗就是递名片，先得会写辞藻绮丽的宫体诗歌，这种诗以宫廷和士族生活为主题，专事描绘“月露之形”“风云之状”，悲月残、哀花落，形式上

“竞一韵之奇，争一字之巧”，脱离社会生活，沦为文字游戏，这也是人们讽刺文人“吟风弄月”的由来。后来李白总结说：“自从建安来，绮丽不足珍。”因为这些都是“靡靡之音”。

如上诗风从齐、梁到初唐熏染达两个世纪之久，正如明代陆时雍在《诗镜总论》中所说：“调入初唐，时带六朝锦色。”就连唐太宗李世民这样的雄主都成了它的粉丝，对齐梁宫体诗写得好的人很欣赏。史上知名的“初唐四杰”，最早用创作实践反对齐梁诗风，但他们也很擅长写这种“四六句”的骈文，比如王勃的《滕王阁序》还成为流传千古的名篇。不过，他们还没有提出什么明确的诗歌革新主张，就在齐梁派的打击下死的死、流放的流放。对于“初唐四杰”对唐诗在这个历史阶段的贡献，杜甫有一首绝句说得很中肯：

王杨卢骆当时体，轻薄为文哂未休。
尔曹身与名俱灭，不废江河万古流。

就在这个决定唐代诗歌发展走向的重要关头，一个出身名门、在朝廷中枢担任秘书工作的诗人站了出来，他旗帜鲜明地反对齐梁诗风，提出回归“风雅兴寄”的诗歌正统，恢复建安气质、魏晋风骨，并坚持以汉魏的五言古风为创作的主要艺术形式，写下了著名的诗歌理论文章《修竹篇序》，为唐诗的发展提供了理论基础和传统依据，这就是陈子昂。陈子昂的诗文革新主张，拨云见日地廓清了初唐文坛的迷茫，指明了诗歌的正途大道，得到当时和后世文人们的赞同和拥护，很多士大夫阶层的文人开始重新关注社会和底层百姓，开创了唐代诗文的壮阔大气的景象，对李白、杜甫等盛唐诗人的作品产生了深远的影响。

可以说，没有陈子昂就没有唐代诗歌的奇伟瑰丽，如果说韩愈是“文起八代之衰”的“文宗”，那陈子昂就是当之无愧的“绝六朝之风，开唐诗之盛”的“诗祖”。

当然，公允地说，齐梁诗风对后来盛唐诗歌格律的完善也是有贡献的。陈子昂坚决倡导用汉魏古体而少用格律，也是出于矫枉必须过正的时代需求。

再说“孤篇横绝”。

“孤篇横绝，竟为大家”，这是清人王闿运对唐代诗人张若虚《春江花月夜》的评价；闻一多先生更是在其《宫体诗的自赎》里盛赞《春江花月夜》是“诗中的诗，顶峰上的顶峰”“以孤篇压倒全唐之作”。这就是所谓“孤篇盖全唐”说法的由来。

《春江花月夜》当然也是千古名篇，但它真的是“压倒全唐之作”吗？排除夸张手法和个人喜好的原因，无论“孤篇横绝”还是“孤篇盖全唐”的说法，都是近人的赞誉，在整个唐代人编撰的诗歌辑录里，是找不到这首诗的。现存唐、宋、元三朝的所有诗选集中，只有宋时的《乐府诗集》中收入，而且是不同作者的六首同题诗之一。可见，不但有唐一代没有把《春江花月夜》看作优秀作品，历代甚至没有把它划入唐诗的范畴，而把它当作齐梁乐府宫体旧题看待，因此就更谈不上什么“盖全唐”的“孤篇横绝”了。

张若虚传世的诗作只有两首，另一首是五言排律《代答闺梦还》，无论是在主题上还是在艺术品质上都不能跟《春江花月夜》同日而语，所谓大浪淘沙，张若虚在陈子昂的诗歌革新运动后依然醉心于齐梁旧题，恐怕是他的大多数诗作湮没的主要原因。《春江花月夜》原为陈隋乐府旧题，并非张若虚的“原创”，它的创始人是比南唐后主李煜还无心当皇帝的陈后主陈叔宝，就连隋炀帝杨广都爱写《春江花月夜》，现在看来，除了意境更加高远、手法更加高超，从主题到诗风，张若虚的仿作和陈后主、隋炀帝的同题之诗基本上是一个格调。

《春江花月夜》很长，有九组三十六句之多，把其中大部分写景状物、表达离人、思妇、游子心绪的诗句都剥离的话，就剩下了一组核心句：

人生代代无穷已，江月年年望相似。
不知江月待何人，但见长江送流水。

这首诗突破了前人天地永恒、人生苦短的思想局限，传递出人的生命在传承中绵延不绝的达观态度，境界寥廓，有着高远的时空意识。但要说它是“压倒全唐之作”，却是一种不严谨的观点。

比如，立意相近的诗作，有历代公认的唐代五言诗压卷之作王之涣的《登鹳雀楼》：

白日依山尽，黄河入海流。
欲穷千里目，更上一层楼。

二十个字，毫无雕饰，近乎白描，却达到了天地大美和人生哲理的统一、主观和客观的和谐，成为独步千古的伟大诗篇。清初的学者朱之荆在《增订唐诗摘钞》中评价说：“五言绝句，允推此为第一。”

还有没有在立意和艺术上更为极致的作品呢？真正引领了盛唐诗

歌、以孤篇横绝古今的，是陈子昂的《登幽州台歌》：

前不见古人，后不见来者。
念天地之悠悠，独怆然而涕下。

这是陈子昂在武则天万岁通天元年（696）跟随建安王武攸宜北征契丹时，因壮志难酬、怀才不遇登上当年燕昭王为招贤纳士而筑的幽州黄金台，吊古伤今所作的慷慨悲歌，意境高古，苍茫寥廓。前两句俯仰古今，一指千古，穿越时空；第三句写天地无极、宇宙洪荒；最后一句落脚于遗世独立、思考天道的自我。古今，天地，我，完成了个人与宇宙和历史的对话，不同的人吟诵这首诗，都会成为那个唯一和宇宙相对的自我，从而超越时空界限，使灵魂得到飞升，因此黄周星在《唐诗快》中说："此二十二字，真可以泣鬼！"

从具象到抽象，从现实到荒诞，是艺术尤其诗歌的境界差别，不妨做一个比较：《春江花月夜》满篇都是"江"和"月"；《登鹳雀楼》最后有一个"楼"字点题；而《登幽州台歌》正文不但没有一个"台"字，甚至没有任何具象所指，有的只是抒情和感慨，可以说通篇都是虚指，达到了"无"的境界，却写出了古往今来每个人心中的情绪，他所发出的万古浩叹，把风雅兴寄的诗歌传统推到极致，在唐代的诗歌中才是真正的孤篇横绝。

张若虚是"吴中四士"之一，王之涣位列唐代四大边塞诗人，而陈子昂与李白等被列入"仙宗十友"，从地域，到时代，再到超越凡尘俗世，这是三位诗人境界的阶梯。

精神本源和功业情结

国学大师马一浮所作浙江大学校歌中有句“靡革匪因，靡故匪新”，是说任何事物都需要不断革新，但革新也需要继承传统，因为旧事物中往往蕴含着新意。陈子昂的诗文革新主张，正是建立在对《诗经》《楚辞》传统的继承上，屈原和魏晋时期的诗人尤其是“竹林七贤”中的阮籍对他的影响最大。能够写出《登幽州台歌》这样风雅兴寄、高古深远的绝世奇作，不是什么文章天成、妙手偶得，而是对前人思想和艺术精髓的浸淫贯通，是因为云层厚积所迸发出来的耀眼闪电。

《登幽州台歌》不是孤立的作品，陈子昂在幽州时期还有一组怀古诗《蓟丘览古赠卢居士藏用七首》，可以看作《登幽州台歌》的注脚。他在古蓟门遗址吊古伤今，分别吟咏了功德巍巍的黄帝、求贤若渴的燕昭王、知人善任的太子丹，以及感叹乐毅、田光、邹衍、郭隗等古今仁人贤士能够得遇明主，而多数像自己一样怀才不遇的人的遭际，抒发自己在武周始终得不到施展才华抱负的机会，此行给武攸宜当随军参谋，不但言不听计不从，还被降为军曹的悲愤之情。他感慨自己生不逢时，怀想乐毅、邹衍等古贤在燕国从游，此刻登上高台，立身于太虚之中、天地之间，俯仰古今，深感大寂寞，不由得发出万古之浩叹，这种情绪集中到《登幽州台歌》里，难免“独怆然而涕下”。

《登幽州台歌》是《蓟丘览古赠卢居士藏用七首》的结论和精魂，在形式上也取得了自由和突破，前两句为五言古风，后两句干脆直接师法《楚辞》。《楚辞》中的《远游》篇有言：

> 惟天地之无穷兮，哀人生之长勤。
>
> 往者余弗及兮，来者吾不闻……

《登幽州台歌》整首诗相当于这句楚辞的倒装，其中也借鉴了“竹林七贤”中被誉为“正始之音”的阮籍《咏怀》诗中“天道邈悠悠”之句。屈原、阮籍、陈子昂的精神是一以贯之的。

古罗马诗人尤维纳利斯说，悲愤出诗人。屈原、陈子昂、王之涣、李白，都胸怀建功立业、报国济世之雄心壮志，却得不到施展的机遇，他们大多出身名门望族，文化修养深厚，却始终不得志。陈子昂虽是皇帝身边的右拾遗，其实只是个八品官，主要工作是传递言官们的谏书，好不容易得到一个跟随武攸宜北征做军事参谋的机会，一腔热血想带兵挽回败局，却遭到主帅的猜忌而被降职，悲愤至极，产生了超越性的思考，才写出这首千古流传的绝唱。

他们心中都住着一个英雄。阮籍这样把“退”字写在脸上的人，当登上广武城俯瞰楚汉战场时，还是不小心表露了隐衷，脱口而出：“时无英雄，使竖子成名！”更别说陈子昂、王之涣、李白年轻时候都爱舞剑，慷慨任侠、轻财好施，有济世大志。陈子昂、王之涣在世之时便名满天下，却都没有做得超过八品之官，最后还都死于谗言冤狱；李白不甘心做御用文人，历经流徙后死去，死因成为千古之谜；屈原就更不用说了。真是应了那句“诗人不幸诗家幸”。李白自己也做过“哀怨起骚人”的诗史总结，他和自己推崇的前辈陈子昂其实最后都开始寻找精神的出口，开始了求仙问道，试图超脱出尘世和自我的局限。正是这种超越，使他们的诗歌品质具备了神性的光辉，留下《登幽州台歌》这样惊天地泣鬼神、横绝千古的名篇与绝唱。

以青春的活力促进时代进步和文明演进①

每个时代最大的读者群体都是青年人，尤其是正在读书的年轻人，他们的阅读欲望基于成长和求知的自然需求，与中老年人形成固定的阅读兴趣取向是截然不同的；同时，年轻人又对新的技术和传播手段最为敏感，每次革命性的技术更新总是“春江水暖鸭先知”，几乎都是自青年群体开启的。网络文学的兴起正是基于以上两个规律，青年群体首先成为网民，随着网络智能化程度的进一步提升，青年人也成为最大的网络文学阅读群体，他们对手机阅读和电子书的产生起到了不可估量的作用。主要读者阅读平台的改变，决定了最受欢迎和影响最广泛的创作方式的形成，网络文学的兴起和繁荣应运而生。

年轻人自由、浪漫、激情、奔放、富于想象，这决定了网络文学纵横时空、随心所欲、纯

① 本文为2021年于世界读书日活动中所作的发言。

情美好、梦幻离奇的种种特征，也因此网络作家群体以年轻人居多，相对传统作家的多层次年龄结构来说，他们更整齐划一。同时，他们的网络作品也因为读者群体的年龄段相同而产生巨大的传播能量。网络文学的传播，从一开始就因为受众的数量而被影视机构和市场青睐，从较早的“榕树下”时代的作品《悟空传》到后来“IP”时代的《琅琊榜》，再到刚刚登陆央视电视剧频道的《斗罗大陆》，网络文学的影视转化成为其海量阅读之后更大范围传播的方式，也成为网络文学被主流社会所关注和接受的重要渠道。

中国是网络作家和网络文学读者数量最多的国家，随着网络文学的发展成熟，网络作家的年龄结构开始多元化，网络文学的读者群体也变得多层次化，但主流还是青年人。网络文学向主流社会的传播，除了影视转化渠道外，还有自身的适应性变革，比如为适应图书市场的价位特征，网络上数千万字的文学作品瘦身至几百万字甚至几十万字，变成纸质出版物。同时网络作家多为有作家梦的文学青年，一些主流文学大奖的网络作品奖项以正式纸质出版物为必要评选条件，也促进了网络文学作品从“水”到“精”的艺术性、思想性的提高，提升了网络文学的品质。

从口口传唱的《诗经》到竹简，从纸书到网络文学，无论哪种文学形式的兴起和传播，都伴随着技术的革新和社会的进步。同时，通过作用于读者和社会而促进时代的进步和文明的演进，一件新奇事物变为主流形式的过程，恰如年轻人为社会注入青春活力并最终成为中坚力量一样，是必须的，也是必要的。

带本《晋阳秋》走读太原古县城

救亡抗日说从头，往事获篇青史留。

血火山川今再造，高歌千载晋阳秋。

1962年，解放军文艺出版社出版了军旅作家慕湘的长篇小说《晋阳秋》，继而中央人民广播电台连播了这部书写中国共产党在太原县[1]开展抗日救亡活动的作品，引发了广大读者、听众的关注热潮。曾任《人民日报》社长的作家邓拓欣然为挚友慕湘题写了上面这首诗，同时也为我们研究这部杰作提供了“判词”：这是慕湘将军根据自己的革命经历创作的抗日救亡传奇故事。

这个故事发生在太原县，“太原县古称晋阳，在太原市南四十里”，故事发生的时间是1937年

① 太原县非指今之太原市。明清时期，太原县城与太原府城（今太原市）并存，前者为后者所管辖，二者并非一地。1947年，太原县更名为晋源县。1951年，晋源县并入太原市，今属太原市晋源区。

初秋，因而书名叫《晋阳秋》。1937年卢沟桥事变后，在民族危亡的紧要关头，中共中央召开洛川会议，把统一战线的重点放在山西，中央和北方局先后派人到山西开展统战工作，接手改组阎锡山的牺盟会，在抗敌决死队基础上组建山西新军，成立战动总会，从而在山西形成了独具特色的抗日民族统一战线，被毛主席誉为“成功的例证”。时年20岁的慕湘就是在这个时候被党组织派到太原县，担任牺盟会特派员的。那个历史阶段，虽然是国共合作抗日时期，但反动势力依然暗流涌动，在县级政权结构中，除了代表阎锡山利益的县政府和特务组织“监政同志会”，还有“防共保卫团”改组的“公道团”，因而年轻的慕湘面临的斗争形势十分复杂。《晋阳秋》反映的就是他肩负党的重任，利用牺盟会特派员的公开合法身份，深入知识分子群体开展活动，在县立小学的教师和学生中宣传党的抗日救亡政策，扩大进步力量，沉着机智地与顽固派和反动势力周旋斗争的革命传奇。

慕湘自幼热爱文学，古文功底尤其深厚，又在汾河岸边度过了十年戎马生涯，对山西这块厚土和乡亲父老都充满着深厚的情感，他根据这段革命历程创作出了长篇系列小说“新波旧澜”四部曲：《晋阳秋》《满山红》《汾水寒》《自由花》。其中《晋阳秋》影响最广泛，出版后即获得了解放军总政治部颁发的优秀小说奖，并收到数千封读者来信。《晋阳秋》用现实主义的艺术手法、从容不迫的叙事、生活化的场景和饱含深情的笔触，塑造了共产党员郭松，车把式刘五，知识分子兰蓉、江明波等内心情感和外在行动和谐鲜明的艺术形象，也生动刻画了马县长、秦子经、杨守业、丁来昌等入木三分的反派角色，展现了在党的统战政策的指导下，抗日民族统一战线从初创到壮大最终取得伟大胜利的历史进程。慕湘紧紧抓住人物精神世界和形象刻画这一小说艺术的根本，用不断出现的矛盾体现斗争的严酷性，用故事和人物语言来挖掘思想深度，无论从文学艺术性还是思想进步性上，《晋阳秋》都是现当代文学史上一部重要的作品。在我创作反映红军东征山西开创抗日民族统一战线的长篇小说《中国战场之共赴国难》前后，以及写作反映太原沦陷十年间民众反对日军奴化统治的长篇小说《沦陷日》时，几乎每位知道消息的山西文化人和领导们都会推荐我读一读慕湘的《晋阳秋》——一个山东人写的山西革命史作品，能够得到山西人的普遍认可，《晋阳秋》之深入人心可见一斑。

游山西，读历史。在山西丰厚的历史文化宝库中，红色革命历史文化占有很大的比重，山西的文旅融合发展离不开红色文化。那么，站在新时代的今天，抚今追昔，我们怎样才能身临其境地、感同身受地体会《晋阳秋》里所描述的火热的斗争生活呢？我们还能否在山西的大地上看到《晋阳秋》里所描述的表里山河的山川风貌，体验一番三晋大地的历史变迁、风俗人情？2021年的“五一”国际劳动节，经过近八年的精心建设，以晋阳古城遗址为基础修缮恢复的太原古县城免费开放了，这座占地面积0.8平方公里、城墙全长3700余米、保存文物建筑79处的明代风格古县城，正是当年慕湘受党的委派来开展牺盟会工作的太原县城旧址，也是《晋阳秋》里郭松战斗生活过的地方：“郭松抬头一看，前面不远处有一片城垣，雄伟地屹立在公路东侧青翠的田野当中，那里便是他所要到的太原县城了。”当时，正是勤劳朴实又不乏斗争精神的山西人民的代表、车把式刘五驾车拉着他：“大车很快驶进西关，从发出咚咚声响的高大阴凉的城门洞下驶进城里。在坎坷不平的街路上……”小说引人入胜的故事就此展开。

进入今天恢复重建的太原古县城，或许还可以找到当年郭松眼中看到的景象：

> 沿着大街走过一带朱漆斑驳的古旧宅院，便进到热闹的街市。两边全是挂着各色招牌的店铺。有铺面宽敞而陈设古陋的杂货店、米粮店；有镶着玻璃门窗的绸布店、文具店；偶尔还有一两家洋门脸儿的镶牙馆、照相馆；窄小得几乎使人不易发现的成衣铺里，缝纫机在嗒嗒地跳动；黑森森的药铺里叮叮当当地在舂药；面房的石磨呼呼地转着，远远便听见脚踏箩哐噔哐噔的撞击；饭馆里冒出浓郁的肉香，有人在里面纵声猜拳嚷叫。郭松沿街看着，觉得市容虽然简陋，远不及省城繁华，但车马行人，来来往往，别有一番热闹景象。

在慕湘的笔下，琳琅满目的街景和店铺，各种声音的交响，气味的混杂，共同构成太原县城的市井图景。而这是他在1959年动笔写作《晋阳秋》时，对22年前所见所闻之太原县城的初印象的回忆，如此历历在目，可见对那段峥嵘岁月的刻骨铭心，还有对滋养了他的汾河水的浓厚情感。他不但留下了一部在党史和文学史上都很重要的作品，也为山西的文旅融合发展提供了珍贵的红色历史文化资料。

在这样天高气爽的秋天里，带着一本《晋阳秋》游览太原古县城，会是怎样一种走进历史的体验呢？

04

老爸的咒语

……我郑重地点头，做了个突然定格的姿势，

孩子笑得打滚。

我要求她从上台到问好、演奏都来一遍，

她高兴地说：『爸爸，你念咒语的时候别出声啊！』

我又郑重地点头。

孩子从小胆小，对于很多事又颇豁达，什么也不敢竞争，也不愿去争，只是顺从。学了钢琴后，怕妈妈骂，更怕老师批评，无论愿意不愿意，都能坐在那里苦练，三十遍，五十遍，有的曲子练过三五百遍，偏成为进步最快的，被老师选去参加市里的钢琴比赛。她妈妈深有成就感，提前两三个月买回来表演的服装，故意买大了点，到时候正合适。

指定演奏的那首曲子，孩子练了快有上千遍，直到我一听就头痛。但我这个门外汉也能听出来，变奏时有两处衔接总是磕磕绊绊，不觉暗暗为孩子担心。有时，她也能“弹疯了”，发挥得超常，自己享受地微笑。

临比赛前些天，老师和她妈妈教她舞台礼仪，怎样向评委老师问好，怎样把琴凳调整到适合自己的距离，怎样鞠躬下台。我出差回来，她们已经万事俱备了。

比赛日那天，她妈妈向学校给孩子请了假，“命令”我上午陪孩子练习，她下午请假陪孩子去比赛。我以为是个有很多观众的大舞台比赛，很替孩子担心，也想看看她从上下舞台到演奏是否流畅，便暂时从练琴的反对派站到她妈妈一边。

一上午都练习得挺好，快中午时，孩子突然跑过来抱住我，哀哀地说：“爸爸，我不敢去。”

“咋啦宝贝，不是挺好的吗？”我违心地鼓励她。

“万一我有一处弹错了怎么办？评委会听出来的！”她惊恐地说。

我抱着她，感到自己和她一样脆弱。但我是爸爸，我得帮孩子过了这一关，于是我说：“下午爸爸也陪你去，爸爸会念咒语，一念评委就呆住了，什么也听不出来了，就剩你一个人玩了，想咋弹就咋弹。”

“真的吗？爸爸！”孩子的眼睛发亮了。

我郑重地点头，做了个突然定格的姿势，孩子笑得打滚。我要求她从上台到问好、演奏都来一遍，她高兴地说：“爸爸，你念咒语的时候别出声啊！”我又郑重地点头。

下午我到了比赛场地一看，发现压根儿就不是自己之前想的那么回事，哪里有什么大舞台，就是一间间的教室，评委坐成一排，孩子们排队进去演奏，更像是考试。家长们匆匆拽着孩子来，孩子和大人都淌着汗，有的收拾了一下，有的干脆是从学校来的，孩子还穿着校服。只有我们郑重其事，孩子穿着演出服，她妈妈用一中午时间给她化了妆。我有些啼笑皆非，她妈妈镇定自若，孩子不时地看我一眼，又低下头去想心事。

主办方宣布每个孩子只能有一个家长陪着进去，她妈妈当然不会把这个露脸的机会让给我这个“反对派”。上场前，孩子悄悄地问我：“爸爸，你能陪我进去吗？”

我哄她：“你妈妈陪你就好，爸爸在外面给你念咒语，不用怕！”

“那你可别忘了啊！”孩子一步一回头。

“你们说什么呢？”她妈妈不知道我们的秘密，狐疑地问。

我笑一笑，孩子紧张地叫起来：“别告诉妈妈，不要告诉妈妈！”

我无声地隔着两道门上的玻璃看孩子演奏，全部参赛的孩子，只有她一个人上台后给评委鞠躬、问好。我看到她穿着红色的连衣裙，头上戴着红色的蝴蝶发夹，像在大舞台上一样认真地弹奏。当结束时，不知道是感到如释重负，还是忽然有了艺术家的灵感，她居然把双臂高举，陶醉地闭了下眼睛。

按照提前排练的程序，孩子离开琴凳，想转身给评委鞠个躬再下台，不过评委已经叫出下一个孩子的名字。

给孩子说说选举的事儿

暑假结束后，我的女儿咪嗒上了四年级，进入了小学高年级阶段。开学没几天的一个晚上，我把孩子从她爷爷奶奶那里接回家辅导作业，刚放下书包，孩子就噘着嘴有点委屈地“告状”说：“今天老师让大家选电脑课代表，我填上了我好朋友的名字，可是她没有填我。爸爸，她为什么不选我？”

“你怎么知道她没有选你？”

“因为黑板上就没有我的名字。”

“哦，这样！”

咪嗒向来是个豁达的孩子，我知道她一会儿就会忘记这件事，她习惯于“原谅”别人的过错，现在只不过有点拿不准“友谊”是怎么回事。我告诉她先写作业，作业写完了再说这事儿。她果然没有受情绪的影响，很专心地背起了英语课文。

大约过了一个小时，我检查完孩子所有的作

业，听了她背诵的英语会话，然后让咪嗒坐到我身边来，揽住她瘦瘦的小肩膀说：“来，宝贝，咱们讨论一下你们今天选举的事儿，好吗？”

“好的，爸爸。”她很感兴趣，像往常一样喜欢和我交流思想。

我笑着提出了第一个问题：“宝贝，你今天填了好朋友的名字，是因为她是你的好朋友，还是因为觉得她懂电脑操作呢？”

她想了想说：“我们是好朋友，所以我知道她电脑玩得好。”

我又问她：“那你觉得她没有选你，是因为不把你当好朋友，还是她认为你不太懂电脑操作呢？”

“我不多玩电脑，她知道。”孩子翻翻眼睛，有点释然。

“宝贝，”我看着她说，“假如今天选的是美术课代表，你觉得她会填你的名字吗？”

“当然会！”

“为什么呢？”

“因为我们是好朋友，她知道我画画好！”咪嗒瞪大了眼睛，充满了自信。

“好，那你现在觉得她今天没有填你的名字，是不是对的？”我很替孩子高兴。

“当然是对的，我们选的是电脑课代表，又不是选好朋友！”咪嗒笑起来，做了个鬼脸。

“那你们还是不是好朋友？”

“我们当然是好朋友，下课后我们就在一起玩了，我一点也没有生她的气。”咪嗒摆摆手，一副无所谓的样子。

“咪嗒是个好孩子！”我摸摸孩子的头，告诉她“去玩吧”，心里很为她的善良和豁达感到轻松。有这样的心胸，以后面对社会上的事情，就不会患得患失，有时候爱和别人计较，其实是和自己过不去，只要自己能过去，其他“都不是事儿”。

与孩子们交流

河对岸的孩子

——给女儿讲妈妈小时候的故事

住在厂里的孩子，常跑到厂外的河边玩。河这边是厂，河那边是棉花地和村子。在河这边玩水的厂里的孩子，能望见河那边村子里的孩子在河滩上放羊。十几年前，河里的水和厂里的收益都很丰沛，河水从遥远的山里来，流到苍茫的天边去。那时，厂里跟村里是咫尺天涯的两个世界，厂里人跟城里人穿得一样洋气，村里人把厂里看成城里，村里的孩子都想偷偷摸摸去厂里瞧瞧，但他们每天都要放羊，只能隔着河望见厂里的孩子穿得花花绿绿地在河对岸撒欢。

村里放羊的孩子望见河对岸厂里的孩子你追我赶跑得不见影了，河对岸空荡荡，阳光白花花，高大的灰色围墙一点一点收缩着它黑色的影子。放羊的孩子感到有点寂寞，有点无聊，他望着河水打了个哈欠。不远处的棉花地里，他正在摘棉花的姑姑直起腰来冲他喊：二娃，晌午了，赶上羊回！放羊的孩子答应一声，把长柄的小铲子插进河岸上的泥沙，准备挖一铲子向他的羊群投掷，这时河对岸一个移动的小黑点吸引了他本来就游移不定的视线，他拄着羊铲，观望起来。河对岸蹒跚走来的是个四五岁的小女孩，又圆又大的脑袋上用红头绳扎着两只冲天辫，她太胖了，一扭一扭才能走成路。那个年代村里还没有电视，放羊的孩子没见过企鹅，所以歪着光脑袋冥思苦想了半天也没想出来那个小女孩的样子像个什么。

小女孩一路走一路歪着脑袋朝刚才跑过的大孩子们消失的方向望——她哥哥总是甩开她跑掉——她站在一个地方专心地朝那个方向望了一会儿，确信什么也看不到后，轻轻地叹了口气，走到河边来，翻了半天衣兜，找出一只小纸船。她鼓起腮帮子把纸船吹圆了，努力地蹲下去，把小船放到水里，用手推了一下，然后目不转睛地望着它。这时候没有一丝风，河边的水不流，小船一动不动。河对岸全神贯注地观察着这一切的放羊娃终于忍不住哈哈大笑起来，小女孩抬头望了望他，又低下头去鼓起腮帮子朝着小船吹气。她的力气太小了，小船仍然一动不动。于是小女孩就想把小船拿回来，她伸出手去却够不着。她不想放弃，尽量把身体往前倾。对岸放羊的孩子大叫起来：你要掉进河里了，你要掉进河里了！他姑姑在棉花地里直起腰来，望见了河对面的小女孩，她屏住了呼吸。放羊娃突然铲起一块沙土，抡圆了铲子，用力向河对岸掷去。

“嗵——”河里发出圆润的落水声，溅起高高的浪花，沙土落入河里，涟漪一圈圈漾开，小船被波纹托起，一晃一晃地向远处漂去。

噢，噢，开船喽，开船喽！小女孩笑起来，张开小手鼓掌。

对岸放羊的孩子得意地笑起来，他姑姑也笑起来，放心地把腰弯进雪一样的棉花地里。

小船荡了一会儿，又不动了。小女孩抬起头冲对岸喊：扔呀，你快扔呀！对岸放羊的孩子也不答话，舞起长柄铲子来，用力地挖了一块沙土，向波心的小船掷去。更大的波纹推着小船前进。

好啊好啊！小女孩响亮地叫着跳着，小脸儿兴奋得通红。

噢噢！放羊的孩子挥舞着小铲子不停地挖土掷土，鼻孔张得老大，像头小骡子。

小船渐渐荡到了河中心，顺流向东，越漂越快。小女孩和放羊娃隔着河跳着叫着追着。天空从河尽头一步跨到河的另一个尽头，两个小黑点追着河中心一个小白点进行着仿佛永远没有尽头的追逐。棉花地在白花花的阳光下像坍塌的雪山和没有生命的盐碱地。

在孩子的喘息和惊讶的目光中，一片水草缠绵地拉住了小纸船。小船在柔情中搁浅，河水渐渐浸透了纸背，小船开始下沉。

小女孩急了，冲对岸的放羊娃大嚷：你快扔土，把我的小船冲回来，我要我的小船。放羊的孩子用浓重的土话哄对岸的小女孩：你别急，我有办法。但是小女孩就快急哭了。放羊娃赶紧挖了一铲子沙土，拼了命地向小船掷去。河对岸的小女孩眼巴巴地望着那块土在天空的背景中划着黑色的弧线飞向小船。

"嗵——"土块准确地落到了小船上，水花消失后，河面上只有干干净净的涟漪一圈圈地荡开，小船不见了踪影。小女孩呆呆地瞪着波纹半晌，哇地哭了出来，她用两只圆圆的手背揉着眼睛，专心地痛哭起来。但蹲在路边歇了一会儿后，她便忘记了她的小纸船，也忘记了河对岸放羊的小男孩，然后呜呜呀呀地唱着往厂里蹒跚走去。

在路上，她看见路边躺着一块黑色的烙铁，想过去捡起来，想想算了，还是早点回家吧。慢慢地，她消失在厂子高大的围墙里。

小女孩磨磨蹭蹭地进了家门，被爸爸一把拉过去洗脸洗手。爸爸用软软的热毛巾给她擦脸的时候，小女孩听见妈妈对爸爸说：看你的衣服皱的，家里要是有个烙铁就好了。小女孩挣脱爸爸，冲妈妈嚷道：我知道哪里有烙铁，我回来时看见路边有个烙铁。有人把烙铁扔在路边吗？爸爸问道。小女孩认真地点了点头。那你带我去找找，找见了你妈妈就有烙铁了。爸爸说。

小女孩太累了，累得几乎迈不动步子了，但她太想让妈妈有个烙铁了。她拉着爸爸的手出了门，悬在爸爸的大手上，走起路来就没那么累了。一路上，他们看到好几块“烙铁”，但是走近了才发现是块石头。快走到河边了，爸爸终于确信女儿很可能并不知道烙铁是个什么样子，他对女儿说：回去吧，烙铁被别人捡走了。

烙铁被别人捡走了。这让小女孩心里很难受，跟上爸爸走了几步，她忍不住回过头去又望了望河边——河的对岸是棉花地和村子。

“逃出”作文课

——讲给孩子的写作课程

一年级学生字，二年级学造句，三年级写作文，也就是说，从三年级开始就有了作文课。我最喜欢上作文课，盼着每周一节的作文课，就像盼过年一样激动。二十世纪八十年代，小学教育是五年制，虽然我们的教室是一间废弃的马厩改造的，但就在这间破旧的小房子里，我们的三年级同样开设了作文课。每周四，后两节课连着，老师在黑板上写下题目，有九十分钟给你写完一篇作文。每逢周四，我的心情都非常好，很有幸福感，这实在是儿童的表现欲在作怪——因为我终于等到一个展示自己特长的机会，等着老师的表扬，并把自己的作文当作范文给全班宣读。

我的作文写得好，而且不费力，这是因为我有个秘密。我爸爸订阅着当时最好的文学刊物《人民文学》《小说月报》《作品》《青春》《汾水》，我放牛的时候，歇晌的时候，蹲茅坑的时候，都在捧着读那些大作家的小说、散文，从认字开始，就阅读当时中国最好的作品。有句俗语说，“熟读唐诗三百首，不会作诗也会诌”，读了那么多好作品，写个几百字的作文，还不是手到擒来？但在当时我们那样的农村，谁家能有这样的杂志呢？这得感谢我爸曾经是个文学青年。我小时候喜欢串门儿，尤其爱到东隔壁去，三伏天，大中午的，人家全家都在睡觉，我也要到没人的院子里去转转，或者掀起每个房门的门帘瞅上那么一眼。偶然的一次，人家都在睡觉，我顺着梯子爬上了阁楼，借着天窗透进的光亮，发现角落里有一堆报纸，竟然是《中国少年报》！这真是个奇迹啊，他们家怎么会有这么有趣的报纸呢？我全给抱了下来，蹲在屋檐下的台阶上看得入了迷。那个暑假里，我每天中午去隔壁看报纸，有时候碰上下雨天饭都在人家吃了，读到了很多有意思的文章，比如《兔子尾巴长不了的故事》，说什么兔子原来是个长尾巴，怎么样怎么样就成了短尾巴。那个暑假是我少年时代最美好的一个暑假。

所谓“读书破万卷，下笔如有神”，大量的阅读是非常必要的，要写好作文，写好作品，首先要完成大量阅读，这样才知道什么是好作品，好作品是怎样写成的，这样自己才能写出好文章。

课文也是我喜欢的，从小到大，我把语文课本上的范文当课外书来读，领略文学的大美和思想的力量。但我最头疼做文后的阅读题，每篇课文后面的第一个问题一定是：这篇作品的中心思想是什么？这样的题目我永远答不对，因为我只顾身临其境地享受阅读的快乐了，压根没想到还有个什么中心思想。有的同学很会总结课文的中心思想，可他自己的作文还是写不成个样子。可见好的作品要在愉快的阅读中去领略它的美，全身心地去感知它的妙处，这样才能学习到它的特色，不自觉地运用到自己的作文里，才能有所收益。“有一千个读者，就有一千个哈姆雷特”，好的作品是多义的，非要给它贴标签，这样的见识是反文学的。

世界名著、中华传统经典，都要尽可能地去阅读，但不能“硬读”，要挑自己感兴趣、容易理解的去读，生搬硬啃不但享受不到阅读的乐趣，而且实在是浪费时间。好书、好作品太多了，能把自己感兴趣的读完，也是一件了不起的事情。

我曾在初中时的日记里写道，我的理想是成为一名文学家。后来的若干年里我很为自己的狂妄感到汗颜，但是我竟然真的成了个作家。作家的职业就是作文，和学生时代的区别是没人给你出题了，要靠所谓的灵感去写作，幸好我原来最喜欢的就是无命题作文，现在真的可以自由地写作了，觉得真是不错——人能从事自己喜欢和擅长的行业，是一件非常幸福的事情。我写过诗歌，写过散文，写过评论，现在主要写小说。和作文相比，小说的篇幅要长很多，即使一个短篇，也要数千字、上万字。我刚写小说的那些年，每完成一个作品，就想着发表，发表了就很兴奋，很有成就感。后来对文学有了些理解，发现所谓的文学，并不是写出个东西、讲个故事，语言很漂亮，结构很合理，就是全部。文学是一种精神创造，它应该通过作品给读者以精神的力量和人生的思考。这个时候我看到大家都乐此不疲地讲故事，用一种相似的结构和叙述完成小说，然后发表，被选刊转载，或者根据一些文学奖项的要求去写作，就感觉仿佛回到了学生时代的作文课堂，大家都用学来的“中心思想”去作文，这能写出什么好作品来呢？

从那个时候开始，我不怎么写中篇、短篇小说了，我觉得这种体裁的作用跟写作文一样，不过是锻炼结构和文笔技法，只是练笔，不是作品，真正的文学作品，应该有独立之思想、自由之精神，把作者对社会、对生活、对时代的认知和思考表达出来，而这种载体，最合适的就是“书”——我没有称它为“长篇小说”而称它为“书”，就是想摆脱那种写作业的感觉，自由地去表达自己。我觉得，在学生时代还是应该多读读鲁迅先生的文章，熟读他的作品，不但能体验到文学艺术的魅力，更能体会到什么是独立之思想、自由之精神，如果从课堂作文开始，就能潜移默化地学习到这个本领，那不但会写出好作品，还会成为一个有思想的人。

进入学校，为的是走出学校；同样的道理，进入作文课，为的是逃出作文课。只有走出来，才能拥有自己的天空，才能让思想自由地翱翔。